# NORDFRIESISCHE VERSCHWÖRUNG

Gerd Kramer wurde 1950 in der Theodor-Storm-Stadt Husum geboren und ist dort aufgewachsen. Nach seinem Physikstudium in Kiel arbeitete er als Akustiker und Software-Entwickler im Rheinland. 1987 gründete er eine eigene Firma, in der er noch heute tätig ist. Einen Teil des Jahres verbringt er in seiner Heimatstadt, die ihm den Stoff für seine Romane liefert.

GERD KRAMER

# NORDFRIESISCHE VERSCHWÖRUNG

*Küsten Krimi*

emons:

**Bibliografische Information der Deutschen Nationalbibliothek**
Die Deutsche Nationalbibliothek verzeichnet diese Publikation in der Deutschen Nationalbibliografie; detaillierte bibliografische Daten sind im Internet über http://dnb.d-nb.de abrufbar.

FSC
www.fsc.org
MIX
Papier | Fördert gute Waldnutzung
FSC® C083411


Umschlagmotiv: fotonatouren/stock.adobe.com
Umschlaggestaltung: Nina Schäfer, nach einem Konzept von Leonardo Magrelli und Nina Schäfer
Umsetzung: Tobias Doetsch
Gestaltung Innenteil: DÜDE Satz und Grafik, Odenthal
Lektorat: Dr. Marion Heister
Druck und Bindung: CPI – Clausen & Bosse, Leck
Printed in Germany 2022
ISBN 978-3-7408-1614-8
Küsten Krimi
Originalausgabe

*Glaube denen, die die Wahrheit suchen,*
*und zweifle an denen, die sie gefunden haben.*

André Paul Guillaume Gide

## Prolog

Die »Karina« hatte den Hafen verlassen und die Seeschleuse Richtung Meer passiert. Noch trieb der Motor das Schiff an. Aber bald würden sie die Segel setzen und sieben Tage durchs Wattenmeer schippern. Genug festen und flüssigen Proviant hatten sie dabei. Außerdem würden sie verschiedene Inseln und Halligen anlaufen, um gegebenenfalls die Vorräte aufzufüllen, falls es erforderlich wurde. Der Wetterbericht versprach optimales Segelwetter, auch wenn zu dieser Stunde noch Flaute herrschte. Die Yacht gehörte Florians Vater, der sie aber kaum noch nutzte, weil seine neue Lebensgefährtin schon beim Anblick von Wasser seekrank wurde. Somit gehörte das Schiff quasi Florian, und er war der Skipper, der an Bord das Sagen hatte.

Es war ein halbes Jahr her, dass Florian und Winfried zusammen hinausgefahren waren. Immer hatte sie die Erinnerung an »das dumme Ereignis« daran gehindert, wieder in See zu stechen. Irgendwann hatten sie jedoch beschlossen, das Geschehene abzuhaken und nicht mehr darüber zu reden. Der Törn an diesem Tag sollte einen Schlussstrich ziehen, den Neubeginn ihrer Freundschaft begründen, die unerschütterlich gewesen war. Florian hatte seine Freundin Jenna mitgenommen. Sie hatte ihn so lange angebettelt, bis er schließlich nachgegeben hatte.

Florian stand am Ruder, und Winfried traf Vorbereitungen zum Segelsetzen, als ein Schlag, begleitet von einem dumpfen Knall, das Boot erschütterte. Die Blicke der Freunde trafen sich. Für einen Moment erstarrten beide, als warteten sie auf eine Erklärung. Dann rannte Winfried zur Kajüte und riss die Tür auf. Mit einem Blick erfasste er die Katastrophe. Das gesamte Unterdeck war überflutet. Die Geschwindigkeit, mit der es volllief, deutete auf ein riesiges Leck hin. Winfried stürzte die Treppe hinunter. Florians Freundin lag mit dem Gesicht nach unten im Wasser. Ein paar Schritte, und er war bei ihr. Er räumte ein Trümmerstück beiseite, drehte sie um und hob ihren Kopf an. Sie schien nicht mehr zu atmen, und ihre Augen starrten ins Leere. Er musste versuchen, sie nach oben zu bringen und wiederzubeleben. Doch das Wasser stieg immer weiter an und reichte ihm schon bis zu den Hüften. Das Boot neigte sich zur Backbordseite, und das Heck begann zu sinken. Winfried verlor den Halt unter den Füßen, und er tauchte für einen Augenblick unter. Dabei glitt ihm Jennas Kopf aus den Händen. Mit letzter Kraft gelang es ihm, sich bis zur Treppe zu hangeln. Die Hand seines Freundes packte ihn am Arm und zog ihn an Deck.

»Wo ist Jenna? Jenna! Jenna!«, schrie Florian. Das Tosen der einströmenden Wassermassen erstickte seine verzweifelten Rufe.

»Sie ist tot! Wir müssen runter vom Boot!« Winfried schob seinen Freund vom Kajüteneingang weg. »Wir saufen ab, verdammt!«

Das Boot neigte sich weiter zur Seite, und beide rutschten über das Deck. Winfried rappelte sich auf. Mit beiden Händen hielt er sich an der Reling fest. Wo war Florian geblieben? War er über Bord gespült worden, oder war er etwa zurück zur Kajüte gekrochen? Ein gurgelndes Geräusch kündigte den endgültigen Untergang der »Karina« an. Mit letzter Kraft gelang es Winfried, sich mit einem Kopfsprung ins Wasser zu stürzen. Als er wieder auftauchte, sah er, wie sich der Bug des Schiffs in die Höhe reckte.

# 1

Wie immer zu dieser Jahreszeit begab sich Dieter Bernecke nach dem Aufstehen ins Wohnzimmer, setzte sich im Pyjama auf den alten Holzstuhl und blickte Richtung Fenster. Die Sonne stand tief, und am Himmel zeigte sich keine Wolke. In wenigen Minuten würde der Schattenwurf der Windkraftanlage den Raum im Sekundentakt in Hell und Dunkel tauchen. Er spürte den inneren Zwang, darauf zu warten und auszuharren, bis der Spuk vorbei war. Stattdessen hätte er in ein anderes Zimmer gehen können. Warum er es nicht tat, wusste er nicht. Vielleicht wollte er sich immer wieder aufs Neue beweisen, dass er stark genug war, sich gegen solche Angriffe zu behaupten.

Kurz nickte er ein. Als er aufwachte, hatte das Hell-Dunkel-Spiel bereits begonnen. Es entfaltete eine hypnotische Wirkung und erzeugte Bilder und Traumsequenzen in seinem Kopf, die er nicht beeinflussen konnte. Er sah Maren und die Kinder am Strand, wie sie eine Sandburg bauten, Dolli, wie sie bellte, an ihm hochsprang und sich kraulen ließ, wenn er von der Arbeit heimkam. Arbeit hatte er schon lange nicht mehr, und Maren war mit Lisa, Daniel und dem Hund ausgezogen. Wann war das gewesen? Wie lange waren sie schon fort? Und wo lebten sie jetzt? Er konnte sich nicht erinnern. Wie so oft vermischten sich Traum und Wirklichkeit.

Die pochenden Schmerzen hinter der Stirn nahmen zu. Wetterfühligkeit hatte sein Arzt diagnostiziert, weil die Migräne besonders bei starkem Wind auftrat. Doch er wusste es besser. Mit dem Wind stieg der Infraschall der Windkraftanlage an, der ihn und auch weiter entfernte Anwohner krank machte. Der unhörbare Lärm war der eigentliche Grund für all seine Beschwerden.

Sein Tag verlief so eintönig wie jeder andere. Die meiste Zeit verbrachte er mit Fernsehen und Recherchen im Internet. Bis in den Abend hinein saß er im Wohnzimmer am Schreibtisch.

Rund um seinen Laptop stapelten sich die Computerausdrucke und Zeitungsausschnitte. Irgendwann würde er aufräumen und alles in Ordnern abheften.

Er war froh, als er endlich Heimdall antraf. Ein Chat mit ihm war immer das Highlight des Tages.

Heimdall: »Hi, Dolli.«

Dolli: »Hallo, Heimdall. Ich hab gehofft, dass du um diese Zeit online bist.«

Heimdall: »Sonntagabende sind langweilig. Was gibt es da Besseres, als sich mit einem guten Freund zu unterhalten?«

Dolli: »Wie geht es dir?«

Heimdall: »Ich bin heute mit meinem Rollstuhl umgekippt. Das ist mir noch nie passiert. Jackie hat zu sehr an der Leine gezogen. Da bin ich über den Bordstein geprescht und der Länge nach hingeflogen. Zwei Jungs haben mir wieder auf die Beine geholfen. Na ja, nicht wirklich auf die Beine.«

Dolli: »Ist dir etwas passiert?«

Heimdall: »Nur ein paar Abschürfungen und eine Beule am Kopf. So etwas haut mich doch nicht um. Und wie geht es dir?«

Dolli: »So schlecht wie immer.«

Heimdall: »Hast du wieder Kopfschmerzen?«

Dolli: »Ja. Es ist windig draußen. Immer wenn viel Wind ist, sind die Kopfschmerzen besonders heftig, wie du weißt. Dann spüre ich den Infraschall am ganzen Körper. Auch, wenn ich hier im Haus bin.«

Heimdall: »Weil die tieffrequenten Geräusche der Windkraftanlage fast unvermindert Fenster und Mauern durchdringen. Man kann sich nicht davor schützen. Selbst Ohrstöpsel helfen nicht.«

Dolli: »Ja, ich weiß. Aber du glaubst ja, dass es nicht nur der Lärm ist, der mich krank macht.«

Heimdall: »Ich bin mir sicher, dass sie den Infraschall gezielt einsetzen, um sensible Menschen wie dich zu manipulieren. Wahrscheinlich seid du und deine Nachbarn nur Versuchskaninchen, und die Verantwortlichen planen, ihre Methode später in großem Maßstab einzusetzen. Überall sollen Windkraftanlagen gebaut werden, und irgendwann haben die Mächtigen alle Menschen unter ihrer Kontrolle.«

Dolli: »Glaubst du das wirklich?«

Heimdall: »Ja. Der Infraschall dringt tief in das Bewusstsein der Menschen ein, ohne dass sie sich wehren können. Und wenn damit Informationen transportiert werden, gelangen sie direkt in dein Gehirn, ohne dass du es merkst.«

Dolli: »Das klingt sehr beunruhigend. Ich würde gerne wegziehen. Aber das Haus ist alt und unverkäuflich. Obwohl ich den Preis mehrmals gesenkt habe, wird der Makler es nicht los.«

Heimdall: »Deshalb musst du das Übel an der Wurzel packen. Ich hab neue Erkenntnisse. Ich hab herausgefunden, dass alle Anlagen, die zur Manipulation der Menschen eingesetzt werden, mit einem roten Punkt gekennzeichnet sind.«

Dolli: »Mit einem roten Punkt?«

Heimdall: »Ja, unten am Betonsockel.«

Dolli: »Woher weißt du das?«

Heimdall: »Aus sicherer Quelle, die ich dir nicht nennen darf. Sonst bekomme ich Schwierigkeiten. Alle WKA mit einem roten Punkt sind gefährlich und werden von ganz bestimmten Technikern betreut, die in die Sauerei eingeweiht sind.«

Dolli: »Dann könnte die in meiner Nähe auch so eine Markierung haben. Das muss ich unbedingt herausfinden. Danke für den Tipp. Ich melde mich wieder!«

Heimdall: »Sei vorsichtig, Dolli.«

Dolli: »Du ebenso.«

Bernecke verließ den Chat. Vielleicht war das, was Heimdall erzählt hatte, der endgültige Beweis für die Gedankenmanipulation. Seit er sich gegen die Windkraftanlage wehrte, wurde er das Gefühl nicht mehr los, dass er nicht mehr er selbst war, sondern eine fremde Macht seinen Willen beeinflusste. Vor zwei Wochen hatte er sogar ohne Anlass die Möbel in seinem Arbeitszimmer kurz und klein geschlagen. Hinterher hatte er sich kaum daran erinnern können. Nur der Schreibtisch war verschont geblieben.

Den Prozess gegen die Anlage hatte er verloren. Dabei war

es lediglich um den Schattenwurf der Flügel gegangen. Der trat nur in dieser Jahreszeit und auch nur morgens auf, wenn keine Wolken die Sonne bedeckten. Anfangs hatte ihn das Flackern zur Verzweiflung gebracht. Inzwischen konnte er damit leben. Die Sache mit dem Infraschall war viel ernster. Im Gegensatz zu den Schatten war der unhörbare Lärm ständig vorhanden und beeinflusste seine Gesundheit. Endlich gab es eine Erklärung, nicht nur für seine Krankheitssymptome, sondern auch für seine Depressionen und Wutausbrüche.

Bernecke lehnte sich zurück und blickte durch das Fenster nach draußen. In diesem Moment schaltete der Bewegungsmelder die Außenbeleuchtung ein. Zuerst dachte er, eine Katze oder ein Kaninchen habe den Sensor ausgelöst. Aber dann sah er Maren und die Kinder um den Ahornbaum tanzen. Er konnte sogar ihr Lachen hören. Sein Herz machte einen Sprung. Er wollte gerade aufstehen und sie in Empfang nehmen. Doch in der nächsten Sekunde verschwanden sie wieder. Das Licht brannte immer noch. Aber sie waren weg. Hatten sie Angst vor ihm? Hatte er sie so schlecht behandelt, dass sie vor ihm davonliefen? Nein, das konnte er sich nicht vorstellen. Sie waren das Liebste, was er besaß. Alles hätte er für sie getan. Alles täte er auch jetzt noch für sie.

Bernecke blieb noch lange an seinem Schreibtisch sitzen. Das Licht im Garten war erloschen, und er fühlte sich allein und einsam. Nicht einmal ein Kaninchen besuchte ihn. »Du musst das Übel an der Wurzel packen«, hatte Heimdall gesagt. Genau das wollte er tun.

Er zog die obere Schublade auf und nahm eine Taschenlampe heraus. Dann verließ er das Haus durch den hinteren Ausgang, lief den Gartenweg entlang und stapfte durch das Feld auf die Windkraftanlage zu. Das Pochen in seinem Kopf wurde unerträglich. Doch die Anspannung half ihm, die Schmerzen zu ignorieren.

Den Weg hatte er schon oft zurückgelegt, sodass er sein Ziel mit geschlossenen Augen gefunden hätte. Erst als er fast dort war, schaltete er die Taschenlampe ein und leuchtete den Betonsockel ab. Den handtellergroßen Kreis musste er nicht lange suchen. Wieso war ihm der rote Fleck nicht schon früher aufgefallen? Er tastete mit den Fingern über die Stelle. Natürlich war die Farbe trocken. Aber sie glänzte im Lichtschein und wirkte nicht, als sei sie vor sehr langer Zeit aufgetragen worden. Jedenfalls hatte Heimdall recht. Die rote Markierung war das geheime Zeichen einer Verschwörung. Daran hatte Bernecke nun keinen Zweifel mehr.

Er suchte noch in der Nacht die anderen, weiter entfernten Anlagen auf, die jedoch keinen roten Punkt aufwiesen.

Es war weit nach Mitternacht, als er nach Hause zurückkehrte.

Im Bett schmiedete er einen Plan. An all seinem Elend war das verdammte Windrad in der Nähe schuld. Er sollte das Ding in die Luft sprengen. Aber dazu fehlten ihm die Mittel. Stattdessen wollte er dem Techniker auflauern, der die Manipulationen durchführte. Bernecke hatte ihn mit dem Fernglas oft beobachtet. Er kam stets Anfang des Monats. Wenn der Erste auf ein Wochenende fiel, erschien er den Montag darauf. Meistens jedenfalls. Ganz sicher war das allerdings nicht. Doch es war sehr wahrscheinlich, dass er auch an diesem Morgen kam. Es war immer derselbe Mann, der mit seinem roten Golf vorfuhr. Manchmal erschienen jedoch auch mehrere Monteure in einem Kastenwagen. Bernecke hoffte, dass das diesmal nicht der Fall war.

Er wollte den Techniker zur Rede stellen. Mit der Pistole im Rücken würde der Kerl die ganze Wahrheit preisgeben. Davon war Bernecke überzeugt. Die Waffe lag gut versteckt im Keller. Sein Vater hatte sie zur Abwehr von Einbrechern angeschafft. Eine Beretta 1934, Kaliber neun Millimeter. Niemand wusste davon, auch Maren und seine Schwester nicht. Vermutlich stammte sie aus irgendwelchen dunklen Kanälen und war nicht registriert. Ein Magazin mit neun Schuss Munition befand sich ebenfalls im Versteck. Nachdem Maren und die Kinder ihn verlassen hatten, hatte er die Pistole hervorgeholt, um sein Elend mit einem Kopfschuss zu beenden. Aber er hatte es nicht fertiggebracht. Nun, da er wusste, wie er sich aus dem Sumpf von Krankheit und Arbeitslosigkeit befreien konnte, war er froh darüber. Alles würde wieder gut werden, Maren und die Kinder würden zu ihm zurückkommen, und er würde eine neue Stelle als Autoverkäufer finden.

Am nächsten Morgen konnte er sich noch gut an seinen Plan erinnern. Er zog sich an, ohne vorher zu duschen. Was hätte Duschen auch für einen Sinn? Er nahm zwei Schmerztabletten ein und aß das angebissene Brötchen vom Vortag zu einem Schluck kalten Kaffees. Danach holte er die Pistole aus dem Keller und stellte den Stuhl vor das Wohnzimmerfenster. Von dort aus hatte er einen guten Überblick über den gesamten Windpark. Obwohl es erst kurz nach neun Uhr war, wartete er ungeduldig auf das rote Auto. Auf keinen Fall durfte er einschlafen. Ab und zu nahm er die Pistole oder das Fernglas von der Fensterbank, um sich zu beschäftigen. Funktionierte die Waffe überhaupt noch? Im Keller war es feucht, und er schloss nicht aus, dass Teile daran korrodiert waren. Vielleicht hätte er sie vorher ausprobieren sollen. Aber für solche Überlegungen war es zu spät. Wenn er an diesem Morgen nicht handelte, würde er es nie tun.

Der Golf kam etwas später als gewöhnlich. Es war Viertel nach zehn, als er auf den Schotterparkplatz der Anlage fuhr. Bernecke nahm das Fernglas zur Hand und erkannte, dass es derselbe Mann wie immer war. Und er schien allein zu sein. Im Grunde war auch das verdächtig. Vermutlich war der Techniker als einziger Mitarbeiter in die Menschenversuche eingeweiht. So etwas musste im Geheimen geschehen. Nichts davon durfte an die Öffentlichkeit dringen. Auch die Polizei wusste natürlich nichts davon. Wenn Bernecke mit seinen Erkenntnissen Anzeige erstattete, würde man ihn lediglich auslachen. Das hatte ihm Heimdall prophezeit. Kellerkind, ein anderer Chatpartner, war der gleichen Meinung. Kellerkind hatte ähnliche Probleme wie Bernecke. Allerdings hatten die nichts mit Windkraftanlagen zu tun. Auch er hatte vergeblich Hilfe bei der Polizei gesucht. Alle fünf in der Chatgruppe hatten wohl solche Erfahrungen gemacht.

Da Bernecke nicht auf die Behörden zählen konnte, war

es Zeit, selbst das Heft in die Hand zu nehmen. Er stand auf und steckte die Pistole in seinen Gürtel. Das Pochen im Kopf hatte nachgelassen, und er fühlte sich stark genug, um seinen Entschluss in die Tat umzusetzen. Wie gewöhnlich nahm er den kürzeren Weg durch den Garten und lief über das angrenzende Feld. Der Techniker schloss die Heckklappe seines Autos und ging mit seinem Servicekoffer auf die Anlage zu. Bernecke musste sich beeilen. Er zog die Pistole aus dem Gürtel und beschleunigte seine Schritte. Der Techniker nahm gerade die letzte Stufe der Stahltreppe, die zur Eingangstür der Windkraftanlage führte, als Bernecke zu ihm aufschloss und seine Waffe auf ihn richtete. Der Mann hatte bereits einen Schlüsselbund in der Hand, den er vor Schreck fallen ließ, als er die Pistole sah. Die Schlüssel schlugen auf einer Stufe auf und landeten direkt vor Berneckes Füßen.

»Was wollen Sie?« Der Techniker stand auf dem oberen Podest und lehnte sich mit dem Rücken an die Tür.

»Die Wahrheit!«

»Ich verstehe nicht. Welche Wahrheit?«

Bernecke hob den Schlüsselbund auf. »Sie machen hier Menschenversuche.«

»Menschenversuche? Wieso? Ich verstehe nicht, was Sie meinen.«

»Kommen Sie runter!«

Der Techniker zögerte. Doch dann stieg er langsam die Treppe herunter. Dabei blickte er sich hilfesuchend um. Als er unten angekommen war, standen sich die Männer gegenüber.

»Ich weiß, was die Markierung bedeutet«, sagte Bernecke und wies mit der Pistole auf den roten Punkt am Sockel.

Der Blick des Technikers folgte der gezeigten Richtung. »Meinen Sie den Fleck dort? Den hab ich noch nie gesehen.«

»Sie lügen!«

»Nein, nein. Warum sollte ich lügen? Ich weiß gar nicht, worum es geht. Hier finden keine Versuche statt. Ich will nur ein paar Kontrollen und Wartungsarbeiten durchführen. Das ist alles.«

»Ich glaube Ihnen nicht. Sie haben die Anlage so eingestellt, dass sie die Anwohner beeinflusst.«

Der Mann schüttelte heftig den Kopf. »So ein Unsinn! Sie sind ja völlig verrückt!«

Das Wort »verrückt« traf Bernecke ins Mark. Er war wegen psychischer Probleme in Behandlung gewesen. Ihn hatten Angstzustände und Halluzinationen geplagt. Die Kopfschmerzen und das Dröhnen in den Ohren waren hinzugekommen. Aber sein Verstand war noch in Ordnung. Einen Arbeitskollegen, der ihn einmal als Irren bezeichnet hatte, hatte Bernecke zusammengeschlagen. Auch jetzt stieg die Wut in ihm hoch. Er streckte den Arm und zielte auf den Kopf des Gegners. Seine Hand zitterte erbärmlich, aber aus der geringen Entfernung konnte er das Ziel nicht verfehlen. Kalter Schweiß bildete sich auf seiner Stirn. Er spürte bereits den Druckpunkt am Zeigefinger. Doch eine innere Stimme hielt ihn zurück. Einen Menschen von Angesicht zu Angesicht zu töten war keine einfache Sache.

Er nahm den Finger vom Abzug. »Ab nach oben!«

Sein Gegenüber war erstarrt und reagierte nicht sofort, ließ dann aber den Koffer fallen, wandte sich zur Treppe und stieg die Stufen hinauf.

Bernecke folgte ihm. Oben angekommen, schob er den verängstigten Mann beiseite und schloss die Tür auf. »Wo ist Ihr Handy?«

»Im Koffer.«

»Gut. Rein da!«

Der Techniker gehorchte. Bernecke schlug die Tür zu und drehte den Schlüssel um. Für einen Moment schloss er die Augen und atmete tief durch. Sein Gegner war vorläufig außer Gefecht gesetzt und konnte keinen Schaden mehr anrichten. Vielleicht kam er in seinem Gefängnis zur Besinnung und würde alles beichten, wenn Bernecke in ein paar Stunden zurückkehrte. Danach wollte er ihn freilassen und mit dem Geständnis zur Polizei gehen. Doch was sollte er tun, wenn sich der Kerl weigerte, die Wahrheit preiszugeben? Dann blieb ihm nichts anderes übrig, als ihn zu töten. Der Techniker hatte sein Gesicht gesehen und würde ihn wiedererkennen.

Bernecke zog den Schlüssel ab und steckte ihn in die Hosentasche. Von drinnen erklangen gedämpfte Rufe und Klopfen. Doch niemand würde den Gefangenen hören und befreien. Vielleicht stieg er bis auf die obere Plattform. Aber auch von dort aus konnte er schreien, so laut er wollte, ohne dass ihn jemand bemerkte.

Bernecke ging die Stahltreppe hinab, nahm den Monteurkoffer an sich und lief heim. Sein Problem war nicht gelöst, aber er hatte sich gewehrt. Das gab ihm ein gutes Gefühl, denn nichts war schlimmer, als tatenlos zuzusehen, wie das Schicksal seinen Lauf nahm. Zu Hause angekommen, betrank er sich mit billigem Fusel. Der ließ die Welt für kurze Zeit freundlicher erscheinen. Bernecke wollte Heimdall erzählen, was er unternommen hatte. Vielleicht konnte der ihm auch einen Tipp geben, wie er weiter vorgehen sollte. Heimdall war klug und hatte auf alles eine Antwort.

# 2

Irmgard Christensen, eine zierliche Frau von sechsundachtzig Jahren mit grauen Locken, saß vor Flottmanns Schreibtisch. Hilgersen hatte für sie einen bequemen Stuhl mit einer Polsterauflage besorgt. Nachdem Flottmann ihre Daten notiert hatte, stellte sie ihr Wasserglas ab und begann zu erzählen.

»Also, da war ein Hauptkommissar Friedberg am Telefon. Von der Husumer Polizei. Ich hab mich zuerst erschreckt. Wer will schon etwas mit der Polizei zu tun haben? Aber der Kommissar war ganz nett und wollte mich nur warnen, weil Einbrecher in meiner Wohngegend unterwegs seien. Am hellichten Tag. Ich solle unbedingt Fenster und Türen schließen und niemanden hereinlassen. Ich lass sowieso keine Fremden in mein Haus. Ich hab eine Kette vor der Tür. Die hat mein Sohn vor langer Zeit angebracht. Mein Sohn wohnt jetzt in Frankreich. Er ist mit einer Französin verheiratet. Na ja. Nach einer Stunde rief dieser Friedberg wieder an. Ich konnte ihn kaum verstehen, weil im Hintergrund so viele Geräusche waren, Gespräche und Polizeisirenen. Jedenfalls hat er gesagt, dass der Polizei eine Liste in die Hände gefallen sei, auf der auch meine Adresse stehe. Alles Häuser, in die eingebrochen werden sollte. Ich fand das ziemlich merkwürdig. Wie bescheuert muss man als Einbrecher sein, wenn man so eine Liste aufstellt und sie dann auch noch verliert? Aber vielleicht hatte man sie ja bei einem Verbrecher gefunden. Ich hab nicht weiter darüber nachgedacht. Dann hat der Kommissar gefragt, ob ich Geld oder Wertgegenstände im Haus hätte. Ja, hatte ich. Etwas Schmuck und einiges an Bargeld, damit ich nicht so oft zur Bank rennen muss. Na ja, ›rennen‹ kann man das nicht gerade nennen in meinem Alter.« Irmgard Christensen grinste. Sie beugte sich vor, griff nach ihrem Glas und trank einen Schluck. »Er wollte alles ganz genau wissen. Schließlich meinte er, dass es nicht gut sei, wenn ich die Wertgegenstände im Haus aufbewahrte. Ich solle sie doch besser der Polizei übergeben. Ein Beamter werde vorbeikommen und sie abholen. Der werde sich mit ›Hauptkommissar Alfred Hartmann‹ ausweisen. Und wissen Sie was? Da hat es bei mir geklingelt. Ziemlich laut sogar.«

»Inwiefern?« Flottmann hatte der alten Frau mit einem gewissen Vergnügen zugehört. Sie redete langsam und bedächtig, und bei jedem Satz kam ihre verschmitzte Art zum Ausdruck.

»Ich hab sofort an Alfred Hettmer gedacht, an diesen Kommissar aus ›Aktenzeichen XY ... ungelöst‹. Den finde ich nämlich besonders nett. Er tritt immer auf, wenn es Zwischenergebnisse gibt. Jedenfalls hab ich mich plötzlich daran erinnert, dass in einer Sendung mal über falsche Polizisten berichtet wurde. Da ging es auch um Einbrecher und um alte Leute, die den angeblichen Polizisten ihr ganzes Geld gegeben haben. Ich fand die Masche ziemlich gemein. Jedenfalls kam mir der Verdacht, dass man auch mich mit der gleichen Methode abzocken wollte. Erst wollte ich die richtige Polizei rufen. Aber dann stand dieser Hauptkommissar Alfred Hartmann schon vor der Tür. Das ging alles so schnell, dass ich kaum nachdenken konnte. Ich hab getan, als wäre ich schon ’n beten bregenklöterig.«

Sie nahm erneut einen Schluck aus ihrem Glas. Flottmann blickte kurz an ihr vorbei zu Hilgersen. Der saß auf seinem Drehstuhl, hatte die Beine übereinandergeschlagen und hörte ebenfalls amüsiert zu.

»Das bin ich nämlich noch nicht. Bregenklöterig, plemplem, verstehen Sie? Ich hab den Kerl reingelassen und ihm erzählt, dass ich noch Goldbarren in einem Tresor im Keller aufbewahre. Wegen der Inflation und der Negativzinsen, die die Bank verlangt. Seine Augen sind ganz groß geworden. Natürlich konnte ich die Goldbarren nicht alleine tragen. Also musste er mit in den Kellerraum kommen, wo der Tresor stand. Tja, und während er nach dem Tresor suchte, den es ebenso wenig gibt wie die Goldbarren, hab ich die Tür hinter ihm abgeschlossen. Der hat ganz schön getobt da drinnen. Dann hab ich die richtige Polizei gerufen.«

»Das haben Sie großartig gemacht.« Flottmann schaltete das

Aufnahmegerät ab. »Sie haben viel Mut und Raffinesse bewiesen. Alle Achtung.«

»Es war mir ein besonderes Vergnügen, Herr Kommissar. Kommt der Kerl jetzt hinter Gitter?«

»Selbstverständlich.«

»Und dieser Friedberg auch?«

»Ja. Meistens agieren solche Betrüger aus dem Ausland. Aber den angeblichen Hauptkommissar Friedberg und seine Komplizen haben wir in Schleswig festnehmen können. Das war ein großer Erfolg, den wir Ihnen zu verdanken haben.«

Irmgard Christensen lächelte zufrieden.

»Wir werden noch ein Protokoll erstellen und uns wieder bei Ihnen melden. Ein Einsatzwagen wird Sie nach Hause fahren. Nochmals vielen Dank, Frau Christensen.«

Sie nickte.

Nachdem Irmgard Christensen von den Kollegen abgeholt worden war, legte Flottmann seine Füße auf den Aktenbock. »Unglaublich, die alte Dame!« Er trank einen Schluck vom inzwischen kalt gewordenen Kaffee und stellte die Tasse auf seinem Bauch ab. »Wenn unsere Fälle nur immer so einfach zu lösen wären.«

»Sie war wirklich auf Draht. Und sie hat echt Nerven bewiesen. Lockt den Abholer in den Keller!« Hilgersen schüttelte den Kopf und lachte.

»Der hat ihr tatsächlich geglaubt, sie habe Goldbarren in einem Tresor. Gier frisst Hirn.«

Flottmann und Hilgersen waren schon seit Monaten einer Bande auf der Spur gewesen, die sich als Polizisten ausgaben und vorwiegend ältere Mitbürger dazu verleiteten, ihnen Geld und Wertsachen auszuhändigen, um sie vor angeblichen Einbrechern zu sichern. Dabei waren sie ausgesprochen geschickt vorgegangen, hatten durch mehrere Telefonate Druck aufgebaut, bis schließlich ein sogenannter Abholer zuschlug. Dabei hatten sie es vorwiegend auf Bargeld und Schmuck abgesehen. Goldbarren passten natürlich ebenfalls in ihr Beuteschema. In einigen Fällen hatten sie ihre Opfer sogar dazu gebracht, Geld von der Bank abzuheben, weil es auch da angeblich nicht sicher war.

Die toughe Frau hatte Flottmann und Hilgersen den Abholer auf dem Tablett serviert. Und das Beste war, dass er sich gesprächig gezeigt und die Hintermänner verpfiffen hatte. Der Zugriff war noch am selben Tag erfolgt.

Flottmanns Telefon klingelte. Er nahm die Füße vom Aktenbock, ohne dabei an die Tasse auf seinem Bauch zu denken. Der Rest der dunkelbraunen Brühe ergoss sich über Hemd und Hose. Sein Fluchen war vermutlich im ganzen Präsidium zu hören. Hilgersens Lacher ebenfalls. Missmutig nahm Flottmann den Hörer ab. Der Empfang kündigte einen Besucher namens Florian Niemeier an.

Flottmann konnte gerade noch seine Kleidung grob mit Papiertaschentüchern abtupfen. Die Flecken auf dem Oberhemd verbarg er, indem er sein Jackett zuknöpfte. Es klopfte an der Tür, und der Besucher trat ein. Flottmann schätzte Niemeier auf Mitte bis Ende vierzig. Der große, schlanke Mann mit kurzen braunen Haaren grüßte mit einem kaum hörbaren »Moin«. Sein Blick wanderte zwischen Hilgersen und Flottmann hin und her, als wüsste er nicht, an wen von beiden er sich wenden sollte. Schließlich baute er sich vor Flottmanns Schreibtisch auf.

»Mein Name ist Dr. Niemeier. Ich habe ein Diplom in Elektrotechnik und hab in Physik promoviert. Außerdem war ich Professor an der Christian-Albrechts-Universität zu Kiel. 2002 erhielt ich den Bertha-Benz-Preis für Arbeiten auf dem Gebiet der Hochfrequenztechnik.«

Eine recht ungewöhnliche Vorstellung, fand Flottmann und registrierte Hilgersens Grinsen im Hintergrund.

»Herr Dr. Niemeier, bitte nehmen Sie Platz.« Flottmann zeigte auf den Holzstuhl neben dem Garderobenständer, der so unbequem war, dass er nicht zu langem Bleiben einlud.

Niemeier zog den Stuhl etwas vor und setzte sich.

»Was können wir für Sie tun?«, fragte Flottmann.

»Wissen Sie, ich hab keine Ahnung von Elektrotechnik und Physik. Verstehen Sie?«

»Äh – nein. Das heißt, dann hätten Sie sicher ein Problem mit Ihren Studenten gehabt.«

»Allerdings. Zum Glück musste ich keine Vorlesungen halten. Ich verdiene mein Geld als selbstständiger Fliesenleger und hab ein eigenes Geschäft.«

Hilgersen legte die Computermaus aus der Hand und drehte seinen Stuhl in Richtung des Besuchers. »Wie kommt man als Professor zum Fliesenlegen?«

»Gar nicht. Ich hab noch nie eine Universität von innen gesehen. Mein Titel ist erstunken und erlogen. Einen Preis hab ich allerdings immerhin erhalten. Vor zwei Jahren, als zweitbester Fliesenleger Schleswig-Holsteins.«

»Dann wollen Sie sich selbst wegen Titelmissbrauchs anzeigen?«

»Nee. Aber so eine Anzeige könnte mir blühen. Unter anderem deswegen bin ich gekommen. Irgendjemand hat eine Homepage auf meinen Namen erstellt. Florian Niemeier. Mit meiner Adresse, meiner Telefonnummer und dem erwähnten Unsinn. Erst gestern erhielt ich den Anruf eines Rundfunksenders, ob ich etwas zur Gefährlichkeit von Mikrowellengeräten sagen könne. Das konnte ich nicht, was Sie sicher verstehen werden.«

Flottmann nickte. »Aber welches Interesse sollte jemand an einer derartigen Fälschung haben?«

»Ich denke, es ist Aufgabe der Polizei, das zu klären.«

»Wir werden uns um die Angelegenheit kümmern, Herr Doktor – äh, einen Doktortitel haben Sie auch nicht?«

»Nee. Ich vermute mal, dass es in Deutschland nur wenige promovierte Fliesenleger gibt. Für unseren Job ist der Titel wenig hilfreich.«

»Da mögen Sie recht haben. Herr Niemeier, es wird schwierig werden, den oder die Verursacher der Fake-Seite herauszufinden. Und Sie haben wirklich keinen Verdacht, wer dahinterstecken könnte?«

»Nicht die Bohne. Meine Ex ist zu blöd für so etwas. Sie ist ansonsten die Einzige, der ich das zutrauen würde.«

»Sie sind geschieden?«

»Noch nicht. Die Anwälte streiten sich noch.«

»Könnte es ein unzufriedener Kunde gewesen sein?«, fragte Hilgersen. »Hatten Sie mit jemandem Streit?«

»Nee. Ganz bestimmt nicht. So ein Kunde würde meine Arbeit reklamieren und vielleicht die Rechnung kürzen. Aber das kommt so gut wie nie vor. Ich hab die Auszeichnung nicht umsonst erhalten. Ich will einfach nur, dass die Homepage aus dem Internet verschwindet. Ich musste mir schon Lästereien von Freunden und Mitarbeitern anhören, die mich mit ›Herr Professor‹ anreden. Und geschäftsschädigend könnte das Ganze auch werden. Bei der Google-Suche erscheint die Seite vor der meiner Firma.«

»Es gibt Anbieter, die sich auf die Entfernung von Interneteinträgen spezialisiert haben«, sagte Flottmann.

»Die kann ich dann auch noch bezahlen, oder wie soll ich das verstehen?«

Flottmann zuckte mit den Achseln. »Natürlich werden wir die Sache verfolgen. Wir nehmen Ihre Anzeige auf. Mein Kollege, Herr Hilgersen, wird das erledigen.«

Damit hatte Flottmann die Routinearbeit geschickt delegiert. In Anwesenheit des Besuchers würde Hilgersen nicht maulen. Aber alles hatte seinen Preis. Bei nächster Gelegenheit würde der sich garantiert revanchieren.

»Ich hab leider einen dringenden Termin.« Flottmann griff nach seiner Tasche und stand auf. Mit »Schönen Tag noch« verabschiedete er sich und verließ das Büro, ohne noch einen Blickkontakt mit Hilgersen zu riskieren. Immerhin hatte er einen triftigen Grund für seinen Aufbruch. Er musste unbedingt frische Sachen anziehen.

## 3

Winfried Abeling konnte es immer noch nicht fassen. Ein durchgeknallter Typ hatte ihn eingeschlossen. Er hatte etwas von Menschenversuchen gefaselt. Abeling verstand immer noch nicht, was der Irre damit gemeint hatte. Jetzt saß er seit Stunden auf einem Hocker und wartete auf seine Befreiung. Seine Frau würde versuchen, ihn zu erreichen, wenn er nach Feierabend nicht nach Hause kam. Irgendwann würde sie in der Firma Alarm schlagen. Falls sie dort noch jemanden antraf. Wenn nicht, würde sie die Polizei rufen. Man würde sein Auto vorfinden und die richtigen Schlüsse ziehen. Es war also nur eine Frage der Zeit, bis er aus seiner Lage befreit wurde, und er würde weder verhungern noch verdursten. Wobei er bereits jetzt einen quälenden Durst verspürte. Er sah auf seine Armbanduhr. Es war erst kurz nach zwölf. Noch vermisste ihn niemand. Allein der Gedanke, dass er vielleicht bis zum Abend in seinem Gefängnis ausharren musste, war nur schwer erträglich.

Sein Handy lag im Koffer, den er zurückgelassen hatte. Doch oben in der Gondel befand sich ein Telefon. Die Ironie des Schicksals hatte es so eingerichtet, dass es seit zwei Wochen nicht mehr funktionierte. Eine seiner Aufgaben an diesem Tag war es, ein elektronisches Bauteil auszutauschen, das die Funktion wiederherstellen sollte. Doch auch das lag im Koffer.

Trotzdem war er die Leiter hinaufgestiegen, in der geringen Hoffnung, doch etwas ausrichten zu können. Mit dem vorhandenen Werkzeug hatte er die Deckplatte abgeschraubt und hier und da an den Drähten herumgefummelt, um irgendwelche Kontaktprobleme zu beseitigen. Vergeblich. Kurz überlegte er, ob er es erneut probieren sollte. Aber der Aufstieg war beschwerlich. Einen Servicelift wie bei manchen anderen Anlagen gab es nicht.

Ihm blieb nichts anderes übrig, als auf seine Befreiung zu warten. Er starrte auf den Boden. Eine Zeit lang beobachtete er einen Käfer, der immer wieder versuchte, seinen Schuh zu erklimmen. Schließlich schüttelte er ihn ab, sodass das Insekt meterweit durch den Raum flog und auf dem Rücken landete. Es benötigte fast eine Minute, bis es wieder auf den Beinen stand und weiterkrabbelte.

Abelings Gedanken wanderten zum Vortag. Am Abend hatte er sich mit seinem Kollegen Horst zu einem Bier am Hafen getroffen. Bei dem schönen Wetter waren die Außenplätze am Husum Pub gut besetzt gewesen. Nach einiger Zeit hatte sich eine Frau zu ihnen an den Tisch gesetzt. Sie war jung und bildhübsch gewesen. Ihre offene, kindliche Art hatte ihn sofort gefangen genommen. Sie hatte mit ihm heftig geflirtet, herzhaft über seine Scherze gelacht und ihn dabei am Arm gepackt. Als er sich jetzt daran erinnerte, wie sie sein Tattoo entdeckt und mit dem Zeigefinger über die Stelle gestreichelt hatte, vergaß er für einen Moment, in welcher Lage er sich befand. Er hatte nach ihrer Telefonnummer fragen wollen, aber sie war von einer Sekunde auf die andere aufgestanden und gegangen. Immerhin hatte sie ihm zum Abschied noch ein Lächeln geschenkt. Wenn er sie das nächste Mal traf, würde er nach ihrer Rufnummer fragen. Das hatte er sich fest vorgenommen. Einem kleinen Abenteuer war er nicht abgeneigt, auch wenn er seine Ehe nicht aufs Spiel setzen wollte.

Seine Gedanken kehrten in die Realität zurück und kreisten um seine üble Lage. Vielleicht schaffte er es, die Tür aufzubrechen. Er musste es versuchen. Stundenlang tatenlos herumzusitzen war keine Alternative. Also stand er auf, nahm einen Schraubenschlüssel aus dem Werkzeugkasten zur Hand und mühte sich, ihn als Hebel einzusetzen. Doch der Schraubenschlüssel rutschte jedes Mal ab. Schließlich warf er ihn wütend von sich.

Missmutig setzte er sich wieder auf den Hocker. Er dachte an den Irren, der ihn eingesperrt hatte. Dessen Kapuzenpullover hatte das Gesicht teilweise verdeckt. Trotzdem war er sich sicher, dass er ihn nicht kannte. Aus seinen Äußerungen wurde Abeling nicht schlau. Menschenversuche? Die Anlage sei so eingestellt, dass sie Anwohner beeinflusse? Was hatte er damit gemeint? Abeling konnte sich keinen Reim darauf machen. War die Waffe, mit der der Typ ihn bedroht hatte, überhaupt echt gewesen? Jedenfalls hatte sie verdammt echt ausgesehen. Und wenn …

Abeling stockte der Atem. Was war, wenn der Kerl zurückkommen und ihn doch noch erschießen würde? Ihm lief es eiskalt den Rücken hinunter. Spielte sein Gehirn ihm einen Streich, oder hörte er gerade in diesem Moment Schritte auf der Treppe? Er kannte das Geräusch, das die Metalltreppe auf den Stahlturm übertrug, wenn jemand die Stufen emporstieg. Vielleicht waren Helfer eingetroffen. Abeling stand auf. Das Geräusch war verklungen. Doch dann pochte jemand an der Tür.

»Werden Sie jetzt reden?«, klang es von draußen.

»Ja, verflucht! Aber lassen Sie mich raus!«

Sofort nachdem er den Satz ausgesprochen hatte, kamen ihm Zweifel, ob er sich überhaupt wünschte, dass sein Entführer die Tür öffnete. Der Mann war unberechenbar. Im Grunde war Abeling in seinem Gefängnis vor ihm viel sicherer als draußen. Er hätte sogar besser den Eingang verbarrikadiert oder das Schloss demoliert und gewartet, bis Hilfe eintraf. Hektisch suchte er nach einem Stück Draht, das er in den Schließzylinder stecken konnte. Verdammt, warum hatte er nicht früher daran gedacht? In dem Raum gab es ein Regal, in dem verschiedenes Material lagerte, neben Werkzeug auch einige wichtige Ersatzteile für die Elektronik der Anlage. Garantiert waren auch ein paar Drähte dabei. Während er suchte, musste er weiter mit dem Entführer reden. Der durfte keinen Verdacht schöpfen.

»Was wollen Sie wissen?«

»Sie benutzen Infraschall für Ihre Menschenversuche. Geben Sie es zu!« Die Stimme des Mannes klang, als wäre er angetrunken oder auf Drogen.

»Nein. Es gibt keine Versuche. Das müssen Sie mir glauben.«

Endlich hielt Abeling ein Stück Draht in der Hand. Der war mit einer Isolierung versehen. Wenn er die entfernte, konnte der Draht ins Schloss passen.

»Und woher kommt der rote Punkt auf dem Sockel? Können Sie mir das erklären?«

»Ich weiß es nicht. Wahrscheinlich eine Graffitischmiererei. Nichts weiter.«

Er fand eine Zange und versuchte, die Isolierung abzulösen. Ein Kinderspiel im Normalfall. Aber seine Hände zitterten, und die Feinmotorik seiner Finger versagte.

»Niemand macht so ein Graffiti«, schrie der Irre von draußen. »Sie lügen!«

Plötzlich fiel ein Schuss. Ein ohrenbetäubender Knall hallte durch den Turm. Für einen Moment befürchtete Abeling, sein Trommelfell wäre geplatzt. Das Projektil hatte sich durch die Wand gebohrt. Verletzt war er nicht. Jedenfalls spürte er keinen Schmerz. Abeling begriff, dass es sinnlos war, sich weiter mit dem Angreifer zu unterhalten. Vielleicht hatte der Schuss ihn nur einschüchtern sollen. Trotzdem konnte ihn die nächste Kugel treffen. Er ließ Draht und Zange auf den Boden fallen und rannte zur Leiter. Ohne auch nur eine Sekunde an die vorgeschriebene Klettersicherung zu denken, stieg er mehrere Meter hinauf. Dort war er vor den Geschossen relativ sicher. Noch während er überlegte, ob er weiter aufsteigen sollte, sah er den Lichtschein, der den Raum zusätzlich zur künstlichen Beleuchtung erhellte. Der Angreifer hatte die Tür geöffnet. Jetzt musste Abeling um sein Leben klettern. Ungesichert und mit einem Mörder im Nacken durfte er sich keinen Fehltritt erlauben. Hundertmal hatte er den Weg bereits problemlos genommen, ohne ein einziges Mal in die Sicherungsseile zu fallen. Der Gegner würde mit seiner Geschwindigkeit nicht mithalten können. Doch er besaß eine Waffe und hatte genug Zeit, um sein Ziel anzuvisieren.

Während Abeling weiterkletterte, warf er einen schnellen Blick nach unten. Der Mann stand am Fuß der Leiter. Sein ausgestreckter Arm zeigte in Abelings Richtung. Als der Schuss fiel, stoppte Abeling unwillkürlich. Seine Hände verkrampften sich und wollten die Sprosse nicht mehr loslassen. Er atmete einmal tief durch und setzte den Aufstieg fort.

»Komm runter, sonst knall ich dich ab!«, schallte es ihm entgegen.

Abeling hatte die erste Plattform erreicht. Mit der rechten Hand hob er die Luke an und stieg hindurch, ohne seinen Lauf zu unterbrechen. Ein weiterer Schuss fiel. Er hatte das Gefühl, dass seine Knie weich wurden und seine Beine ihm nicht mehr gehorchten. Noch nie waren ihm die hundert Meter so elend hoch vorgekommen. Aber bald hatte er es geschafft. Keine zwanzig Meter bis zur Gondel! Jetzt nur nicht schlappmachen! Abeling nahm die letzten Leitersprossen mit Mühe, stieß die Luke auf und hechtete auf die Plattform. Ein paar Sekunden gönnte er sich, um auszuruhen. Aber die Gefahr war nicht gebannt. Die Luke hatte kein Schloss, das den Angreifer hätte abhalten können, und schwere Gegenstände, mit denen er sie blockieren konnte, gab es in der Gondel nicht.

Abeling verharrte auf der Stelle und horchte. Erneut erfasste ihn Panik, als er Stiefeltritte auf der Metallleiter vernahm. Der Kerl stieg ihm nach! Er schien zu allem entschlossen zu sein. Abeling saß in der Falle, und es gab kein Entkommen.

# 4

Leon Gerber hatte mit Psychotherapien keine guten Erfahrungen gemacht. Keiner der Therapeuten hatte seine Hochsensibilität, die sich insbesondere als Hörempfindlichkeit äußerte, verstanden. Vielleicht lag es auch daran, dass er bei aller Sensibilität fast besessen von Geräuschen war. Diesen Widerspruch konnte niemand auflösen. Auch er selbst nicht. Ständig war er mit Mikrofon und Aufnahmegerät unterwegs, um Töne jeglicher Art einzufangen, egal ob Froschquaken, Meeresrauschen, Glockenläuten oder Gewitterdonner. Seine Datenbank umfasste inzwischen über hunderttausend Aufnahmen, sortiert in verschiedene Kategorien. Andererseits konnte es passieren, dass er Übelkeit verspürte, wenn sein Nachbar den Motorrasenmäher anwarf oder ein Kaufhaus ihn mit Ansagen und Musik berieselte. Manchmal gelang es ihm, solchen Attacken auszuweichen. Seine Strategie, sich dagegen abzuhärten, indem er sich gezielt Lärmquellen aussetzte, war nicht erfolgreich gewesen. So war er dem Tipp seiner Lebensgefährtin Laura gefolgt und versuchte, seine Hochsensibilität zu akzeptieren und sogar als Bereicherung anzusehen. Das gelang ihm zwar nicht immer, aber doch in den meisten Situationen.

Nach einer Entführung, bei der er nur knapp dem Tode entronnen war, war er in ein neues Loch gefallen. Laura und ihre achtjährige Tochter Sophia, die in seiner direkten Nachbarschaft in Rosendahl wohnten, gaben ihm Halt. Auch seine Musik half ihm bei der Verarbeitung des Traumas. Seine CD mit eigenen Liedern, die er solo auf der Gitarre begleitet hatte, verkaufte sich besser als erwartet. Er war mit seinem Leben zufrieden. Doch oft quälten ihn Alpträume, und manchmal vernahm er Stimmen, die ihm etwas zuflüsterten. Ihm war bewusst, dass noch ein weiter Weg vor ihm lag, bis er die Nachwirkungen seiner Entführung überwunden hatte. Aber eine erneute Psychotherapie lehnte er ab. Er wollte sich selbst von seinen Ängsten befreien. Da kam es ihm gelegen, dass er über einen Zeitungsbericht von einer Therapiegruppe erfuhr, an der Menschen mit diversen Problemen teilnehmen konnten. Laut der Leiterin sei die Gruppe für jeden offen und eher als Gesprächskreis zu verstehen. Gerber war nicht gerade kontaktfreudig und blieb lieber für sich allein. Dennoch entschloss er sich, die Gruppe aufzusuchen. Es würde eine Herausforderung werden, sich darauf einzulassen, aber er konnte ja jederzeit gehen.

Die Treffen fanden in einem Raum des Gesundheitsamts Nordfriesland statt. Die Tür stand offen. Gerber traute sich nicht, einzutreten. Sollte er sich wirklich dem Stress aussetzen, der ihn unweigerlich erwartete? Vielleicht sogar seine Geschichte fremden Leuten erzählen? Bei dem Gedanken bildete sich Gänsehaut auf seinen Armen. Er drehte sich um und wollte gehen. Beinahe wäre er einer Frau in die Arme gelaufen.

»Hat Sie der Mut verlassen?« Sie lächelte ihn an.

»Nein. Nur – vielleicht bin ich doch falsch hier.«

»Kommen Sie. Das können Sie nur feststellen, wenn Sie jetzt nicht kneifen. Wir haben uns alle überwinden müssen. Okay?«

Die Frau, die elegant gekleidet war und Ende zwanzig sein mochte, versperrte ihm fast den Weg. Mit einer Handbewegung und einem weiteren Lächeln leitete sie ihn in den Seminarraum. Gerber spürte die Blicke, die ihn musterten, als er eintrat. Zwei Frauen und vier Männer waren anwesend. Die Tische standen im Kreis. So konnte er sich nicht auf eine hintere Bank verziehen, was er in ähnlichen Fällen zu tun pflegte. Aber meistens mied er Menschenansammlungen ohnehin, und so gab es nur wenige Anlässe, bei denen er seine Strategie einsetzte. Vor seiner Entführung hatte er sogar auf Konzerten vor Publikum gespielt. Zwar hatte ihn auch das damals viel Überwindung gekostet, doch mit einigen Tricks hatte er die Herausforderung gemeistert. Jetzt kamen die Ängste wieder zum Vorschein und verstärkten sich noch. Vielleicht musste er sich ihnen stellen, um sie zu besiegen.

Gerber suchte sich einen Platz mit einer größeren Lücke in Fensternähe. Die elegant gekleidete Frau schloss nach einiger

Zeit die Tür und setzte sich. Sie stellte sich als Evelin vor und war die Leiterin der Gruppe, eine attraktive Erscheinung mit kurzen blonden Haaren und schlanker Figur. Sie trug einen dunklen Rock und eine hellblaue Bluse. Im Gegensatz zu den anderen Anwesenden strahlte sie eine gute Portion Selbstsicherheit aus.

»Danke, dass ihr gekommen seid«, begann sie. »Damit unser Gesprächskreis möglichst locker und unverkrampft abläuft, schlage ich vor, dass wir uns alle duzen. Einverstanden?«

Keiner widersprach.

»Gut. Wenn sich jemand das erste Mal zu Wort meldet, kann er seinen Vornamen nennen oder sich einfach einen Namen ausdenken. Ich heiße Evelin, und ich möchte euch gleich zu Anfang darauf hinweisen, dass alles, was wir hier miteinander besprechen, unter uns bleiben muss. Es darf nichts nach außen dringen. Diese Vereinbarung wird helfen, dass wir uns frei äußern können. Niemand außer uns wird etwas von unseren Problemen erfahren.« Wie zur Unterstreichung ihrer Ausführung blickte sie in die Runde. »Okay. Ich leite diese Veranstaltung und habe eine therapeutische Ausbildung. Davon abgesehen nehme ich hier keine Sonderrolle ein und bin genau wie ihr dabei, um zu reden. Reden mit anderen, die ähnlich fühlen, hilft ganz sicher. Ich schlage vor, dass wir uns der Reihe nach kurz vorstellen. Wer möchte, kann dabei gerne schon ein paar Worte über sich und seine Geschichte hinzufügen.« Sie nickte dem hageren Mann um die sechzig mit Brille und Kinnbart neben sich zu.

Er kritzelte etwas auf seinen Notizblock, hob aber schließlich den Kopf. »Ich heiße Julius.« Er räusperte sich mehrmals. »Ich habe einen Menschen getötet. Ich meine – ich bin nicht schuld daran. Es ist so. Ich bin nämlich Triebfahrzeugführer, Lokführer. Das heißt, ich war es. Der Unfall ist fünf Jahre her. Seitdem bin ich arbeitsunfähig. Es war der zweite Schienentod, den ich miterleben musste. Der erste ist fast dreißig Jahre her. Den hatte ich einigermaßen weggesteckt. Das dachte ich jedenfalls. Aber beim zweiten Mal ist alles wieder aufgebrochen. Ich habe einen Mann überrollt, der nicht mehr leben wollte. So einen Zug kann man nicht einfach zum Stehen bringen wie ein Auto. Nach einer Kurve stand der Typ plötzlich auf dem Gleis. Ich hab sofort die Vollbremsung eingeleitet. Aber natürlich war es zu spät. Die Bilder und die Geräusche gehen mir nicht aus dem Kopf. Ich hab mich später nach dem Mann erkundigt. Ich wollte wissen, wieso er das getan hat. Und ich hab mit Angehörigen gesprochen. Vielleicht hätte ich das nicht tun sollen. Sobald er einen Namen hatte und ich einiges über ihn wusste, ist alles nur noch schlimmer geworden. Die Alpträume haben bis heute nicht aufgehört.«

Er wischte sich mit dem Handrücken einige Tränen ab. Alle Blicke waren auf ihn gerichtet, aber er sprach nicht weiter.

Stattdessen ergriff die Frau neben ihm das Wort. »Ich heiße Stella, bin fünfundvierzig Jahre alt. Meine Tochter ist seit neun Jahren verschwunden. Niemand weiß, wo sie ist. Mit der Ungewissheit zu leben ist sehr schwer. Sie fehlt uns, meinem Mann und mir. Das Schlimmste aber ist, dass wir nicht wissen, was passiert ist. Sie kam von der Schule nicht nach Hause. Es vergeht kein Tag, an dem mein Mann und ich nicht an sie denken. Ich bin sicher, dass sie noch lebt. Mein Mann glaubt das nicht. Das Leben ist für uns zur Qual geworden.«

Für einige Sekunden herrschte betroffenes Schweigen. Nach dem, was er von den beiden Teilnehmern gehört hatte, fühlte sich Gerber mit seinen Problemen fehl am Platz. Die Schicksale der anderen waren so viel schrecklicher als sein eigenes. Am liebsten wäre er aufgestanden und gegangen. Doch er blieb.

Zu seiner Rechten saß ein Mann um die dreißig. Er war unrasiert, hatte dunkle Ringe unter den Augen und trug ein fleckiges T-Shirt. »Mein Name ist Wolfgang«, sagte er. »Ich hab direkt neben der Horch- und Peilstelle des Bundesnachrichtendienstes gewohnt. Kennt ihr die Gebäude am Norderwungweg? Nicht? Na ja, die waren ja auch geheim. Aber natürlich ahnten wir Anwohner, dass dort merkwürdige Dinge vor sich gingen. Offiziell hieß der Verein ›Prüfstelle Husum der Bundesstelle für Fernmeldestatistik‹. Inzwischen weiß ich, dass dort mit gefährlichen Strahlen experimentiert wurde. Und meine Tochter ist davon krank geworden. Sie ist mit nur sieben Jahren an Leukämie gestorben und meine Frau etwas später. Sie ist am Tod unserer Tochter zerbrochen. So, das ist meine Geschichte. Ich will die ganze Wahrheit herausfinden und die Schuldigen zur Rechenschaft ziehen. Das bestimmt mein ganzes Leben. Ich bin arbeitslos und betäube mich mit Alkohol. Ich weiß, dass es mit mir so nicht weitergeht. Ich muss wieder auf die Beine kommen. Aber ich hab keine Ahnung, wie ich das schaffen soll. Meine Hoffnung ist, dass ich wieder zu einem normalen Leben zurückfinden kann, wenn ich den oder die Schuldigen gefunden habe. Sie müssen bestraft werden für das, was sie getan haben. Das hält mich am Leben.«

Nun war Gerber an der Reihe. Er merkte, wie ihm das Blut in den Kopf stieg. »Mein Name ist Leon. Ich – ich wurde vor einiger Zeit entführt und dachte, ich müsse sterben. Seitdem höre ich manchmal Stimmen, die nicht real sind. Wahrscheinlich hat es auch damit zu tun, dass ich hochsensibel bin, was Geräusche angeht. Außerdem sehe ich mit jedem Ton Farben und Formen. Synästhesie nennt man das. Aber das ist keine Krankheit. Ich nehme es kaum noch als etwas Besonderes wahr. Es stört mich auch nicht. Aber die Stimmen, die mir etwas zuflüstern, beunruhigen mich. Ich muss sie loswerden.« Gerber blickte unsicher in die Runde. Niemand grinste oder lachte über seine Ausführung. Er begriff langsam, dass er unter Gleichgesinnten war, unter Menschen mit ganz anderen Geschichten, aber doch mit ähnlichen Auswirkungen auf das eigene Leben.

Nachdem sich weitere Personen vorgestellt hatten, fühlte sich Gerber in gewisser Weise als Mitglied einer kleinen Gemeinschaft, die das Ziel verfolgte, sich von Ängsten zu befreien und das Leben wieder in den Griff zu bekommen.

Nach neunzig Minuten war die Veranstaltung beendet. Auf dem Rückweg nach Rosendahl dachte Gerber noch lange über die Schilderungen der Teilnehmer nach. Sie hatten ihn tief berührt. Wolfgangs Geschichte kam ihm allerdings merkwürdig vor. Tatsächlich hatte es die als »Bundesstelle für Fernmeldestatistik« getarnte BND-Außenstelle gegeben. Davon hatte er vor noch nicht langer Zeit in der Presse gelesen. Doch dass dort mit Strahlen experimentiert worden war, konnte er sich nicht vorstellen.

Gerber parkte sein Auto vor der Garage und schaltete den Motor aus. Er blieb noch eine Weile nachdenklich sitzen, bevor er ausstieg und ins Haus ging.

# 5

Abeling lehnte an der Wandung des Generators und verharrte eine Minute in Schockstarre. Kurz überlegte er, ob er sich auf die Luke stellen sollte. Dann konnte sein Angreifer sie nicht öffnen. Aber sofort verwarf er den Gedanken wieder, denn er würde ein gutes Ziel für einen Schuss abgeben, zumal der Einstieg aus Gitterrosten die Sicht auf ihn erlaubte. Und dass der Verfolger ihn töten wollte, daran bestand kein Zweifel mehr.

Es war still im Maschinenhaus. Die Anlage hatte er ausgeschaltet. Das wurde in der Zentrale automatisch angezeigt. Aber da er einige kleinere Wartungsarbeiten vorgehabt hatte, würde das niemanden stutzig machen. Wäre doch nur dieses verdammte Telefon nicht defekt, hätte er schon lange Hilfe rufen können. Jetzt war er auf sich gestellt. Hatte sein Gegner gewusst, dass das Telefon nicht funktionierte? Das war eher unwahrscheinlich. Woher hätte er es wissen sollen? Wahrscheinlicher war, dass er gar nicht auf die Idee gekommen war, dass eines im Turm existierte.

Abeling beugte sich vor und blickte durch den Gitterrost. Er konnte nur bis zur nächsten Plattform sehen. Bis dahin hatte der Verfolger es noch nicht geschafft. Aber wieder erklangen Tritte von der Leiter, die jedoch langsamer geworden waren. Seinem Widersacher schien die Puste auszugehen. Dass der zu betrunken war, um die über hundert Meter zu bewältigen, darauf konnte Abeling nicht hoffen. Er musste handeln, bevor es zu spät war. Ein Ausstieg ins Freie kam nicht in Frage. Zwar war die Gefahr, ohne Sicherung abzustürzen, eher gering, aber da draußen gab er eine gute Zielscheibe ab, ohne dass er ausweichen konnte. Nein, ihm musste etwas anderes einfallen.

Er suchte nach Gegenständen, mit denen er sich wehren konnte. Doch die Gondel war aufgeräumt. Er selbst hatte stets dafür gesorgt, dass nichts herumlag, über das man fallen konnte oder das zu einem Geschoss wurde, wenn es in die Tiefe fiel.

Das Einzige, was er entdeckte, waren ein Helm und ein Klettergeschirr. Immerhin! Aus entsprechender Höhe wären das harte Geschosse. Abeling stellte beides neben der Luke bereit und öffnete diese. Notfalls würde er auch seine Schuhe werfen. Dabei war es besser, die Gegenstände einfach fallen zu lassen, anstatt sie zu werfen, damit die Schwerkraft sie auf der senkrechten Bahn hielt. So konnte er den Mistkerl kaum verfehlen.

Abeling ging in die Hocke und schob die Seile mit den Metallverschlüssen durch die Luke. Das Herz klopfte ihm bis zum Hals. Sobald sein Gegner die Plattform zwanzig Meter unterhalb der Gondel passiert hatte, würde er das Klettergeschirr loslassen. Er hatte sich nicht geirrt. Nach einigen Minuten wurde die Klappe geöffnet. Der Mann hatte tatsächlich immer noch die Pistole in der Hand, während er hindurchstieg. Nach einigen Metern blickte er nach oben. Das war der Moment, in dem Abeling das Seil fallen ließ. Die Konstruktion streifte die Leiter, verhedderte sich kurz und wurde so abgelenkt, dass sie ihr Ziel verfehlte und auf der nächsten Plattform landete. Sein Widersacher feuerte wütend einen ungezielten Schuss ab. Abeling ließ sich davon nicht beirren. Sofort griff er nach dem Helm, positionierte ihn eine Handbreit weg von der Leiter und ließ ihn fallen. Der Helm torkelte und lief Gefahr, ebenfalls von der Bahn abzukommen.

Doch dieses Mal erwischte er den Gegner wie geplant am Kopf. Der Helm bestand aus Kunststoff und hätte kaum eine tödliche Verletzung hervorgerufen. Aber der Schreck oder der Schmerz brachte den Angreifer aus dem Gleichgewicht. Die Pistole glitt ihm aus der rechten Hand, und mit der anderen griff er ins Leere, als wollte er sich instinktiv irgendwo abstützen. Dann kippte er hintenüber, fuchtelte mit den Armen und stürzte mit einem markerschütternden Schrei in den Abgrund. Sein Kopf schlug auf der Plattform auf. Schließlich verschwand der gesamte Körper in der Öffnung, als würde er von einem Schlund verschluckt. Es vergingen weitere Sekunden, bis ein dumpfes Geräusch davon zeugte, dass er eine weitere Etage tiefer auftraf und liegen blieb. Jetzt war es still im Turm.

Abeling setzte sich und lehnte sich an die Wand. Er streckte die Beine von sich und atmete tief durch. Der Spuk war vorbei. Er benötigte noch einige Minuten, bis er sich traute, hinabzusteigen. Er musste die Polizei benachrichtigen. Ein Rettungswagen war vermutlich nicht mehr erforderlich. Den Sturz konnte der Irre nicht überlebt haben. Abeling merkte, dass seine Knie immer noch weich waren, als er den Abstieg begann. Auch jetzt musste er ohne die Sicherung auskommen. Als er die Ebene erreichte, auf der der leblose Körper lag, lief es ihm eiskalt den Rücken hinunter. Neben dem Kopf breitete sich eine Blutlache aus. Die Beine des Toten waren verdreht und ragten in die Durchgangsluke hinein, sodass Abeling sie beiseiteschieben musste, um hindurchzugelangen. Dabei vermied er es, die Leiche genauer zu betrachten. So schnell er konnte, kletterte er bis hinunter zum Fuß der Anlage. Unten auf dem Boden lag die Pistole. Abeling fasste sie nicht an. Es würde eine Untersuchung geben, und alles musste so bleiben, wie es war. Er hatte eindeutig in Notwehr gehandelt. Daran hegte sicher auch die Polizei keinen Zweifel.

Als er ins Freie trat, blies ihm ein erfrischender Wind entgegen. Er setzte sich auf den Betonsockel, um seine Gedanken zu ordnen. Wie er erwartet hatte, war der Koffer mit seinem Handy verschwunden. Bis auf sein Handy war der Verlust zu verschmerzen. Am liebsten wäre er sofort heimgefahren. Aber er kam nicht drum herum, die Polizei zu informieren und auf die Beamten zu warten. Sie hatten ganz sicher eine Menge Fragen an ihn. Also machte er sich auf den Weg zum nächsten Wohnhaus, um von dort zu telefonieren. Es lag querfeldein keine hundert Meter entfernt. Zu Fuß war er schneller am Ziel als mit dem Auto.

Auf halber Strecke kamen ihm Bedenken. Es war nicht völlig auszuschließen, dass sein Angreifer ausgerechnet dort gewohnt hatte. Schließlich war es das Gebäude, das am nächsten an der Windkraftanlage lag. Natürlich war die Geschichte über Menschenversuche nur ein Hirngespinst gewesen. Aber der Mann hatte sich offenbar extrem belästigt gefühlt. Und er war nicht der Einzige, der Windkraftanlagen für Teufelswerk hielt, die allerlei Krankheiten verursachten. Solche Leute ließen sich weder durch Argumente noch durch Forschungsergebnisse vom Gegenteil überzeugen. Abeling konnte immer noch nicht fassen, dass er so einem verbohrten Zeitgenossen beinahe zum Opfer gefallen wäre.

Vielleicht träfe er in dem Haus auf Angehörige des Toten. Aber das musste ihm egal sein. Er wollte einfach nur, dass das Ganze vorbei war. Er war bereits jetzt am Ende seiner Kräfte. Die Todesangst und die körperliche Anstrengung des Auf- und Abstiegs im Turm hatten ihn schwer mitgenommen. Das Haus, vor dem er nun stand, war alt und wirkte etwas heruntergekommen. Im Vorgarten wucherte Unkraut. Das Dach war an mehreren Stellen ausgebessert worden, und die Fenster sowie die Tür benötigten mindestens einen neuen Anstrich. Auf dem Klingelschild las er »Dieter und Maren Bernecke«.

Abeling drückte auf den Knopf und erschrak, als ein Gong ungewöhnlich laut ertönte. Seine Nerven lagen blank. Die Tür stand einen Spalt offen. Er schob sie auf und rief in den Flur, aber niemand antwortete. Jetzt nahm er keine Rücksicht mehr. Schließlich ging es um einen Notfall. Kurz entschlossen trat er ein und eilte bis ins Wohnzimmer, wo er ein Telefon vorfand.

»Jemand hier?«, rief er noch einmal, bevor er den Hörer abnahm und die 110 wählte.

Das Geräusch hinter sich ignorierte er. Es hätte ihn alarmieren müssen, aber seine Aufmerksamkeit galt der Frauenstimme am anderen Ende der Leitung. Aus den Augenwinkeln bemerkte er eine Bewegung. Ein harter Schlag traf ihn am Hinterkopf. Der Hörer glitt ihm aus der Hand, und er torkelte zu Boden. Verschwommen nahm er eine dunkle Gestalt wahr, die sich über ihn beugte. Unfähig, sich zu rühren, erwartete er einen weiteren Schlag. Doch stattdessen spürte er einen stechenden Schmerz auf seiner Kopfhaut. Jemand hatte ihm ein Haarbüschel ausgerissen!

Abeling verstand nicht, was gerade passierte. Er fühlte, wie warmes Blut in seinen Nacken lief. Kurz gelang es ihm, sich etwas aufzurichten. Aber dann sackte er wieder zusammen, schlug mit dem Schädel auf den Fliesenboden und verlor die Besinnung.

Schmidtmann und Rasmussen waren unterwegs zum Husumer Fischmarkt. Rödemishallig nannte sich das Gebiet, wo die Fischkutter anlegten und der Seglerverein seine Liegeplätze hatte. Vor dem Fischmarktgebäude hatte es einen Blechschaden beim Einparken eines Fahrzeugs gegeben. Auch um solche Lappalien mussten sich die Polizisten kümmern. Bei der Gelegenheit wollte Schmidtmann sich eine Portion Krabben kaufen.

Sie hatten gerade den Außenhafen erreicht, als ein neuer Einsatzbefehl erfolgte. Aus den Krabben würde nichts werden. Schmidtmann schaltete das Blaulicht ein und drehte um. Der neue Einsatzort lag keine zehn Minuten entfernt. Da keinerlei Informationen über die dortige Situation vorlagen, war besondere Vorsicht geboten. Er kannte fast jeden Winkel in Husum und in der Umgebung. Schließlich war er in der Stadt geboren und aufgewachsen. Auch das abgelegene Haus in der Nähe der Ortschaft Finkhaushallig kannte er. Der Besitzer hatte sich mehrfach über Lärmbelästigungen durch die Windenergieanlagen in der Nachbarschaft beschwert. Das Ordnungsamt hatte sich schließlich darum gekümmert. Was daraus geworden war, wusste Schmidtmann nicht.

Er stoppte den Wagen vor dem Wohnhaus. Rasmussen und er stiegen aus und liefen den Gartenweg entlang. Als sie die Einbruchsspuren an der offenen Tür entdeckten, zogen sie ihre Waffen. Schmidtmann ging voran. Sie mussten mit allem rechnen. Es sah nach einem Einbruch aus, und der Täter konnte noch im Haus sein.

Im Wohnzimmer fanden sie einen Mann reglos am Boden liegend. Rasmussen ging an ihm vorbei, um die angrenzenden Räume abzusichern, während Schmidtmann mit der Waffe in der Hand den Puls des Mannes prüfte.

»Wir brauchen einen Notarzt!«, rief er Rasmussen zu, der gerade ins Wohnzimmer zurückgekehrt war.

# 6

Flottmann hatte früh Feierabend gemacht und war zu Fuß auf dem kurzen Heimweg. Seine Wohnung in der Herzog-Adolf-Straße lag keine fünf Minuten vom Präsidium entfernt. Er hatte bereits den Haustürschlüssel in der Hand, als ihn Hilgersens Anruf erreichte. Am Handy erfuhr er vom Vorfall in Finkhaushallig. Ein einfacher Einbruch wäre kein Grund gewesen, zur Dienststelle zurückzukehren. Aber die Umstände erforderten einen »fähigen Kriminalisten«, so Hilgersen. Flottmann steckte Schlüssel und Handy in die Jackentasche und drehte um.

Für den Abend hatte er sich mit Lena verabredet, um gemeinsam mit ihr zu kochen. Wobei sein Anteil vorwiegend aus einfachen Tätigkeiten bestand, wie dem Waschen und Schneiden von Gemüse, dem Öffnen der Weinflasche und natürlich dem Verzehr des fertigen Gerichts. Auch wenn er etwas später bei ihr antanzte, käme sie klar.

Hilgersen erwartete ihn auf dem Parkplatz und hielt ihm sogar die Autotür auf. Während der Fahrt unterrichtete er Flottmann über die Sachlage, soweit sie ihm bekannt war.

»Das Opfer wohnt nicht in dem Haus?«

»Nein. Es ist ein Monteur, der Windkraftanlagen wartet. Sein Auto stand in der Nähe einer WKA. Und noch etwas ist merkwürdig. In der Anlage haben die Kollegen eine Pistole gefunden. Das Opfer, das bewusstlos auf dem Boden lag, befindet sich im Krankenhaus und ist vermutlich noch nicht vernehmungsfähig. Mehr weiß ich nicht.«

Hilgersen nahm die nächste Kurve mit zu hoher Geschwindigkeit und geriet auf den Grasstreifen. Aber er steuerte geschickt gegen und brachte das Auto wieder sicher auf die Straße. Offensichtlich genoss er die seltenen Situationen, in denen er seine Fahrkunst demonstrieren konnte. Flottmann stemmte sich gegen die Fliehkraft, indem er sich am Türgriff abstützte.

Doch er tat seinem Kollegen nicht den Gefallen, seine Angst zu zeigen.

Zum Glück war die Fahrt nur kurz. Nach wenigen Minuten erreichten sie ihr Ziel. Vor dem Haus standen ein Einsatzwagen der Polizei sowie Rita Försters Rostlaube, ein Ford Fiesta, der mit Kratzern und Beulen übersät war. Ihr Job als Spurensicherungskraft bei der Husumer Polizei war erst vor ein paar Jahren eingeführt worden. Rita machte ihre Arbeit gut, aber zwischen ihr und Flottmann gab es einige Kommunikationsschwierigkeiten. Sie war burschikos und ernst. Soweit Flottmann sich erinnern konnte, hatte er sie noch nie lachen hören. Nicht einmal, wenn er seiner Ansicht nach einen gelungenen Scherz zum Besten gegeben hatte. Richtig warm würde er mit ihr wohl nie werden.

Rita kam nur bei Delikten wie Einbrüchen zum Einsatz. Sobald es um ein Kapitalverbrechen ging, wurde die Flensburger Polizei angefordert. Die Kollegen, unterstützt durch ein Team aus Kriminaltechnikern, übernahmen dann die Ermittlungen.

Jürgen Schmidtmann stieg aus dem Streifenwagen und kam ihnen entgegen.

»Moin«, grüßte er.

»Moin, Moin«, antwortete Hilgersen. »Das Opfer wurde ins Krankenhaus gebracht?«

»Ja. Winfried Abeling heißt der Mann. Er hat einen Schlag auf den Hinterkopf erhalten. Das Tatwerkzeug haben wir nicht gefunden. Aber Rita ist ja noch dran. Sie lässt uns nicht mehr rein. Euch sicher auch nicht.«

»Ihr habt sein Fahrzeug drüben bei den Windmühlen gefunden?«

»Ja. Er ist wohl ein Monteur, der die Dinger repariert oder wartet. Was da genau passiert ist, ist noch ein Rätsel. Die Tür zur Anlage stand offen, und drinnen liegt eine Pistole. Wir haben natürlich nichts angefasst. Rasmussen ist drüben und hält die Stellung.«

»Gut«, sagte Flottmann. »Dann werden wir mal Rita interviewen.«

Er wandte sich um, hob das rot-weiße Flatterband an, das das Grundstück absicherte, und lief Richtung Eingang. Hilgersen folgte ihm. An der Tür blieben beide stehen. In diesem Moment hatte Rita Förster das Sagen. Flottmann wollte sie gerade rufen, als sie in ihrem schneeweißen Anzug erschien.

Sie nahm die Kapuze ab. »Ich brauch noch eine halbe Stunde.«

»Moin«, grüßte Flottmann. »Aber irgendetwas kannst du uns doch schon sagen, oder?«

Er duzte sie. Sie dagegen siezte oder duzte ihn, offenbar je nach Stimmungslage.

»Ich hab einen Koffer gefunden. Nach dem Inhalt zu urteilen, könnte der dem Opfer gehören. Sofern meine Information stimmt, dass es sich bei ihm um einen Techniker oder Monteur handelt. Allerdings ...«

»Ja?«

»Allerdings hab ich den Koffer im Schlafzimmer des Hauses gefunden. Der Überfall auf ihn fand jedoch im Wohnzimmer statt. Er muss also erst bis zum Schlafzimmer durchgegangen sein, hat dort den Koffer abgestellt und ist dann ins Wohnzimmer zurückgekehrt, um zu telefonieren. Aber solche Schlussfolgerungen sind nicht meine Sache. Ich hab Fingerabdrücke und einen DNA-Abstrich vom Hörer genommen. Und gleich werde ich noch die Einbruchsspuren hier an der Tür untersuchen und sichern. Also lasst mich weiterarbeiten.« Sie zog sich die Kapuze wieder über den Kopf und ließ die Kommissare stehen.

»Okay, auf zur Windkraftanlage«, sagte Flottmann.

»Gehen wir zu Fuß?«

»Nee.«

»Wäre aber gut für deine schlanke Linie.«

»Danke für dein Kompliment.«

»Was?«

»Ach nichts. Steig ein.«

Hilgersen schaffte es selbst auf der kurzen Strecke, Flottmann mit seinem Fahrstil ins Schwitzen zu bringen. Zu allem Überfluss vollführte er auch noch eine Vollbremsung, als sie am Ziel angelangt waren. Völlig kindisch, fand Flottmann, schluckte aber eine Bemerkung hinunter.

Rasmussen empfing die beiden. Er wiederholte im Wesentlichen die Informationen, die sie bereits besaßen, und verzichtete auf irgendwelche Theorien zum Hergang der Ereignisse.

Hilgersen und Flottmann stiegen die Eingangstreppe hinauf und betraten die Anlage. Sofort fiel ihnen die Pistole ins Auge, die auf dem Boden lag. Nicht weit davon entfernt fanden sie einen Schutzhelm und eine Zange. Flottmann entdeckte geringfügige Blutanhaftungen an den unteren Leitersprossen und auf dem Boden. Er legte den Kopf in den Nacken und blickte aufwärts.

»Das Blut ist wahrscheinlich aus großer Höhe heruntergetropft.«

Hilgersen nickte. »Das Spritzmuster spricht dafür. Da oben könnte noch ein Verletzter liegen.«

»Jemand sollte nachsehen.«

»Ja. Jetzt könntest du mal beweisen, dass dein Fitnessprogramm Wirkung gezeigt hat.«

»Welches Fitnessprogramm?«

»Du hast doch erzählt, dass du –«

»Ja, erzählt hab ich das.«

»Verstehe.« Hilgersen grinste. »Okay, ich mach das.«

»Vielleicht finden wir im Auto ein Sicherheitsgeschirr. Wir könnten auch Rasmussen bitten, den Job zu übernehmen.«

»Wir dürfen keine Zeit mit Diskussionen verlieren. Wenn da oben einer liegt und noch lebt, zählt jede Minute. Gegebenenfalls brauchen wir Feuerwehr und Krankenwagen.«

Hilgersen begann die Stufen emporzuklettern.

»Teufelskerl!«, rief Flottmann ihm hinterher.

So manches Mal hatte sein Kollege mit seinen angeblichen Fähigkeiten und seinem Mut geprotzt. Auch neckte er Flottmann gerne mit dessen Übergewicht und mangelnder Fitness. Aber wenn es darauf ankam, zeigte er wirklichen Einsatz.

Er war inzwischen durch die erste Plattform gestiegen und

nicht mehr zu sehen. Lediglich seine Tritte hallten noch durch den Turm. Eine Viertelstunde später tauchte er endlich wieder auf.

»Da liegt einer«, sagte er, während er die letzten Stufen der Leiter nahm. »Auf Ebene 3. Aber er ist eindeutig tot. Einen Krankenwagen benötigt er nicht mehr.«

Flottmann klopfte ihm auf die Schulter. »Gut gemacht. Jetzt brauchen wir das volle Programm.« Damit meinte Flottmann die Benachrichtigung des Flensburger Kommissariats 1, das den Fall übernehmen würde. »Während du das organisierst, werde ich noch mal zum Wohnhaus gehen und Rita interviewen.«

»Übernimm dich nicht.«

»Womit?«

»Mit dem langen Fußweg und mit Rita.« Hilgersen zog sein Handy aus der Tasche und begann zu telefonieren.

Draußen informierte Flottmann Rasmussen mit ein paar Worten und wies ihn an, den Bereich um die Anlage abzusperren. Zwar war nicht zu erwarten, dass Schaulustige den abgelegenen Ort entdeckten, aber sobald die Presse von dem Ereignis erfuhr, konnte sich das schnell ändern.

Flottmann nahm den kürzesten Weg über das Feld, durchquerte den Garten und gelangte durch eine Pforte zur Straße. Rita Förster war gerade dabei, ihre Sachen in den Kofferraum ihres Autos zu packen. Sie trug noch die Schutzkleidung, hatte aber die Kapuze vom Kopf gezogen.

»Bist du fertig?«, fragte er.

»Ja«, war die kurze Antwort.

»Hast du noch was Neues für mich?«

»Steht alles im Bericht.« Sie wandte sich wieder ab und begann, ihren Einwegoverall auszuziehen.

Flottmann hatte nicht vor, sie über den zweiten Tatort zu informieren. Der war jetzt sowieso Sache der Flensburger Polizei. Die würde mit ihren eigenen Spezialisten auch das Haus noch einmal unter die Lupe nehmen. Er unterhielt sich mit Schmidtmann, bis Rita Förster in ihr Auto gestiegen und abgefahren war. Dann betrat er das Wohnhaus. Er wollte sich unbedingt noch einmal einen Eindruck von diesem Tatort verschaffen, bevor die Flensburger anrückten. Die Ereignisse im Haus und die in der Windkraftanlage hingen zusammen, auch wenn ihm noch nicht klar war, auf welche Weise.

Er inspizierte die Räume und speicherte die Eindrücke in seinem Gedächtnis ab. Auffällig war ein kleines Zimmer, in dem offenbar jemand wahllos Einrichtungsgegenstände zertrümmert hatte. Auf dem Boden lagen Bücher, Scherben sowie umgestürzte und beschädigte Möbel.

Die Möbel im Wohnzimmer waren alt und abgenutzt. Sie stammten vermutlich aus den fünfziger Jahren. Eine grüne Couch mit langen Holzbeinen, passende Cocktailsessel und ein Tisch aus Teakholz. Entweder hatte der Besitzer ein Faible für die Fünfziger gehabt, oder die Einrichtung war damals angeschafft und nie erneuert worden. Flottmann vermutete, dass Letzteres der Fall war. Zumindest in einigen Räumen schienen sogar die gemusterten Tapeten noch aus jener Zeit zu stammen. Immerhin hing an einer Wohnzimmerwand ein Fernsehbildschirm neuerer Bauart.

In einer Ecke stand ein Schreibtisch, der mit Papieren und Zeitungsausschnitten bedeckt war. Auch auf dem Boden lagen Stapel ausgeschnittener Artikel. Die Lücke im Chaos sowie eine Computermaus und ein billiger Tintenstrahldrucker legten nahe, dass ein Laptop fehlte. Auch ein verwaistes Anschlusskabel deutete darauf hin. Vermutlich hatte der Einbrecher das Gerät entwendet. Ob auch andere Gegenstände gestohlen worden waren, mussten die weiteren Ermittlungen zeigen. Aber offensichtlich waren keine Schränke und Schubladen durchwühlt worden, was untypisch für einen normalen Einbruch war. Aber vielleicht war der Täter bereits zu Beginn seines Raubzugs vom Opfer gestört worden und hatte nur den Laptop an sich genommen. Flottmann schloss nicht aus, dass dieser auch als Tatwaffe gedient hatte. Aber das war reine Spekulation, die darauf beruhte, dass der Einbrecher spontan gehandelt und keine Schlagwaffe mit sich geführt hatte.

Flottmann bückte sich und hob einen Artikel mit der fetten

Überschrift »Die Zerstörung des Himmels« vom Boden auf. In der Unterüberschrift hieß es: »Globales Chemie-Verbrechen in der Atmosphäre«. Flottmann überflog den Text. Darin wurde behauptet, dass Flugzeuge eine gefährliche Aluminiummischung über Europa versprühten. Ziel der Versuche sei, die Erdatmosphäre abzukühlen und die Ozonschicht zu sanieren, was jedoch mit erheblichen Gefahren für die Gesundheit der Menschen verbunden sei. Von offizieller Seite würden die Nebelschwaden als normale Kondensstreifen der Flugzeuge abgetan. Doch Beobachtungen zeigten, dass die »Chemtrails« wesentlich beständiger seien und das Sonnenlicht auf ganz bestimmte Weise ablenkten. Alles wurde mit anschaulichen Fotos untermalt. Flottmann las nicht weiter. Er nahm einen Stapel mit Zeitungsausschnitten in die Hand.

Einige Artikel berichteten über die Schädlichkeit von durch Windkraftanlagen verursachtem Infraschall, andere über Gefahren durch den Mobilfunkstandard 5G, der die Möglichkeit biete, Gedanken und Emotionen der Bevölkerung zu manipulieren. Auch Berichte über Aliens, die Menschen entführten und medizinische Experimente an ihnen durchführten, waren dabei. Der Hausbewohner schien an allen Arten von Verschwörungsmythen interessiert gewesen zu sein. Flottmann legte die Papiere wieder an ihren Platz.

Sein Blick fiel auf ein gerahmtes Familienfoto, das an der Wand hing. Es zeigte einen Mann, vermutlich den Bewohner Dieter Bernecke, eine Frau mit einem Hund auf dem Arm sowie zwei Kinder, ein Mädchen und einen Jungen etwa im Alter von fünf bis sechs Jahren. Irgendetwas an dem Bild stimmte nicht. Aber Flottmann kam nicht darauf, was es war. Ihm war bei der Besichtigung der Räumlichkeiten aufgefallen, dass es nirgends Kinderspielzeug gab. Falls die abgebildete Familie jemals in dem Haus gewohnt hatte, hätte er irgendwelche Hinweise darauf erwartet. Ein Bild, von einem Kind gemalt, vielleicht eine Hundeleine oder einen Fressnapf, selbst wenn die Familienmitglieder schon längst ausgezogen waren.

Es blieb nur noch wenig Zeit, bis die Flensburger eintreffen würden. Dann war es mit der besinnlichen Tatortbesichtigung vorbei. Die Kollegen waren routiniert. Aber immer bestand die Gefahr, dass die Intuition dabei zu kurz kam. Und die war Flottmanns wichtigstes Werkzeug bei der Aufklärung von Kapitalverbrechen. Nachdem er die Atmosphäre eingesogen und die Bilder in seinem Kopf abgespeichert hatte, verließ er das Haus und wartete zusammen mit Schmidtmann auf das Eintreffen des Flensburger Ermittlerteams.

# 7

Wie fast jeden Morgen kam Flottmann über eine Stunde nach Hilgersen ins Büro. Auch dessen Antwort auf sein »Moin« fiel wie üblich aus.

»Mahlzeit.«

»Lass dir mal was Originelleres einfallen.« Flottmann ließ seine Aktentasche auf den Boden fallen, setzte sich an seinen Schreibtisch und schaltete den Computer ein.

»Liegt was an?«, fragte er, nachdem er seine E-Mails gecheckt hatte.

»Bei unseren falschen Polizisten wurde umfangreiches Beweismaterial gesichert. Das Ganze scheint noch größer zu sein, als wir gedacht haben. Wir haben einen wirklich guten Fang gemacht.«

»Und in der Sache mit der Windkraftanlage?«

»Der Techniker konnte noch nicht befragt werden. Die Auswertung der Spuren ist noch im Gange. Wir werden auf dem Laufenden gehalten. Dieter Bernecke liegt in der Rechtsmedizin. Wir kriegen eine Kopie des Obduktionsberichts, sobald der vorliegt. Ich erwarte aber keine Überraschungen. Der Sturz aus großer Höhe wird die Todesursache gewesen sein.«

»Es hat schon einen Vorteil, wenn ich nach dir ins Büro komme, Gustl. Du kannst mich dann immer auf den aktuellen Stand bringen.«

»Daher weht der Wind. Die Angelegenheit mit der Homepage hab ich übrigens Lohmeyer, unserem Hobby-IT-Fachmann, übergeben. Er wird sich damit beschäftigen.«

»Welche Homepage?«

»Na, die vom Fliesenleger, der zum Professor aufgestiegen ist. Niemeier heißt er.«

»Ach ja. Ulkige Sache.«

»Ich hab mir die Seite mal genau angesehen. Sie ist geschickt gemacht. Da hat jemand viel Arbeit investiert. Ich kann mir nicht vorstellen, dass derjenige oder diejenige Niemeier einfach nur eins auswischen wollte. Außerdem steht da ja nichts Ehrenrühriges drin. Wenn ihn jemand mobben wollte, hätte er sicher andere Inhalte reingestellt. Sogar eine Liste mit angeblichen Veröffentlichungen ist aufgeführt.«

»Könnte das ganze Profil die Kopie einer anderen Person sein?«

»Nee. Ich hab mit der Suchmaschine nach verschiedenen Einträgen, zum Beispiel auch nach den Veröffentlichungen, gesucht, aber nichts gefunden. Die komplette Homepage ist ein Fake. Immerhin ist mir etwas aufgefallen.«

»Und das wäre?«

»Ein Papier, das angeblich von Niemeier stammt, befasst sich mit HAARP.«

»Ach. Und was ist das?«

»Das weißt du nicht?«

»Sollte ich?«

»HAARP ist ein US-amerikanisches Programm zur Erforschung der oberen Atmosphäre.«

»Und was ist da so Besonderes dran?«

»Na ja, es kursiert im Internet der Verdacht, dass es dabei in Wirklichkeit um Gedankenmanipulation und um die Beeinflussung des Wettergeschehens sowie anderer Naturereignisse geht.«

»Das hört sich nach einer Verschwörungstheorie an.«

»Mag sein. Aber man weiß ja nie, was so alles passiert, ohne dass wir es auch nur ahnen. Jedenfalls sind mir weitere Details an der Internetseite aufgefallen. Angeblich hat Niemeier bei der ›Bundesstelle für Fernmeldestatistik‹ hier in Husum gearbeitet.«

»Und was ist daran auffällig, abgesehen davon, dass eine solche Tätigkeit für einen Fliesenleger ungewöhnlich ist?«

»Die ›Bundesstelle für Fernmeldestatistik‹ gehörte in Wirklichkeit zum Bundesnachrichtendienst und hatte auch nichts mit Fernmeldestatistik zu tun. Dort, im Husumer Ortsteil Hockensbüll, wurde Spionage betrieben.«

»Noch eine Verschwörungstheorie?«

»Von wegen. Das ist eine Tatsache. Erst vor einigen Jahren hat der BND zugegeben, dass er in Hockensbüll eine Außenstelle unterhalten hat. Von 1956 bis 2019. Über Jahrzehnte hat der Geheimdienst das vor der Öffentlichkeit verborgen.«

»Hm. Und was bedeutet das alles jetzt für uns?«

»Ich hab keinen blassen Schimmer. Aber bei ›Geheimdienst‹ klingeln bei mir beide Ohren.«

»Du meinst, wir haben es mit einer Spionagegeschichte à la James Bond zu tun? Dafür wärest du der richtige Mann.«

»Mach dich nur wieder lustig über mich.«

»Das würde ich niemals tun, Gustl.« Flottmann grinste. »Aber ich denke, dass wir Wichtigeres zu tun haben, als das Mysterium der gefälschten Homepage aufzuklären.«

Flottmann nahm eine Akte vom Stapel seines Schreibtischs, die mit »Einbruch Villa Schobüll« beschriftet war. Die Täter hatten die Eingangstür aufgehebelt, Schränke durchwühlt und über zwanzigtausend Euro erbeutet. Eher ungewöhnlich dabei war, dass sie ein riesiges Chaos angerichtet und den Kühlschrank und die Bar im Keller geplündert hatten. Den Überresten nach zu urteilen, hatten sie alles seelenruhig vor Ort konsumiert und dabei jede Menge Fingerabdrücke hinterlassen.

»Hatte dieser Bernecke sich nicht auch mit Verschwörungstheorien beschäftigt?«, fuhr Hilgersen fort.

Flottmann blickte auf und runzelte die Stirn. »Du siehst doch wohl keinen Zusammenhang?«

»›Alles hängt mit allem zusammen‹, hat Alexander von Humboldt einmal gesagt. Du bist doch derjenige, der nicht an Zufälle glaubt.«

»Da inzwischen jeder Zweite für so ein Verschwörungszeug anfällig ist, ist der Zufall nicht besonders zufällig.«

»Ich hab mal recherchiert. Es gibt dazu eine Studie der Friedrich-Ebert-Stiftung von 2019. Etwa ein Drittel der Deutschen hat schon mal an den Wahrheitsgehalt solcher Theorien geglaubt. Und über vierzig Prozent sind grundsätzlich empfänglich für solche Erzählungen.«

»Das sind beunruhigende Zahlen, finde ich. Das Wort ›Theorie‹ halte ich für irreführend. Es klingt so nach Wissenschaft. ›Mythos‹ wäre wohl die weitaus passendere Bezeichnung für die meist haarsträubenden Behauptungen. Es soll Leute geben, die bis heute anzweifeln, dass die Amerikaner jemals auf dem Mond gelandet sind. Sie sind überzeugt, dass das ganze Geschehen in einem Fernsehstudio simuliert wurde. Und manche Zeitgenossen glauben, dass Bill Gates uns allen einen Mikrochip einpflanzen will, um die Kontrolle über die Menschheit zu erlangen.«

»Das mit Bill Gates ist natürlich Unsinn.«

Kurz nach Hilgersens letzter Bemerkung stutzte Flottmann.

Bevor er darauf reagieren konnte, wechselte Hilgersen das Thema. »Böttcher hat uns im Fall Bernecke und Abeling um Unterstützung gebeten. Wir sollen Abeling befragen, sobald er vernehmungsfähig ist.«

Flottmann war froh, dass KH Böttcher die Ermittlungen leitete und nicht sein Vorgesetzter Dirk Hofmann, mit dem er so seine Schwierigkeiten hatte. Er fand Hofmann arrogant, eine Eigenschaft, die er absolut nicht ausstehen konnte. Die Antipathie beruhte auf Gegenseitigkeit, auch wenn Flottmann nicht wusste, welche Vorbehalte Hofmann gegen ihn hatte.

»Böttcher hat mir am Telefon einiges über Berneckes Lebensverhältnisse mitgeteilt«, fuhr Hilgersen fort. »Vor einigen Jahren ist er wegen psychischer Probleme in einer Klinik behandelt worden. Zuletzt war er arbeitslos. Davor war er bei einer Messebaufirma beschäftigt und davor Autoverkäufer in einem Schleswiger Autohaus. Er hat eine Schwester, die in Hattstedt wohnt. Sie wurde über seinen Tod informiert. Böttcher hat uns gebeten, auch sie zu befragen. Aber im Grunde ist der Fall ja abgeschlossen. Bernecke ist tot, und Abeling wird uns die genauen Vorgänge schildern.«

»Und das Motiv?«

»Bernecke war offensichtlich verwirrt. Ein Don Quijote, der im wahrsten Sinne gegen Windmühlen kämpfte.«

»Du vergisst den Überfall auf Abeling in Berneckes Haus«, sagte Flottmann. »Das kann er wohl schlecht gewesen sein.«

»Vielleicht war es doch ein überraschter Einbrecher.«

»Der Abeling nur so zum Spaß Haare ausgerupft hat?«

»Zugegebenermaßen ist das recht ungewöhnlich für einen Einbrecher.«

»Und der Bruch passiert ausgerechnet direkt nach dem Vorfall in der Windkraftanlage? Wie du richtig erwähntest, mag ich solche Zufälle nicht.«

»Und wie ist deine Erklärung?«

»›Alles hängt mit allem zusammen.‹«

»Ach!«

Flottmann vertiefte sich wieder in die Akte über den Einbruch in der Villa. Das Verhalten der Täter sprach gegen das Werk von Profis. Der erbeutete hohe Geldbetrag konnte darauf hinweisen, dass sie einen Tipp erhalten hatten. Aber vielleicht waren sie auch rein zufällig auf die fette Beute gestoßen und hatten ihren unverhofften Fund sogleich an Ort und Stelle gefeiert. Damit rückten übermütige Jugendliche in den engeren Täterkreis. Flottmann entschloss sich, den Fall an einen fähigen Kollegen weiterzuleiten.

Am nächsten Tag fuhren er und Hilgersen gemeinsam zu Berneckes Schwester nach Hattstedt, einer kleinen Gemeinde nördlich von Husum. Sarah Jacobsen wohnte mit ihrer Familie in der Nähe der Marienkirche.

»Warst du schon einmal in der Hattstedter Kirche?«, fragte Hilgersen.

»Nein.«

»Na ja, als Atheist hast du natürlich keinen Bezug zu solchen Orten. Aber ein Besuch lohnt sich. Unser großer Dichter Theodor Storm hat sie in etlichen Werken beschrieben. Sie wurde um 1200 gebaut und danach mehrfach erweitert. Die weiß gestrichene Südseite diente in früheren Zeiten der Küstenschifffahrt als Orientierung und tut es auch heute noch.«

»Was wird das? Wieder eine deiner Belehrungen für Touristen?«

»Ich dachte, ich nutze die Zeit, um dich zu informieren. Land und Leute zu verstehen ist für unseren Fall besonders wichtig.

Übrigens spielt hier in Hattstedt auch Theodor Storms Novelle ›Zur Chronik von Grieshuus‹.«

»Okay, das ist natürlich sehr wichtig. Siehst du einen Zusammenhang mit unserem aktuellen Fall?«

»›Alles hängt mit allem zusammen‹«, antwortete Hilgersen trotzig.

Er trat kräftig auf die Bremse, sodass sich Flottmann am Armaturenbrett abstützen musste. Sie hatten ihr Ziel erreicht und stiegen aus. Hilgersen hatte ihren Besuch angekündigt. Sarah Jacobsen öffnete die Tür und führte die Kommissare ins Wohnzimmer. Sie mochte um die vierzig sein, hatte eine zierliche Figur, rotes, lockiges Haar und war in T-Shirt und Jeans gekleidet.

»Mein Mann und die Kinder sind nicht da«, sagte sie, nachdem alle Platz genommen hatten. »Kann ich Ihnen etwas anbieten?«

Flottmann schüttelte den Kopf. »Wir haben lediglich ein paar Fragen zu Ihrem Bruder, Frau Jacobsen. Und wir möchten Ihnen unser Beileid aussprechen.«

»Danke. Es ist schrecklich, dass er so enden musste. Die Flensburger Polizei hat mir erzählt, was passiert ist.«

»Hatten Sie eine enge Beziehung zu Ihrem Bruder?«

»Nein. Er lebte in seiner eigenen Welt. Niemand kam so richtig an ihn heran. Als die Kinder noch klein waren, besuchte er uns öfter, in den letzten Jahren dagegen kaum noch. Er konnte nett sein, verlor aber manchmal wegen Kleinigkeiten die Beherrschung.«

»Wir wissen, dass er in psychiatrischer Behandlung war.«

»Ja. Ich hatte ihn dazu überredet. Aber er hat die Behandlung nach einiger Zeit abgebrochen.«

»Gehörte das Haus, in dem er wohnte, ihm?«

»Es gehörte uns beiden zu gleichen Teilen. Aber ich hatte kein Interesse daran. Es ist ziemlich marode und nur schwer verkäuflich. Mein Bruder hat mehrmals versucht, es zu verkaufen, aber ohne Erfolg. Nun muss ich mich wohl darum kümmern, beziehungsweise mein Mann wird das regeln.«

»Ihr Bruder litt unter den Geräuschen der Windkraftanlagen, nicht wahr?«

»Ich glaube, er hat all seine Probleme darauf projiziert. Er hat sich da richtig hineingesteigert. Zuerst haben ihn die Schatten der Flügel gestört, dann war es der Schall, insbesondere der Teil, den man nicht hören kann, der aber seiner Ansicht nach krank macht.«

»Wir haben bei ihm ein Foto vorgefunden, auf dem er mit Frau und Kindern abgebildet ist. Hatte er eine Lebensgefährtin?«

Sarah Jacobsen lächelte. »Ja, das war seine Familie. Eine Frau, zwei Kinder und ein Hund. So hatte er es sich immer vorgestellt. Aber sie existierten nur in seiner Phantasie. Das Bild ist eine Fotomontage. Wenn wir telefonierten, hat er von ihnen erzählt, als seien sie real. Sie hatten Namen und sogar eine Geschichte, die manchmal etwas variierte, aber doch eine gewisse Logik besaß. Er lebte richtig auf, wenn er berichtete, was sie an den Wochenenden zusammen unternommen und wie viel Spaß sie gehabt hatten. Irgendwie war das traurig, manchmal aber auch lustig und tröstlich. In gewisser Weise sehnen wir uns doch alle nach einer heilen Welt. Aber sie existiert eben nur in unserer Phantasie. Bei ihm war sie, jedenfalls vorübergehend, so gut wie real. Die Unterscheidung zwischen Phantasie und Realität fiel ihm schon als Kind schwer. Mit der Zeit ist es immer schlimmer geworden.«

»Wissen Sie, woher er die Pistole hatte?«, fragte Hilgersen.

»Nein. Ich wusste gar nicht, dass er eine besaß. Sonst hätte ich sie ihm weggenommen. Allerdings wäre ich nie auf die Idee gekommen, dass er jemanden damit bedrohen könnte.«

»Ins Haus wurde eingebrochen«, sagte Flottmann. »Es wurde ein Computer, ein Laptop, gestohlen. Wir wissen nicht, ob weitere Gegenstände entwendet wurden. Die Spurensicherung ist inzwischen abgeschlossen, und das Haus kann wieder betreten werden. Könnten Sie bitte in den nächsten Tagen einmal prüfen, ob dort außer dem Laptop etwas fehlt?«

»Ja, natürlich. Soweit ich dazu in der Lage bin. Genau weiß

ich nicht, was er besaß. Er hatte eigentlich nichts von Wert, was für einen Dieb interessant gewesen sein könnte. Auch der Computer war wohl schon älter. Trotzdem werde ich morgen hinfahren und nachsehen. Ich muss mich auch um die Beerdigung kümmern.«

»Sie erhalten Bescheid, wenn der Leichnam Ihres Bruders freigegeben ist. Zurzeit befindet er sich noch in der Rechtsmedizin. Dann sind wir auch schon fertig, Frau Jacobsen. Vielen Dank für Ihre Zeit.«

Flottmann und Hilgersen verabschiedeten sich.

# 8

Da Lena in der Klinik als Ärztin arbeitete, hatte Flottmann einen direkten Draht dorthin. Am späten Nachmittag rief sie ihn an. Abeling sei nun in der Lage, mit der Polizei zu sprechen. Der behandelnde Arzt habe einer kurzen Befragung zugestimmt.

Flottmann und Hilgersen fuhren sofort zur Klinik. Abeling lag allein in einem Zweibettzimmer. Er trug einen Kopfverband und sah mitgenommen aus.

»Wie geht es Ihnen?«, fragte Flottmann, nachdem er und Hilgersen auf beiden Seiten des Bettes Platz genommen hatten.

»Ich hab überlebt, und das MRT hat keine bleibenden Schäden in meinem Schädel festgestellt.«

»Das ist immerhin erfreulich. Dann würde ich Sie bitten, uns genau zu schildern, was vorgefallen ist.«

Abeling betätigte die Fernbedienung und brachte sich nahezu in Sitzposition. Dann begann er, ausführlich zu erzählen. Ihm war anzumerken, dass ihm das Erlebte immer noch in den Knochen steckte.

»Der Typ hat den Fall nicht überlebt, oder?«, fragte er.

»Er wurde noch am selben Tag tot geborgen und liegt in der Kieler Rechtsmedizin.«

»Es war eindeutig Notwehr. Das wird die Polizei doch auch so sehen.«

Flottmann nickte. »Wenn alles so gewesen ist, wie Sie es dargestellt haben ... Wir werden das anhand der Spuren verifizieren können.«

»Glauben Sie mir nicht?«

»Wir haben keinen Grund, an Ihrer Aussage zu zweifeln. Trotzdem müssen wir sie überprüfen. Aber kommen wir zum Vorfall in dem Haus. Sie wollten dort telefonieren?«

»Ja. Es war das nächstgelegene Gebäude. Meinen Koffer mit dem Handy hatte der Typ mir ja abgenommen.«

»Die Tür stand offen, als Sie dort ankamen?«

»Ja. Ich hab geklingelt und dann gerufen, ob jemand anwesend ist. Aber es hat keiner geantwortet. Deshalb bin ich einfach hineingegangen.«

»Sie wurden während des Telefonats angegriffen?«

»Zum Glück hatte ich schon die Frau von der Notrufzentrale am Apparat, als es passierte. Es muss jemand im Haus gewesen sein, der mich als Einbrecher betrachtet hat. Wissen Sie inzwischen, wer mich attackiert hat?«

»Nein. Es sieht eher so aus, als hätten Sie einen Einbrecher bei seiner Arbeit überrascht.«

»Was für ein verrückter Zufall!« Abeling seufzte. »Da ist noch etwas sehr Merkwürdiges. Der Kerl hat mir Haare ausgerissen.«

»Wirklich merkwürdig.« Hilgersen beugte sich vor.

Abeling wandte sich ihm zu. »Ja. Ein ganzes Büschel, als ich am Boden lag. Ich bin mir ganz sicher, obwohl ich da bereits ziemlich benommen war.«

»Können Sie sich das erklären?«, fragte Flottmann.

Abeling drehte seinen Kopf wieder in Flottmanns Richtung. »Nein, keine Ahnung, was das zu bedeuten hat. Ich hatte erwartet, dass er erneut zuschlägt. Er hätte mich töten können. Schließlich bin ich ohnmächtig geworden und erst wieder im Krankenhaus aufgewacht.«

»Haben Sie ihn gesehen?«

»Nein. Er kam von hinten. Nach dem Schlag hab ich eine dunkle Gestalt bemerkt, die sich über mich beugte, aber dann sind bei mir alle Lichter ausgegangen.«

»Seine Schuhe vielleicht?«

»Nein. Jedenfalls kann ich mich nicht erinnern. Ich war in Todesangst, wie Sie sich vorstellen können. Hier im Bett hatte ich viel Zeit, nachzudenken. Eventuell hatte der Idiot, der mich bedroht hat, einen Komplizen. Noch so einen durchgeknallten Typen, der Windkraftanlagen für Teufelszeug hält. Vor einem Jahr hat es einen Anschlag auf den Windpark gegeben. Irgendwelche Chaoten haben ein Stromkabel durchgeschnitten. Vielleicht war es einer von denen.«

»Möglich«, antwortete Flottmann, obwohl er die Version für wenig plausibel hielt.

»Noch einmal zurück zu der Sache mit den Haaren«, mischte sich Hilgersen wieder ein. »Kann es sein, dass er Sie nur am Schopf gepackt hat, um Ihren Kopf anzuheben? Um zu sehen, ob Sie noch leben?«

»Nein, ganz bestimmt nicht. Er hat nur ein Büschel gegriffen und es mit einem Ruck ausgerissen. Hier an der Seite.« Er zeigte mit dem Finger auf die betreffende Stelle seiner relativ langen, dunkelblonden Mähne. »Ich bin einem Irren entkommen und direkt an einen zweiten geraten.«

»Herr Abeling, haben Sie persönliche Feinde?«, fragte Flottmann.

»Was? Persönlich? Nein. Ich hab Ihnen doch gesagt, was der Kerl für wirres Zeug geredet hat. Er behauptete, ich würde die Anlage so manipulieren, dass sie seine Gedanken beeinflusst oder so ähnlich. Er hat irgendetwas von Versuchen an Menschen gefaselt. Aber da fällt mir noch etwas ein. Er hat auf eine Markierung am Sockel gezeigt, einen roten Punkt. Der muss eine Bedeutung für ihn gehabt haben. Da war tatsächlich ein roter Farbfleck, den ich vorher noch nie gesehen habe. Keine Ahnung, wer den dort aufgesprüht hat und weshalb. Für ein Graffiti war der eigentlich zu primitiv.«

»Okay. Wir werden das ebenfalls untersuchen. Vielen Dank für Ihre Hilfe. Wir melden uns, wenn wir weitere Fragen haben. Sind Sie hier gut aufgehoben?«

»Ja. Es ist etwas langweilig. Aber heute Nachmittag kommen meine Frau und mein Sohn.«

»Wir wünschen Ihnen gute Besserung.«

»Hast du noch Fragen, Gustl?«

»Sagen Sie, Herr Abeling. Die Sache mit dem Infraschall. Ist die so abwegig?«

Abeling lachte. »Dass wir damit Menschen manipulieren?«

»Nein. Das meine ich nicht. Aber man hört viel von der Gesundheitsgefährdung durch Infraschall, verursacht durch Windkraftanlagen.«

»Das war lange ein Thema und wurde von der Presse und Windkraftgegnern hochgespielt. Aber da ist nichts dran. Die Pegel sind so niedrig, dass sie schon nach einigen hundert Metern nicht einmal mehr messbar sind. Selbst das Meeresrauschen erzeugt höhere Infraschallpegel. Ganz zu schweigen vom Verkehrslärm.«

»Aber es gibt Menschen, die unter dem Einfluss von Windrädern wirklich krank werden.«

»Nocebo-Effekt nennt man so etwas. In Experimenten hat man festgestellt, dass Probanden Symptome zeigten, obwohl sie nur scheinbar Infraschall ausgesetzt waren. Allein die Angst vor dem Schall, den man nicht hören kann, macht manche Menschen krank, obwohl gar keine Wirkung da ist.«

»Sie haben sich mit der Thematik offenbar eingehend beschäftigt.«

»Zwangsläufig. Sie glauben gar nicht, wie oft ich darauf angesprochen werde.«

»Ich kann es mir vorstellen.«

»Aber der größte Witz aller Zeiten ist, dass bisher für die Beurteilung immer eine Studie der Bundesanstalt für Geowissenschaften und Rohstoffe von 2005 herangezogen wurde, die hundert Dezibel im Umfeld einer Anlage ausgewiesen hat. Jetzt musste die BGR zugeben, dass die Angabe um sechsunddreißig Dezibel zu hoch war. Sechsunddreißig Dezibel! Wissen Sie, was das heißt?«

»Nein.«

»Da die Pegelskala logarithmisch ist, haben die sich somit um mehr als den Faktor zehntausend bei der Berechnung vertan. Und das hat jahrzehntelang keiner gemerkt. Ist das nicht unglaublich? So hohe Werte haben natürlich die Argumente der Windkraftgegner befeuert und wahrscheinlich auch Verschwörungstheorien hervorgebracht, die verwirrte Zeitgenossen auf den Plan gerufen haben. So wie den Typen, der mich angegriffen hat. Der hat tatsächlich geglaubt, dass wir Versuche an Menschen durchführen. Er hätte mich beinahe umgebracht wegen so eines Schwachsinns!« Abeling erhob seine Stimme.

»Er hat das mit dem Leben bezahlt«, sagte Flottmann.

»Ja. Das ist natürlich traurig. Aber ich hatte keine andere Möglichkeit, mich zu wehren. Ich finde es schockierend, an was für einen Unsinn Menschen glauben. Mein Nachbar zum Beispiel ist felsenfest davon überzeugt, dass es Reptiloide gibt.«

»Äh – was ist das?«

»Echsenmenschen, Außerirdische, die von Reptilien abstammen und menschliche Formen annehmen können. Sie sind unter uns und besetzen hohe Ämter in Politik und Wirtschaft. Es gibt keine noch so absurde Geschichte, die sich nicht als Verschwörungstheorie eignet. Mein Nachbar hat im Garten ein Windspiel aufgehängt, das den Einfluss Außerirdischer von seinem Haus fernhalten soll. Das hat mir seine achtjährige Tochter vor einiger Zeit erzählt. Das Geklappere des Dings macht mich wahnsinnig. Ich hab mich schon mehrmals bei ihm beschwert, aber ohne Erfolg. Der ist stur wie ein Ochse, und er glaubt wohl wirklich an den Schwachsinn.«

Flottmann konnte sich ein Grinsen nicht verkneifen. Von Echsenmenschen hatte er noch nie etwas gehört. »Wir wünschen Ihnen gute Besserung.«

Die beiden Kommissare verabschiedeten sich und verließen das Krankenzimmer.

»Willst du dich noch mit Lena treffen?«, fragte Hilgersen.

»Nee. Beruf und Privates sollte man strikt trennen.«

»Seit wann hast du Grundsätze?«

»Immer schon. Ich bin da ganz konsequent.«

»So wie mit deiner Diät?«

»Das Thema sollten wir jetzt nicht vertiefen.«

Hilgersen lachte. »Was hältst du von Abelings Geschichte?«

»Er sagt die Wahrheit.«

»Aber merkwürdig ist sie schon.« Hilgersen drückte auf den Fahrstuhlknopf.

»Das kann man wohl sagen. Ich hab bei Bernecke im Haus jede Menge Material über Verschwörungstheorien gefunden. Er scheint tatsächlich verwirrt gewesen zu sein. Hast du schon einmal etwas von Chemtrails gehört?«

»Klar.« Hilgersen trat in den Fahrstuhl, dessen Türen sich gerade geöffnet hatten.

Flottmann folgte ihm. Drinnen befanden sich ein Mann um die fünfzig mit Krücken und eine ältere Frau.

»Moin«, grüßte Hilgersen und bekam ein freundliches »Moin« des Mannes als Antwort.

Die Frau nickte kurz.

»Also Chemtrails sind chemische Stoffe, die von Flugzeugen ausgebracht werden, um das Wetter zu beeinflussen. Vielleicht auch, um Menschen zu manipulieren oder zu vergiften. Ich hab mich früher einmal damit beschäftigt.«

»Oh Gott!«

»Was?«

»Du glaubst doch nicht auch an den –«

Flottmann wurde von dem Mann mit den Krücken unterbrochen. »Das stimmt. Ich hab ebenfalls darüber gelesen. Man will uns willenlos machen. Die Regierung steckt dahinter.« Er stocherte bei den Worten mit einer Krücke in der Luft herum. »Erst gestern war der Himmel voller Kondensstreifen, die gar keine sind. Meine Tochter hat das auch gesehen. Aber man muss vorsichtig sein, wenn man darüber spricht.«

Die Fahrstuhltür ging auf, und er humpelte in den Flur des ersten Obergeschosses. Die Frau stieg ebenfalls aus.

»Passen Sie gut auf sich auf!«, rief er noch, bevor sich die Türen wieder schlossen.

Flottmann hatte nicht vorgehabt, das Thema Chemtrails zu vertiefen. Beide schwiegen, bis sie im Auto saßen und auf dem Weg ins Präsidium waren. Aber dann platzte es doch aus ihm heraus.

»Chemtrails. Was für ein Schwachsinn!« Flottmann schüttelte den Kopf.

»Du bist mal wieder voreingenommen, Waldemar. Das ist ganz schlecht für unsere Ermittlungen. Nicht alle Anhänger von Verschwörungstheorien sind dumm oder geistesgestört. Es gibt auch intelligente Menschen, die an scheinbar abwegige Geschichten glauben.«

»Dass Chemtrails und Windkraftanlagen die Bevölkerung manipulieren?«

»Na ja, Windkraftanlagen wohl eher nicht. Aber nimm zum Beispiel die Mondlandung. Dass sie wirklich stattgefunden hat, kann man durchaus anzweifeln.«

Flottmann legte die Stirn in Falten. »Meine Güte! Und dass die Erde eine Scheibe ist, glaubst du das etwa auch?«

»Quatsch. Solche Behauptungen sind doch harmlose Spinnereien.«

»Ganz so harmlos sind sie gar nicht. Kennst du die Geschichte von Mad Mike?«

»Nein. Wer ist das?«

»Ein US-Amerikaner. Mike Hughes hieß er. Er baute sich selbst eine Rakete, hob damit in der Wüste Kaliforniens bis auf fünfhundertsiebzig Meter ab und kehrte mit einem Fallschirm auf den Boden zurück. Er wollte die Erde von oben betrachten, um zu beweisen, dass sie eine Scheibe ist.«

»Und? Ist ihm der Beweis gelungen?«

»Die Höhe war zu gering dafür. Deshalb hat er einen weiteren Versuch unternommen. Seine neue Rakete sollte auf tausendfünfhundert Meter aufsteigen. Leider hat sich der Fallschirm nicht geöffnet, und er ist dabei ums Leben gekommen. Wie du siehst, sind selbst solche Spinnereien nicht unbedingt harmlos. Niemand weiß allerdings, ob Hughes wirklich an eine flache Erde geglaubt hat. Vielleicht hat er die verbreitete ›Flat-Earth-Theory‹ auch nur als PR-Gag genutzt, um maximale Aufmerksamkeit für seine Raketenversuche zu erhalten.«

»Die hat er jetzt posthum bekommen.«

»Das hat er sich mit Sicherheit anders vorgestellt. Auch die Mythen, die sich um die Corona-Pandemie ranken, sind alles andere als ungefährlich. Da wird zum Beispiel behauptet, dass es gar nicht das Virus ist, an dem wir erkranken, sondern die 5G-Strahlung dahinterstecke. Wenn so ein Unsinn dazu führt, dass sich weniger Menschen impfen lassen, ist das durchaus bedenklich. Na ja, wie wir gesehen haben, kann ein Verschwörungsmythos sogar zu einem Mord anstiften, wie im Fall Abeling.«

Hilgersen fuhr auf den Parkplatz des Polizeigebäudes und stellte den Motor ab. »Deine Beispiele dürfen aber nicht darüber hinwegtäuschen, dass es Verschwörungserzählungen geben kann, die wahr sind.«

»Einverstanden.«

## 9

Beim zweiten Treffen der Therapiegruppe war Gerbers Unsicherheit bereits weitgehend verflogen. Alle hatten mit Problemen zu kämpfen, und er konnte selbst bestimmen, was er von sich preisgab. Niemand wurde bedrängt. Einige schwiegen, andere erzählten ausführlich über sich. Der, der sich Wolfgang nannte, gehörte zu den Letzteren.

»Ich hatte euch von der ›Bundesstelle für Fernmeldestatistik‹ berichtet, die eigentlich eine Peilstelle des Bundesnachrichtendienstes war. Hundertfünfzig Mitarbeiter waren dort beschäftigt. Davon haben auch so einige bei uns in der Straße gewohnt. Aber alle haben die Klappe über das gehalten, was an dem Standort vor sich ging. Erst später hat der BND zugegeben, dass da Spionage betrieben wurde. Ziel sei der Warschauer Pakt gewesen. Es sei der Funkverkehr von Militärflugzeugen der Sowjetunion und ihrer Verbündeten abgehört worden. Hinein bis nach Polen, Ungarn und in die Tschechoslowakei. 1990 wurden die Antennen abgebaut. Was danach auf dem Gelände passiert ist, bleibt im Dunkeln. Ich hab Informationen, dass in der Zeit die Strahlenversuche begonnen haben, die meine Tochter krank gemacht haben. Ich bin schon ganz nah dran, die Schuldigen zu finden.« Seine letzten Worte klangen wie eine Drohung.

Eine circa dreißigjährige Frau mit kurzen braunen Haaren, die sich beim letzten Mal mit »Elisabeth« vorgestellt hatte, meldete sich zu Wort. »Ich kenne das Gebiet von früher. Wir sind dort als Kinder oft mit dem Fahrrad vorbeigekommen, wenn wir zum Baden an den Deich von Hockensbüll fuhren. Das Gelände war überwacht, und es gab hinter dem Zaun einen Hundezwinger. Die Hunde bellten uns an, sobald wir kamen. Und wenn jemand unbefugt das Grundstück betrat, konnten sie per Knopfdruck von der Zentrale aus rausgelassen werden und den Eindringling in Stücke reißen. Das hat man sich jedenfalls erzählt. Aber es rankten sich viele Geschichten um das Gebiet.

Von den Strahlen hab ich allerdings noch nicht gehört. Aber dem Geheimdienst traue ich alles zu.«

»Die Regierung wird das nie zugeben. Sie hat ja bis vor einigen Jahren sogar geleugnet, dass dort der BND sein Unwesen trieb!« Wolfgang war sichtlich erregt. Bei den letzten Worten schlug er mit der Faust auf den Tisch. »Die miesen Schlapphüte haben meine Tochter auf dem Gewissen!«

Nach seinem Ausbruch herrschte eine Zeit lang Stille.

»Das mit den Strahlen ist doch Schwachsinn«, sagte einer, der sich als »James« vorgestellt hatte.

Nach Gerbers Erinnerung nahm er an den Treffen teil, weil er unter extremer Höhenangst litt und auf keine Therapie angesprochen hatte. Die Gründe für seine Phobie hatte er nicht genannt. Mit seiner Bemerkung zog er sofort Wolfgangs Wut auf sich, und es entbrannte ein Streit zwischen den beiden, sodass die Leiterin der Therapiegruppe eingriff.

»Lasst uns vernünftig miteinander reden«, beschwor sie die Streithähne.

»Ich hab Beweise.« Wolfgang lehnte sich zurück und schwieg.

»Wer möchte noch etwas über sich erzählen?«, fragte Evelin Singer in die Runde.

Julius, der Lokführer, meldete sich. »Ich weiß, dass der Mann, der sich vor meinen Zug geworfen hat, eine Frau und zwei kleine Kinder hatte. Einen Jungen und ein Mädchen. Er hatte Spielschulden und kam vom Zocken wohl nicht mehr los. Er hatte sich Geld geliehen und konnte es nicht zurückzahlen. Nur wegen des Scheißgelds hat er sich umgebracht und seine Familie alleine zurückgelassen. Ich kann das nicht verstehen. Und warum musste er sich vor einen Zug werfen? Warum ausgerechnet vor meinen Zug? Solche Leute wissen gar nicht, was sie einem damit antun. Sie bringen nicht nur Leid über ihre Angehörigen, sondern auch über Menschen wie mich.« Wie beim letzten Mal rannen ihm Tränen über das Gesicht.

Die Frau, die neben ihm saß, ergriff kurz seinen Arm und drückte ihn. Es war Stella, deren Kind seit Jahren vermisst wurde. Schließlich sah sie Evelin Singer an. »Du hast angedeutet, dass du nicht nur als Therapeutin hier bist, sondern ebenfalls etwas erlebt hast, das dich belastet. Was hast du erlebt, und wie gehst du als Psychologin damit um?«

Evelin Singer schien für einen Moment von der Frage überrascht worden zu sein.

»Tatsächlich habe ich Psychologie studiert, um mit meinen eigenen Problemen besser fertigzuwerden. Das hat aber nur teilweise funktioniert. Ich habe einen immer wiederkehrenden Alptraum, der mit einem fürchterlichen Geräusch verbunden ist. Das Geräusch höre ich manchmal auch tagsüber. Während eines derartigen Flashbacks hab ich einmal die Kontrolle über mein Auto verloren und bin gegen einen Baum geprallt. Zum Glück habe ich nur leichte Verletzungen davongetragen, und niemand anders ist zu Schaden gekommen. Eigentlich sprechen Symptome, wie ich sie hab, für ein zurückliegendes traumatisches Erlebnis, an das ich mich allerdings nicht erinnern kann. Wenn es eines gab, muss es weit zurück in meiner Kindheit liegen. Meine Mutter ist wenige Tage nach meiner Geburt gestorben. Ich bin bei Pflegeeltern aufgewachsen und hatte keine besonders schöne Kindheit. Aber ich wurde nicht misshandelt, und es gab kein Ereignis, das ich mit meinen Problemen in ursächliche Verbindung bringen könnte. Auch ich bin auf der Suche. Auf der Suche nach den Ursachen und einer Lösung. Das Wichtigste ist, die Gründe für seine Probleme herauszufinden. Dann kann man sich damit auseinandersetzen und hat einen guten Ansatz für eine Therapie.«

Den Gesichtern der Anwesenden war anzusehen, dass sie Evelin Singers Bekenntnis zu schätzen wussten. Sie war eine von ihnen, gleichzeitig Betroffene und Therapeutin. Das weckte Vertrauen.

Nach der Veranstaltung wandte sich Gerber zum Gehen. Er war schon an der Tür, als Evelin Singer ihn ansprach.

»Warte bitte ganz kurz.«

Gerber ließ die anderen vorbei und trat ein paar Schritte zurück in den Raum.

»Du hast beim letzten Mal erwähnt, dass du Stimmen hörst?«

»Ja, manchmal.«

»Das ist interessant.«

»Interessant?« Ihre Formulierung überraschte Gerber.

»Weil es mir ebenso geht. Ich höre zwar keine Stimmen, aber, wie ich geschildert habe, einen Ton, den ich nicht loswerde. Es ist ein tiefes, anschwellendes Geräusch. Ich höre es seit meiner Kindheit. Es scheint etwas aus meiner unbewussten Erinnerung zu sein, etwas, das in mein Gehirn eingebrannt ist. Es muss eine Bedeutung haben, die ich jedoch nicht entschlüsseln kann. Ich kann es nicht richtig beschreiben, aber vielleicht verstehst du, was ich meine.«

»Ich kenne das Phänomen.«

»Wirklich?«

»Ja. In meiner Erinnerung gab es ein kurzes, dumpfes Geräusch, das mir extrem Angst bereitete. Es klang, als würde jemand mit der flachen Hand auf ein Kissen schlagen. Ich habe alle Kissen aus meinem Haus verbannt, aus Angst, jemand könnte diesen Ton erzeugen. Erst vor ein paar Jahren hab ich die traurige Bedeutung des Geräuschs herausgefunden. Ich hatte es als Kind gehört, als meine Schwester vom Balkon gefallen war und vor meinen Füßen aufschlug. Das Ereignis selbst hatte ich komplett verdrängt, aber das Geräusch ist haften geblieben. Seit ich weiß, was passiert ist, kann ich damit umgehen, zumal sich herausgestellt hat, dass ich keine Schuld an ihrem Tod hatte.«

Die Therapeutin drehte einen Stuhl zu sich um und setzte sich. Sie und Gerber waren inzwischen allein im Raum.

»Nimm noch einen Moment Platz«, bat sie.

Als Gerber ihr gegenübersaß, wurde er nervös. Das selbstsichere Auftreten der schönen Frau löste in ihm ein Gefühl von Unterlegenheit aus.

»Ich bin Musiker, und wenn ich auf meiner Gitarre improvisiere, höre ich im Geiste im Voraus, welche Töne ich im nächsten Augenblick spielen werde. Ludwig van Beethoven hat seine letzten Werke bei völliger Taubheit komponiert. Er musste sich auf sein inneres Ohr verlassen. Was ich damit meine, ist, dass allein die Vorstellung einen Höreindruck vermitteln kann. Bei manchen ist das mehr, bei anderen weniger ausgeprägt. Auch eine unbewusste Erinnerung kann so etwas auslösen.«

»Eigentlich bin ja ich die Psychologin.« Evelin lachte. »Leider hab ich noch keine Möglichkeit gefunden, wie ich dem Geräusch in meinem Kopf auf die Spur kommen kann. Ich hab es sogar mit Hypnose versucht. Aber erfolglos. Wenn ich es wirklich hören würde, könnte ich es vielleicht wiedererkennen. Vorausgesetzt, es handelt sich überhaupt um ein reales Geräusch.«

»Dann müsstest du dir viele Tonproben anhören und nach Ähnlichkeiten suchen.« Gerber spürte eine merkwürdige Distanz zu seiner Gesprächspartnerin, und das Du kam ihm nicht leicht über die Lippen.

»Aber wie soll das gehen?«

»Ich besitze eine umfangreiche Sammlung in meiner Datenbank.« Die Antwort war Gerber mehr oder weniger herausgerutscht. Sie klang wie ein Angebot, ihr bei der Suche behilflich zu sein. Und genau so fasste sie seine Bemerkung offenbar auf.

»Würdest du mir dabei helfen?«

Sie beugte sich vor und blickte ihm in die Augen. Dazu brachte sie ein verführerisches Lächeln hervor. Gerber konnte nicht anders, als Ja zu sagen, allein um sich aus der Situation zu befreien. Er war etwas menschenscheu, aber dem anderen Geschlecht gegenüber nicht unbedingt schüchtern. Dennoch fühlte er sich in diesem Moment von ihr übertölpelt.

»Ich kann es versuchen. Aber es könnte eine langwierige Sache werden.«

»Ich fahnde mein ganzes Leben lang nach dem einen Ton. Ich würde keine Mühe scheuen, um die Ursache zu ergründen.« Endlich lehnte sich Evelin wieder zurück und schlug ihre Beine übereinander. »Und ich wäre dir sehr dankbar, wenn du mir dabei hilfst.« Sie schob ein erneutes Lächeln nach.

Gerber hatte keinen Zweifel, dass sie weitere Waffen parat hatte, um insbesondere Männer um den Finger zu wickeln. Sie vereinbarten schon für das Wochenende einen Termin, an dem sie sich Geräuschproben in seinem Tonstudio anhören wollte.

# 10

Wolfgang Junker loggte sich in den Chat ein. Wie an so vielen einsamen Abenden suchte er etwas Trost und Bestätigung bei Leidensgenossen. Da war Dolli, der gegen Windmühlen kämpfte, Kellerkind, dessen Nachbar ihn mit einer Strahlenkanone bedrohte, Aladin, der bereits einmal von Außerirdischen entführt worden war und darauf wartete, dass die Aliens zurückkamen und ihn erneut abholten. Auch Heimdall war mit von der Partie. Er saß nach einem Unfall im Rollstuhl und konnte gerade noch den Kopf und die Arme bewegen. Er war der Klügste von allen. Heimdall war als Kind mit Spielkameraden auf einen Waggon geklettert und an die Oberleitung geraten. Er hatte starke Verbrennungen erlitten und sich beim Sturz vom Eisenbahnwaggon einen Halswirbel gebrochen. Manchmal machte er sogar Witze darüber. »Ich bin ein gebranntes Kind«, sagte er zum Beispiel. Junker bewunderte ihn, weil er mit seinem Schicksal nicht zu hadern schien. Heimdall nahm sein Leben in die Hand und machte das Beste daraus. Vielleicht half ihm dabei auch sein Glaube, die Welt sei sowieso nur eine schlechte Emulation, ähnlich wie im Film »Matrix«. Aber er hatte beim letzten Chat angedeutet, dass er ein ganz aktuelles Problem zu lösen habe. Einzelheiten darüber hatte er nicht verraten wollen. Junker wollte ihn heute noch einmal darauf ansprechen.

»Hi, Wolfi«, schrieb Heimdall.

Wolfi13: »Hi, Heimdall. Schön, dich zu treffen.«

Heimdall: »Ebenfalls. Wie steht's, wie geht's?«

Wolfi13: »So lala. Ich war heute wieder in der Psychogruppe.«

Heimdall: »Und? Bringt sie dir was?«

Wolfi13: »Ich glaube schon. Es tut gut, sich mit anderen Bekloppten auszutauschen.«

Heimdall sandte drei Smileys und schrieb: »So wie wir hier.«

Wolfi13: »Ja, so wie wir hier.«

Heimdall: »Bist du schon in deiner Sache weitergekommen?«

Wolfi13: »Nicht wirklich. Ich suche noch weitere Informationen über das, was in der Peilstelle des BND ablief.«

Heimdall: »Das wird nicht leicht werden. Solche Sauereien, wie sie dir passiert sind, werden streng geheim gehalten. Aber irgendwann kommt alles heraus. Ich bin da sehr zuversichtlich. Was willst du machen, wenn du den Schuldigen gefunden hast, der deine Tochter auf dem Gewissen hat?«

Wolfi13: »Ich weiß nicht. Er hat den Tod verdient. Findest du nicht?«

Heimdall: »Ich bin der gleichen Meinung. Du könntest ihn erschießen. Nur so als Gedankenspiel.«

Wolfi13: »Verstehe.«

Heimdall: »Hast du eine Knarre?«

Wolfi13: »Leider nicht.«

Heimdall: »So etwas kann man im Darknet besorgen.«

Wolfi13: »Ich weiß. Aber ein Messer täte es auch. Nur so als Gedankenspiel, versteht sich.«

Heimdall: »Stimmt. Ein Messer täte es auch. Aber ein Messer erfordert mehr Mut als eine Distanzwaffe. Ich bin mir sicher, dass du den Mut aufbringen wirst, wenn es so weit ist.«

Wolfi13: »Hass kann den Mut ersetzen. Und davon habe ich mit der Zeit genug angesammelt. Ich brauch nur an meine Tochter und meine Frau zu denken, um mich anzustacheln. Aber zuerst muss ich den oder die Schuldigen finden. Du hast beim letzten Mal angedeutet, dass du ein ähnliches Problem hast wie ich.«

Heimdall: »Jemand hat meinen Hund getötet. Das Liebste, was ich besaß. Ich hab den Täter bestraft. Er ist in meine Wohnung eingedrungen und hat mich bestohlen. In diesem Scheißrollstuhl war ich hilflos. Das hat er ausgenutzt. Aber meine treue Jackie hat zugebissen. Sie wollte mich verteidigen. Das Schwein hat sie vor meinen Augen mit einer Schnur erdrosselt.«

Wolfi13: »Das ist ja eine schreckliche Geschichte. Dieser Mistkerl! Wie hast du ihn bestraft?«

Heimdall: »Das erzähle ich hier lieber nicht. Jedenfalls wird er niemandem mehr schaden. Es war ganz einfach. Er hat nicht damit gerechnet, dass sich ein Rollstuhlfahrer zur Wehr setzen kann. Nachdem ich herausgefunden hatte, wo er wohnt, hab ich zugeschlagen. Manchmal ist ein Handicap auch für etwas gut. Die Leute trauen einem Krüppel wie mir nichts zu. Das verleiht einem in solchen Fällen einen unbezahlbaren Vorteil.« Es folgte ein Smiley.

Wolfi13: »Ich wollte, ich hätte deinen coolen Humor.«

Heimdall: »Ohne den ist die Welt da draußen doch gar nicht zu ertragen.«

Wolfi13: »Du glaubst ja sowieso, dass sie gar nicht existiert, die Welt.«

Heimdall: »Klar existiert sie. Aber nicht so, wie die meisten Menschen denken. Das ganze Universum ist nur ein Rechenprogramm.«

Wolfi13: »Dann muss es kompliziert sein.«

Heimdall: »Ja, sehr kompliziert. Aber es hat viele Fehler, sonst würde es nicht so viel Elend geben.«

Wolfi13: »Oder der Programmierer hat es so gewollt.«

Heimdall: »Auch das ist möglich.«

Wolfi13: »Und wer hat das Universum programmiert?«

Heimdall: »Keine Ahnung. Einige Wissenschaftler glauben, dass es sich selbst programmiert hat.«

Wolfi13: »Und sich immer noch weiterentwickelt?«

Heimdall: »Ja, natürlich. ›It from bit‹. Der amerikanische Physiker John Wheeler hat das gesagt. Er meint damit, dass ›Es‹, also das ganze Universum, aus Informationen, aus Bits, besteht. Wie bei einem Computer.«

Wolfi13: »Das ist interessant. Woher weißt du all diese Sachen?«

Heimdall: »Ich interessiere mich dafür, was die Welt im Innersten zusammenhält. Du nicht?«

Wolfi13: »Schon. Aber ich verstehe leider nichts davon. Es wäre schön, wenn wir das Universum umprogrammieren könnten.«

Heimdall: »Du würdest deine Tochter wieder zum Leben erwecken wollen, nicht wahr?«

Wolfi13: »Ja, und meine Frau Birthe ebenfalls. Und ich könnte vieles korrigieren, was ich falsch gemacht habe.«

Heimdall: »Das wird nicht gehen.«

Wolfi13: »Ich weiß. Kennst du auch das Gefühl, dass man etwas aus der Vergangenheit löschen oder berichtigen möchte? Etwas, was man gesagt oder getan hat? Oder etwas, was man nicht gesagt oder getan hat?«

Heimdall: »Klar, wer kennt das nicht? Aber wir sind nicht ganz machtlos. Ich hab den Mörder meiner Jackie bestraft. Damit hab ich das Universum in gewisser Weise in meinem Sinne umprogrammiert und für Gerechtigkeit gesorgt.«

Wolfi13: »Ich glaube, ich verstehe, was du meinst.«

Heimdall: »Also lass dich nicht unterkriegen, Wolfi. Tu ganz einfach das, was du tun musst.«

Wolfi13: »Ja, du hast recht. Ich werde deinen Rat befolgen. Hast du was von Dolli gehört? Er war schon einige Tage nicht mehr hier.«

Heimdall: »Nein. Aber er wird sich sicher bald wieder melden.«

Wolfi13: »Bis demnächst dann.«

Heimdall: »Bis dann.«

Junker verließ den Chat. Er saß noch eine Weile vor dem Bildschirm und dachte über Heimdalls Worte nach. Gerne würde er sich einmal in der realen Welt mit ihm treffen. Er hatte seinen Hund gerächt. Natürlich war er vorsichtig und beließ es bei Andeutungen. Aber im persönlichen Gespräch würde er vielleicht konkreter werden und könnte Junker raten, wie er vorgehen sollte. Doch Heimdall würde sich vermutlich nicht auf ein persönliches Treffen einlassen. Dafür war er zu vorsichtig. Junker war weitgehend auf sich allein gestellt. Immerhin hatte er im Netz mit Heimdall einen zuverlässigen Verbündeten und Leidensgenossen. Der wusste stets, was zu tun war. Ganz sicher hatte er den Mörder seines Hundes umgebracht. Der Anlass für seine Tat war viel geringfügiger als Junkers Motiv. Was war schon ein Tier gegen das Leben zweier geliebter Menschen? Junker spürte diese unbändige Wut in seinem Bauch. In solchen Momenten hätte er nicht mit der Wimper gezuckt, die Verantwortlichen zu töten.

# 11

Evelin Singer kam wie vereinbart am Samstag um fünfzehn Uhr. Gerber hatte Laura über den Besuch der Psychologin informiert. Sie fand den Hausbesuch offenbar merkwürdig, und Gerber hatte Mühe gehabt, ihr die Umstände zu erklären.

»Ist sie hübsch?«, hatte sie mit einem Lachen in der Stimme gefragt.

»Ich weiß nicht«, war seine Antwort gewesen. »Das ist doch Geschmackssache, oder? Kann sein. Ich glaub schon.« Er war etwas ins Stottern geraten. Aber auch jede andere Antwort auf die Frage wäre falsch gewesen.

Laura Sonntag und ihre Tochter Sophia wohnten nur ein paar Häuser weiter. Laura arbeitete halbtags in einer Husumer Apotheke. Samstagnachmittags hatte sie frei. Vermutlich würde sie die Ankunft der Besucherin rein zufällig beobachten.

Evelin Singer kam in einem roten Audi TT mit offenem Verdeck. Gerber hörte, wie sie in der Einfahrt parkte, und öffnete ihr die Tür. Sie trug passend zur Farbe ihres Autos ein rotes Kleid. Als sie eintrat, drückte sie ihm eine verpackte Flasche in die Hand.

»Ein guter Rotwein«, sagte sie und trat ein.

Gerber stellte die Flasche auf dem Wohnzimmertisch ab und führte die Besucherin direkt in sein Tonstudio.

»Wirklich schön hast du es hier.«

Sie schritt durch den Raum, warf einen Blick durch die Verglasung in den naturbelassenen Garten und bewunderte seine Gitarren. Mit den Fingern strich sie über die Saiten seiner Martin, sodass leise Töne erklangen. Gerber hatte den Eindruck, dass keine ihrer Bewegungen und Gesten zufällig geschah. Sie setzte sich in den Sessel, den Gerber neben dem Mischpult platziert hatte. Auch die Art, wie sie das tat und die langen Beine übereinanderschlug, schien kalkuliert zu sein. Sie war sich der Wirkung auf Männer bewusst und spielte damit.

»Wie gehen wir vor?«, fragte sie.

Gerber nahm auf dem Drehstuhl vor dem Pult Platz und schaltete den Computer ein. »Am besten beschreibst du mir das Geräusch, das du hörst, so genau wie möglich. Dann kann ich in meiner Datenbank nach den Kriterien suchen.«

»Okay. Wie gesagt, hat sich das Geräusch in mein Gedächtnis eingebrannt. Aber ich kann mich an kein reales Ereignis erinnern, das den Ton erzeugt haben könnte. Ich muss noch ein Kind gewesen sein und es vergessen oder verdrängt haben. Nur dieser schreckliche Lärm ist tief in meiner unbewussten Erinnerung geblieben. Das ist meine einzige Erklärung. Es ist auch mehr so ein inneres Hören, das ich wahrnehme. Ob es tatsächlich einem wirklichen Geräusch entspricht, weiß ich nicht einmal. Vielleicht existiert es nur in meinem Kopf. Es ist ein tiefer Ton, der langsam anschwillt. So, als wenn die Lärmquelle auf mich zukäme. Verstehst du?«

»Ja, also könnte es ein Auto, Flugzeug oder Zug sein? Viel mehr Möglichkeiten fallen mir nicht ein.«

»Aber das Geräusch kommt mir ungewöhnlich dumpf vor.«

»Es könnte durch Bauteile gedämpft worden sein. Wenn du dich zum Beispiel in einem Haus befunden hast, hätten geschlossene Fenster und die Wände die hochfrequenten Anteile herausgefiltert. Deshalb klingt zum Beispiel Verkehrslärm innerhalb eines Gebäudes tiefer als draußen.«

»Davon verstehe ich nichts.«

Er fuhr fort: »Und wenn sich dem Beobachter eine Geräuschquelle nähert oder sich von ihm entfernt, beeinflusst der sogenannte Dopplereffekt die Frequenz. Kommt die Quelle näher, wird der Ton höher, entfernt sie sich, wird er tiefer. Die Veränderung hängt natürlich von der Geschwindigkeit ab.«

Sie lächelte.

»Das ist nicht wichtig. Aber die Sache ist ein wenig komplex. Und ich weiß nicht, ob ich wirklich helfen kann.«

»Dann versuchen wir es doch einfach.«

»Okay.«

Gerber rief die Suchmaske der Datenbank auf. Er konnte die

Tonsequenzen nach beliebigen Eigenschaften und deren Kombinationen sortieren. Die Eigenschaft »dumpf«, die technisch einen geringen hochfrequenten Anteil bedeutete, ließ er weg. Zuerst kam es darauf an, das Grundgeräusch zu identifizieren. Mit dem Audioeditor konnte er danach beliebige Änderungen des Signals vornehmen. Das erste Suchergebnis nach den eingegebenen Kriterien zeigte über zweitausendvierhundert Aufnahmen an. Das waren eindeutig zu viele, um sich alle anzuhören. Gerber wählte einige Aufnahmen verschiedener bewegter Quellen aus und spielte sie zunächst über die Lautsprecher ab. Die Kopfhörer wollte er einsetzen, sobald es um die Feinabstimmung ging.

Er konnte sich gut in die Lage der Psychologin hineinversetzen. Hatte doch auch ihn seit seiner Kindheit ein Geräusch begleitet, dessen Ursprung rätselhaft und mit starken Emotionen verbunden gewesen war. Vielleicht war das der Grund, warum er sich die Zeit nahm, um ihr zu helfen. Dazu kam, dass ihn alles hochgradig interessierte, was mit Akustik zu tun hatte.

Evelin Singer schloss die Augen und konzentrierte sich. Nach jeder Einspielung äußerte sie sich, wiegte oder schüttelte den Kopf. Als Gerber ihr das Geräusch eines herannahenden Personenzugs präsentierte, bat sie ihn, die Sequenz erneut ablaufen zu lassen. Laut Beschreibung hatte Gerber bei der Aufnahme auf einer Brücke gestanden. Natürlich waren Datum und Ort sowie Wetterbedingungen genau dokumentiert. Ebenso die Baureihe der Lokomotive und die Anzahl der Waggons.

»Das Geräusch hat Ähnlichkeit«, sagte sie schließlich. »Aber meine Erinnerung kann natürlich trügen und sich mit den Jahren verändert haben. Das Anschwellen und das Rumpeln passen. Allerdings ist es nicht so dumpf, wie ich es mir vorstelle.«

»Die Eigenschaft können wir recht einfach simulieren.« Gerber lud die Aufnahme in den Audioeditor. Mit Hilfe des Equalizers ließ sich die Frequenzzusammensetzung beliebig verändern. Er reichte ihr die Kopfhörer. Nachdem sie die aufgesetzt hatte, spielte er die Aufnahme in einer Schleife ab und betätigte die Regler. Nach fast einer halben Stunde nahm Evelin Singer die Kopfhörer ab und gab sie an Gerber zurück.

»Das ist es«, sagte sie. »Ich hab Gänsehaut auf den Armen. Das Geräusch entspricht genau meinen Vorstellungen. Doch was bedeutet das jetzt? Ich hab einen Zug gehört, dessen Töne durch irgendetwas abgedämpft wurden.«

»Das könnte sein.«

»Aber was ergibt das für einen Sinn?«

»Vielleicht hast du in einem Auto gesessen, das an einem Bahnübergang von einem Zug erfasst wurde. Das könnte den dumpfen Geräuscheindruck erklären. Allerdings passt die eingestellte Dämpfung nicht so recht dazu. Sie ist in den oberen Frequenzen zu hoch.«

»Kannst du mir die Aufnahme geben?«

»Klar. Ich wandle sie ins MP3-Format um und kopiere sie dir auf einen Stick. Ich werde versuchen herauszufinden, welches Material die Dämpfung verursacht haben könnte. Das ist prinzipiell möglich. Aber ich brauche etwas Zeit dafür.«

»Das würdest du für mich tun?«

»Ja, natürlich. Die Sache interessiert mich ebenfalls.«

Wie zur Belohnung schenkte sie ihm ein verführerisches Lächeln.

»Dann werde ich mal gehen.« Sie stand auf. »Wir sehen uns in der Gruppe. Du wirst doch kommen, oder?«

»Ja – ich hab dir nicht einmal etwas angeboten.«

»Beim nächsten Mal. Wir könnten den Wein zusammen trinken.«

Gerber nickte. Er kopierte die Audiodatei auf einen leeren Stick, stand ebenfalls auf und überreichte ihr den Speicher. Dabei kam sie ihm so nahe, dass er ihrem Blick nicht ausweichen konnte. Sie hauchte ein »Danke«, berührte seine Hand für eine Sekunde und wandte sich zum Gehen.

An der Tür überreichte sie ihm eine Visitenkarte. »Meine Handynummer und meine Privatadresse.«

Etwas benommen kehrte Gerber ins Wohnzimmer zurück

und ließ sich auf die Couch fallen. Er benötigte einige Zeit der Besinnung, bis er Laura anrief. Sie war sofort am Telefon.

»Ist dein Besuch weg?«

»Ja.«

»Sie ist deine Psychologin und kommt zu dir nach Hause?«

»Sie leitet die Therapiegruppe, zu der du mich geschickt hast.«

»Ich hab dich nicht geschickt.«

»Aber du hast mich ermutigt, dorthin zu gehen.«

»Da wusste ich ja noch nicht, was für ein heißer Feger sie ist.« Laura lachte.

»Ich hab nur Augen für dich.«

»Lügner!«

»Nein, bin ich nicht. Außerdem dürfen Therapeuten nichts mit ihren Klienten anfangen.«

»Das beruhigt mich sehr. Was wollte sie jetzt eigentlich genau bei dir?«

Obwohl Gerber ihr das bereits erklärt hatte, informierte er sie noch einmal ausführlich über den Grund und den Verlauf des Treffens.

»Merkwürdige Geschichte«, sagte sie. »Und du bist sicher, dass sie dir nichts vormacht?«

»Warum sollte sie das tun?«

Es trat eine Pause ein. »Ich weiß nicht. Sehen wir uns morgen?«

»Gerne.«

»Wie üblich zum Kaffee? Sophia möchte, dass du deine Gitarre mitbringst. Und ich ebenfalls.«

»Klar. Ich freue mich.«

»Ich auch. Ist wirklich alles in Ordnung?«

»Ja, natürlich.«

»Okay. Bis dann.«

»Bis dann.«

Gerber legte auf. Ein bisschen Eifersucht war bei Lauras Fragen und Antworten durchgeklungen. Aber das war okay. Wäre sie nicht eifersüchtig gewesen, hätte es ihn stutzig machen müssen.

Er verweilte noch einen Augenblick auf der Couch. Dann begab er sich wieder ins Tonstudio. Die Sache mit den Zuggeräuschen ließ ihn nicht los. Er bezweifelte, dass Evelin Singer eine genaue Erinnerung an das Geräusch hatte, zumal sie nicht einmal wusste, was für ein Ereignis es ausgelöst hatte. Trotzdem konnte er vielleicht anhand ihrer Beschreibung annähernd das Material bestimmen, das die Dämpfung des Originalgeräuschs verursacht hatte. Sein Ehrgeiz war geweckt, und er wusste, dass er keine Ruhe finden würde, bevor er das Problem gelöst hatte.

Er verbrachte fast die ganze Nacht im Studio. Draußen hatte bereits die Morgendämmerung eingesetzt, als er glaubte, eine Erklärung gefunden zu haben. Und er hatte sogar einen Verdacht, was sich abgespielt haben könnte. Doch der Verdacht war so ungeheuerlich, dass er sich ganz sicher sein musste, bevor er Evelin damit konfrontierte.

# 12

Gerne nahm Gerber eine seiner Gitarren mit zu Laura und Sophia. Sie hatten beim gemeinsamen Singen jedes Mal viel Spaß. Das Gitarrenspiel zu beliebigen Songs bereitete ihm keinerlei Schwierigkeiten. Wenn er ein Lied, das die beiden vorschlugen, nicht kannte, summten sie ganz einfach die Melodie, und er fand spontan eine ansprechende Begleitung dazu. Manchmal schoss er über das Ziel hinaus und improvisierte ausgiebig zum Thema des Songs, ohne zu bemerken, dass Sophia und Laura verstummt waren und nur noch seiner Gitarre lauschten. Aber das war die Ausnahme. Meistens verstand er es, sich zurückzuhalten und sich auf das Wesentliche zu beschränken. Dann steckte er auch seinen Hang zur Perfektion zurück und genoss die Ungezwungenheit des Augenblicks. Irgendwann würde Sophia wahrscheinlich das Interesse am Musizieren verlieren. Bis dahin wollte er die Zeit nutzen. Gerber war für Sophia kein Vaterersatz, sondern ein guter Freund, der in mancher Hinsicht etwas eigenartig, dafür aber nie langweilig war.

Der Nachmittag begann mit Kaffee und Kuchen und endete mit Gerbers Song über die acht Planeten des Sonnensystems. Am Abend zog sich Sophia in ihr Zimmer zurück, und Laura öffnete eine Flasche Rotwein.

»Die Sonntagnachmittage sind immer etwas Besonderes für Sophia«, sagte sie. »Und für mich natürlich auch. Wie läuft es mit deiner CD?«

»Gut. Viel besser, als ich dachte. Musik und Texte kommen offenbar gut an.«

»Das hab ich gewusst. Irgendwann wirst du sicher auch wieder live auftreten, nicht wahr?«

»Ich brauche noch Zeit.«

»Klar, das kann ich verstehen. Bringt dir die Therapiegruppe etwas?«

»Ich war ja noch nicht oft da. Aber die Teilnehmer sind ganz okay. Jeder von ihnen hat so seine Probleme. Darüber zu reden hilft.«

»Ist es einfacher, als mit mir zu reden?«

Schon saß er in der Falle. Gerber hatte Angst vor solchen Gesprächen. Immer befürchtete er, vor Laura schwach dazustehen. Alles, was mit seiner Hochsensibilität zusammenhing, musste und konnte er nicht vor ihr verbergen. Aber die neuen Schwierigkeiten, die nach seiner Entführung aufgetaucht waren, wollte er gerne mit sich ausmachen.

»Sich Fremden zu offenbaren ist etwas anderes«, sagte er. »Das ist tatsächlich einfacher.«

»Ist diese Evelin auch eine Fremde?«

»Ja, natürlich.«

Laura nickte. »Hast du ihr helfen können?«

»Ich weiß nicht – bisher noch nicht so recht.«

»Bisher? Ihr trefft euch wieder? Sorry. Eigentlich geht es mich nichts an.«

»Klar geht es dich etwas an. Weißt du noch, wie ich nach dem Ton geforscht habe, der mich seit meiner Kindheit beunruhigt hat?«

»Ja, selbstverständlich.«

»Ihr geht es ähnlich. Und ich versuche, ihr dabei zu helfen, die Herkunft des Tons zu finden, der sie quält. Das ist alles. Die Sache interessiert mich. Sie interessiert mich nicht.«

»Du musst jetzt denken, dass ich eifersüchtig bin.«

»Schön wäre es, obwohl es unbegründet wäre.« Er nahm sein Glas und setzte sich zu ihr auf die Couch. Sie lehnte ihren Kopf an seine Schulter.

»Bleibst du heute Nacht?«

»Klar. Ich hole morgen früh auch freiwillig die Brötchen.«

An diesem Tag verließ Florian Niemeier das Geschäft erst nach zwanzig Uhr. Er hatte noch mehrere Angebote fertiggestellt. Der Laden florierte. Bald würde er neue Mitarbeiter einstellen müssen. Doch gute Leute waren nur schwer zu finden.

Seit seiner Trennung von Irene vor einem halben Jahr lebte

er in dem viel zu großen Haus allein. Abgesehen von seinem beruflichen Erfolg war seine Lebensplanung nicht aufgegangen. Keine Kinder und eine gescheiterte Ehe. Aber auch mit achtundvierzig war er noch nicht zu alt, um seinem Leben eine neue Wendung zu geben. Der Scheidungskrieg nahm langsam ein Ende. Sowohl sein als auch ihr Anwalt hatten sich eine goldene Nase verdient. Niemeier war froh, dass Irene und er keine Kinder hatten. Sie wären garantiert die Leidtragenden der Auseinandersetzungen gewesen.

Schon auf dem Weg zur Firma hatte er merkwürdige Geräusche an seinem Auto wahrgenommen. Jetzt, auf der Rückfahrt, traten sie noch deutlicher hervor. Das Lenkrad fing an zu vibrieren, und plötzlich geriet der Wagen ins Schlingern. Niemeier steuerte gegen und trat auf die Bremse. Der Mercedes stellte sich quer. Er sah einen SUV in Zeitlupe auf sich zukommen und schloss die Augen. Reifen quietschten. Dann war es still. Als er Sekunden später die Augen wieder öffnete, blickte er in das entsetzte Gesicht der Fahrerin. Er winkte der geistesgegenwärtigen Frau dankend zu und betätigte die Warnblinkanlage.

Niemeier legte den Rückwärtsgang ein, steuerte an den Straßenrand und stieg aus. Er ging um das Fahrzeug herum. Sofort erkannte er, dass die Muttern an beiden Vorderrädern gelöst worden waren. Vor Wut trat er mit dem Fuß gegen den Reifen. Hatte er es mit Sabotage zu tun? Trachtete ihm jemand nach dem Leben? Dahinter konnte nur seine Ex stecken! Offenbar griff sie nun zu neuen Methoden der Auseinandersetzung, weil die juristischen Mittel dank des Ehevertrags keinen Erfolg mehr versprachen. Oder tat er ihr unrecht? Keine Frage, sie hatte nicht mehr alle Tassen im Schrank. Das hatte sich erst nach der Trennung so richtig gezeigt. Aber war sie zu solch einem Anschlag fähig?

Einen Moment überlegte er, ob er die Polizei rufen sollte, entschied sich aber dagegen und fuhr die letzten hundert Meter im Schritttempo bis auf die Auffahrt seines Hauses. Dass sein Nachbar ihn mit »Moin, Herr Professor« begrüßte, verbesserte seine Laune nicht.

»Moin«, antwortete er missmutig. »Jemand hat die Radmuttern gelockert. Hast du in den letzten Tagen etwas Auffälliges beobachtet?«

»Nee. Kann das in der Werkstatt passiert sein?«

»Ich war nicht in der Werkstatt.«

»Brauchst du Hilfe?«

»Danke. Das krieg ich alleine hin. Bis dann.«

»Bis dann, Professor.« Der Nachbar grinste. Dann zog er ab.

Am liebsten hätte Niemeier ihm den Stinkefinger gezeigt. Aber das war nicht seine Art, und im Grunde verstand er sich mit dem Rentnerehepaar von nebenan gut. Den Spitznamen »Professor« würde er wohl nicht so bald loswerden. Eigentlich war das kein Grund, sich aufzuregen, aber die gefakte Homepage mit seinem Namen und seiner Privatadresse war mehr als ärgerlich. Auch dahinter steckte wahrscheinlich seine Ex. Aber bevor er sie anzeigte, brauchte er Beweise.

Er beschloss, am nächsten Morgen zu Fuß zur Arbeit zu gehen. Etwas Bewegung würde ihm bei der vielen Büroarbeit nicht schaden. Am Wochenende wollte er die Radmuttern festziehen und sicherheitshalber noch einmal das Fahrzeug auf weitere Schäden durchchecken.

Ihm fiel ein Mann auf, der ihn offenbar beobachtete, aber sofort in eine andere Richtung blickte, als er zu ihm hinsah. Niemeier schüttelte den Kopf. Vielleicht litt er bereits unter Verfolgungswahn. Dazu würde auch passen, dass er seine Ex vor einigen Tagen im Laden zu sehen geglaubt hatte. Die Frau, die er etwas schroff von hinten angesprochen hatte, hatte nur wenig Ähnlichkeit mit seiner Verflossenen gehabt. Er hatte sich entschuldigt und die Kundin anschließend freundlich beraten. Der Scheidungskrieg hatte deutliche Spuren bei ihm hinterlassen.

Der Mann auf der Straße war verschwunden. Niemeier hatte ihn noch nie vorher gesehen. Hatte er etwas mit dem Anschlag zu tun? Hatte seine Ex ihn angeheuert? Er schloss nichts aus. Kurz vor der Trennung hatte sie nach einem Streit sein Keramikmosaik im Flur, das für einen Kunstpreis nominiert worden war, mit schwarzer Farbe besprüht. Sie war unzurechnungsfähig und boshaft. Vielleicht sollte er sie aufsuchen und zur Rede stellen.

Er verwarf den Gedanken. Sie würde alles abstreiten und ihn wegen Verleumdung anzeigen. Er betätigte die Fernbedienung und ging ins Haus.

# 13

Wolfgang Junker saß in der kleinen Küche bei einer Flasche billigem Rotwein, die er schon fast geleert hatte. Den Laptop hatte er aufgeklappt und studierte die Homepage des Professors. Das Porträt zeigte Niemeier in Schwarz-Weiß, aber Junker hatte ihn sofort erkannt, als er ihn vor einigen Tagen in Freizeitkleidung vor dessen Wohnhaus beobachtet hatte. Wie ein echter Professor hatte der nicht auf ihn gewirkt.

Junker las zum wiederholten Mal: »Curriculum Vitae: Dipl.-Ing. der Elektrotechnik und Dipl.-Physiker, Promotion zum Dr. rer. nat. an der Christian-Albrechts-Universität zu Kiel, Auszeichnung mit dem Bertha-Benz-Preis für Arbeiten auf dem Gebiet der Hochfrequenztechnik. Diverse aktuelle Veröffentlichungen über die Strahlenbelastung durch die neue Mobilfunktechnik 5G. Seit 2017 Geschäftsführer des Husumer Anlagenbauers T. Leopold GmbH …«

In der Liste seiner Veröffentlichungen stach Junker das Wort HAARP ins Auge, das er nur zu gut kannte. In Klammern stand die Erklärung für die Abkürzung: »High Frequency Active Auroral Research Program«. In Wikipedia wurde es mit »Forschungsprogramm zur hochfrequenten Sonnenaktivität« übersetzt. Bei den Versuchen wurden energiereiche Radiowellen zur Untersuchung der oberen Atmosphäre eingesetzt. Angeblich dienten die Anlagen in Alaska ursprünglich militärischen, aber später ausschließlich zivilen Forschungszwecken. Junker hatte jedoch vor einiger Zeit genauer im Internet recherchiert. Die offiziellen Informationsquellen verschwiegen deren wahre Bestimmung. Wenn man tiefer bohrte, fand man zuverlässige Quellen, die auf groß angelegte Versuche zur Wetterbeeinflussung hinwiesen. Junker war wie andere überzeugt, dass HAARP nicht nur in der Lage war, Hurrikans künstlich zu erzeugen, sondern auch Erdbeben und Vulkanausbrüche. Aber davon stand natürlich nichts auf Niemeiers Homepage.

Junker besuchte die Seite oft. Aber dass der Professor einige Jahre an HAARP mitgearbeitet hatte, war ihm bisher entgangen. Vielleicht war der Eintrag neu. Er schloss aber auch nicht aus, dass er ihn übersehen hatte. Die meisten Beschreibungen zu den Veröffentlichungen waren in englischer Sprache verfasst, die ihm nicht geläufig war. Er klickte auf den hinterlegten Link und versuchte, die Zusammenfassung der Veröffentlichung zu lesen. Aber er verstand kaum ein Wort. Also kopierte er den Text in ein Übersetzungsprogramm. Wie zu erwarten war, wurden nur die offiziellen Forschungsarbeiten beschrieben. Soweit er dem Fachchinesisch folgen konnte, ging es in dem Papier lediglich um die Erforschung der Ionosphäre.

Aber Junker wusste es besser, und Stück für Stück setzte er das Mosaik zu einem schlüssigen Bild über Niemeier zusammen. Der hatte nämlich nicht nur am HAARP-Projekt mitgearbeitet, sondern war danach an der »Bundesstelle für Fernmeldestatistik« in Husum beschäftigt gewesen, jener »Horch- und Peilstelle« des BND.

Junker hatte mit seiner Familie in unmittelbarer Nähe der Anlagen gewohnt. Vom Dachboden aus hatte er einen Einblick in das Gelände gehabt. Auf dem Grundstück gab es sieben Gebäude, die als Wohnhäuser getarnt gewesen waren und noch heute existierten. Bis auf den Kopfbau waren es reetgedeckte Häuser mit Walmdächern. Dass dort der BND sein Unwesen trieb, hatten die Anwohner schon früh geahnt. »Horch und Guck« hatten alle die Peilstelle genannt. Einige aus der Nachbarschaft hatten sogar für den Nachrichtendienst gearbeitet, waren aber zur Verschwiegenheit verpflichtet gewesen und hatten es nie zugegeben. Und dieser Niemeier war ebenfalls bei dem Verein beschäftigt gewesen! Alles passte genau zusammen.

Junker hatte immer schon gewusst, dass es in dem eingezäunten Areal nicht mit rechten Dingen zuging. Und vor einigen Tagen hatte er den letzten Beweis dafür erhalten, dass die Einrichtung nicht nur als Abhörstation gedient hatte, sondern dort auch Versuche mit Strahlen zur Abwehr von Flugzeugen und Raketen stattgefunden hatten. Ihm waren anonym streng geheime Unterlagen zugespielt worden, die das bestätigten. Darin tauchte der Name Professor Dr. Niemeier an entscheidender Stelle auf. Er hatte die Versuche geleitet. Damit stand eindeutig fest: Er war für Birthes und Lottes Tod verantwortlich! Junkers Tochter war an Leukämie gestorben, seine Frau Birthe ein Jahr später, nach Meinung der Ärzte an Herzversagen. Junker war überzeugt, dass die Strahlen auch sie krank gemacht hatten und Lottes Tod ihre Krankheit verstärkt und ihr den letzten Lebensmut genommen hatte. In der Nachbarschaft hatte es mindestens einen weiteren Leukämiefall gegeben.

An einen Zufall glaubte Junker nicht. Die Polizei hatte die Zusammenhänge nicht einmal untersucht. Den Behörden konnte er nicht trauen. Gerechtigkeit konnte er nur erlangen, wenn er sich selbst darum kümmerte. Dieser Niemeier musste bestraft werden. Das war er Lotte und Birthe schuldig.

Nach Birthes Tod war er in eine Wohnung am Stadtrand gezogen. Nicht wegen der Strahlung, denn der Geheimdienst hatte seine Tätigkeit 2019 eingestellt. Aber mit dem Haus im Norderwungweg waren zu viele Erinnerungen verbunden gewesen. Nach Lottes Tod hatte er zum Entsetzen seiner Frau die Schaukel im Garten zerstört und Lottes Spielsachen in den Keller verbannt. Aber das hatte nicht geholfen. Birthe und er hatten sich zum Schluss nur noch gestritten. Statt zusammenzuhalten, hatten sie sich auseinandergelebt. Dennoch hatte ihm ihr Tod den Rest gegeben.

Die Behandlung in der Psychiatrie hatte ihm nicht geholfen. Vielleicht fand er nun Trost in der Therapiegruppe. Dort traf er Menschen mit ähnlichen Problemen. Ob die Treffen ihn letztendlich weiterbringen würden, wusste er nicht. Aber er hatte nichts zu verlieren. Die Krankenkasse zahlte nicht, aber das Geld für die Teilnahme hatte er aufbringen können, indem er die meisten Lebensmittel bei der Tafel Husum besorgte und das Ersparte zurücklegte. Kurz nach dem Tod seiner Frau hatte er den Job verloren. Er hatte sich einfach nicht mehr auf die Arbeit konzentrieren können. Finanziell kam er nun gerade so über die Runden. Das Wichtigste war, dass er die Miete bezahlen konnte. Obdachlos zu sein war eine schreckliche Vorstellung. Gerne wäre er in seinen Beruf als Metallfacharbeiter zurückgekehrt. Aber die Aussichten dafür standen mehr als schlecht.

Junker griff unter den Tisch, schnappte sich eine zweite Weinflasche, öffnete den Schraubverschluss und goss das Glas bis zum Rand voll. Nachdem er einen kräftigen Schluck genommen hatte, zog er eines der neuen Dokumente aus dem Stapel der Zeitungsausschnitte und Computerausdrucke hervor.

Es war überschrieben mit »TOP SECRET«. Links daneben ein Stempel und darunter: »National Security Agency/Central Security Service. Subject: NSA Intelligence Relationship with Germany – Bundesnachrichtendienst (BND).« Dann folgte der eigentliche Text. Junker drehte das Blatt um. Dort hatte er die Übersetzung notiert. Auch die las er noch einmal vollständig durch. Den Inhalt kannte er fast auswendig. Er zeugte von der Zusammenarbeit zwischen BND und NSA auf dem Gebiet der militärischen Anwendung fokussierter elektromagnetischer Wellen und Laserstrahlen. Professor Dr. rer. nat. Florian Niemeier wurde in dem Brief direkt als Leiter der »Abteilung 2 – DEW« angesprochen. Es folgten viele technische und organisatorische Details, die Junker nur zum Teil verstand. Aber das Wichtigste war ein Satz: »Eine Beeinträchtigung der Bevölkerung muss zukünftig unbedingt durch geeignete Schutzmaßnahmen vermieden werden.«

Die Worte waren so gut wie ein Geständnis. Sie bewiesen, dass es Probleme mit den Strahlenversuchen gegeben hatte. Leider war das Dokument unvollständig, sodass weitere Erklärungen fehlten. Der Text ging vermutlich über mehrere Seiten. Aber der anonyme Absender hatte nur die erste Seite gemailt. Junker hatte an die E-Mail-Adresse geantwortet, aber nur ein »Undelivered Mail Returned to Sender« erhalten. Wahrscheinlich hatte der Absender Angst und hatte seine E-Mail-Adresse stillgelegt. Junker konnte das nachvollziehen. Whistleblower lebten gefährlich. Wie gefährlich, konnte man am Beispiel von Julian Assange sehen, der Kriegsverbrechen enthüllt hatte und dafür gnadenlos verfolgt worden war.

Im Grunde benötigte Junker keine weiteren Beweise, dass Niemeier für den Tod seiner Tochter und letztendlich auch seiner Frau verantwortlich war.

Er nahm die Flasche, die er bereits bis zur Hälfte geleert hatte, mit ins Wohnzimmer und legte sich auf die Couch. Im Halbschlaf erschienen ihm Bilder, die er nicht zulassen wollte. Meistens gelang es ihm, sie mit Alkohol aus seinem Kopf zu verbannen. Aber an diesem Abend funktionierte es nicht. Sie zeigten sich so klar wie nie zuvor. Da war seine Tochter Lotte, wie sie im Krankenhaus am Tropf hing, eine rote Mütze auf ihrem kahlen Kopf, dunkelblaue Ringe um die Augen und ein Lächeln, das sie ihm schenkte, damit er nicht so traurig dreinblickte. Wie hatte sie nur so tapfer sein können, während über ihm und Birthe die ganze Welt zusammenbrach?

Junker öffnete die Lider und griff zur Flasche. Er musste verhindern, dass weitere Bilder auftauchten wie die von Birthes Verzweiflung und ihrem langsamen Abschied vom Leben. Er schlief ein und wachte erst am frühen Morgen wieder auf.

# 14

Die Sache mit den Radmuttern hatte auch etwas Gutes. Natürlich war es kein Problem gewesen, sie wieder festzuziehen. Dafür brauchte Niemeier keine Werkstatt. Aber es war das beunruhigende Gefühl geblieben, dass ihm jemand nach dem Leben trachtete. Mit hoher Wahrscheinlichkeit steckte seine Ex dahinter, mit oder ohne einen Helfer. Falls er sich allerdings irrte, war das wesentlich bedrohlicher. Mit Irene würde er schon fertigwerden, aber mit einem unbekannten Gegner war das schwieriger. Doch wer außer ihr konnte für den Anschlag verantwortlich sein? Ihm fiel niemand ein. Seine Ex wollte ihn wohl nicht wirklich töten. Vermutlich hatte sie ihn nur erschrecken wollen.

Das Gute an dem Vorfall jedenfalls war, dass er seitdem zu Fuß zur Arbeit ging. Nicht aus Angst, das Attentat könnte sich wiederholen, sondern der Fitness wegen. Schon lange hatte er sich vorgenommen, zu laufen oder den Weg von knapp zwei Kilometern bis ins Industriegebiet mit dem Fahrrad zurückzulegen. Zwar joggte er jeden Sonntag und bei jedem Wetter am Steindeich der Dockkoogspitze entlang, vom Parkplatz an der Schleuse bis zum abgebrannten Nordseehotel und zurück. Aber das reichte einfach nicht aus. Der Fußweg zur Firma war eine gute Ergänzung, da seine Haupttätigkeit inzwischen aus Büroarbeit mit stundenlangem Sitzen bestand. Und seit Alex, die für den ganzen Steuerkram und Schriftverkehr zuständig gewesen war, gekündigt hatte, nahm er kaum noch Außentermine wahr. Nackenverspannungen und Kopfschmerzen waren die Folge. Tabletten halfen nur begrenzt dagegen und boten auf Dauer keine Lösung. Bewegung war das A und O zur Vermeidung solcher Beschwerden.

Sein Weg führte die Herzog-Adolf-Straße entlang. An diesem Morgen herrschte angenehmes Sommerwetter. Am Himmel ließen sich lediglich ein paar Quellwolken blicken, und der Wind war kaum zu spüren. Vom Laufen wurde ihm warm. Deshalb zog er sein Jackett aus und warf es über die Schulter.

Er sah auf seine Armbanduhr. Es war kurz vor acht. Um halb neun hatte er eine wichtige Besprechung mit einer Lieferfirma, und er wollte nicht zu spät kommen. Deshalb beschleunigte er seinen Schritt. Es herrschte nur wenig Verkehr auf der Straße. Ihm fiel ein roter Golf auf, der vor einer Fußgängerampel hielt. Der Fahrer ließ ungeduldig den Motor aufheulen. Über solche Idioten, die völlig überflüssigen Lärm und Abgasgestank erzeugten, hatte Niemeier sich schon oft aufgeregt. Als der Fahrer auch noch einen Kavaliersstart hinlegte, tippte er sich mit dem Zeigefinger an die Stirn. Keine zehn Meter war das Auto entfernt, als es auf den Bürgersteig fuhr und direkt auf ihn zuschoss.

Mit einem Sprung zur Seite rettete sich Niemeier vor dem Aufprall. Er fiel hin, rappelte sich aber sofort wieder auf. Der Golf raste mit hoher Geschwindigkeit davon. Niemeier versuchte noch, das Kennzeichen des stark verschmutzten Nummernschildes zu entziffern, aber außer »NF« und der Zahl »12« konnte er nichts erkennen. Ganz sicher hatte jemand aus den nachfolgenden Autos den Vorfall beobachtet. Doch niemand hielt an.

Niemeier fluchte. Der Schreck steckte ihm noch tief in den Knochen, als er den gröbsten Schmutz von der Kleidung abklopfte. Er hob sein Jackett auf und setzte den Weg fort. Hatte der Fahrer auf seine unhöfliche Geste reagiert, oder war das ein erneuter Anschlag gewesen? Die Frage beschäftigte ihn, bis er in der Firma eintraf. Dort wartete neben der Besprechung ein Haufen Arbeit auf ihn. Die brachte Ablenkung, und er konnte sich nicht weiter mit dem Vorfall beschäftigen. Erst gegen Feierabend kam ihm das Vorkommnis des Morgens wieder in den Sinn. Am Steuer hatte ein Mann gesessen. Niemeier hatte ihn nicht erkennen können, aber er war sich sicher, dass es ein Mann gewesen war. Auf keinen Fall seine Ex. Außerdem passte so ein Attentat nicht zu ihr. Sie konnte hinterlistig und boshaft sein, aber solch ein Manöver traute er ihr nicht zu. Allerdings konnte sie einen Helfer haben. Keinen bezahlten Profi, denn der würde bestimmt eine andere Methode wählen, um ihn aus dem Weg zu räumen. Wenn er tot war, würde sie das ganze Vermögen erben. Das war eindeutig ein Motiv. Bei der Scheidung ging sie dagegen weitgehend leer aus.

Kurz entschlossen rief er sie an.

»Hab mir gedacht, dass du dich meldest. Hast du das Schreiben meines Anwalts erhalten?«

»Was?«

»Akzeptierst du endlich meine Forderungen?«

»Deswegen rufe ich nicht an. Jemand hat gerade versucht, mich umzubringen. Um ein Haar wäre ich überfahren worden.«

»Wie ich höre, bist du davongekommen. Irgendwie schade.«

»Warum bist du so? Steckst du dahinter?«

»Wohinter?«

»Trachtest du mir nach dem Leben?«

Sie lachte künstlich. »Wenn es so wäre, würde ich es dir nicht erzählen. Aber vielleicht steckt ja deine Tussi dahinter. Oder hat sie dich inzwischen abserviert? Ich hab gehört, dass sie bei euch gekündigt hat. Oder hast du sie rausgeworfen, weil sie nicht mehr so wollte wie du?«

»Kann man sich mit dir eigentlich nicht mehr ordentlich unterhalten?«

»Nee, kann man nicht. Wende dich an meinen Anwalt, wenn du etwas von mir willst.«

Es klickte in der Leitung. Sie hatte aufgelegt.

Niemeier knallte den Hörer auf die Gabel. »Dieses verdammte Miststück!«

Sein Ausruf war wahrscheinlich bis in den Verkaufsraum zu hören. Für den Moment war ihm das egal. In der Firma wusste sowieso jeder über seine Affäre mit Alex und seinen Scheidungskrieg Bescheid. Die Affäre hatte nur ein paar Monate gedauert. Dann hatte sie etwas »Festes« gefunden und von einem Tag auf den anderen gekündigt. Mit wem sie jetzt zusammen war, wusste er nicht. Es interessierte ihn auch nicht. Das Kapitel mit ihr war abgehakt.

Das Gespräch mit seiner Ex hatte ihn nicht weitergebracht. Dennoch war es richtig gewesen, sie anzurufen. Jetzt wusste sie, dass er sie in Verdacht hatte. Sie würde von weiteren Aktionen absehen. Sicher konnte er sich dessen allerdings nicht sein.

Seine Befürchtungen bestätigten sich schon einige Tage später. Er hatte eine Fachfirma damit beauftragt, eine Überwachungskamera an seinem Haus zu installieren. Sie zeichnete alles auf, was auf seinem Grundstück passierte. Der beste Schutz vor weiteren Anschlägen war, die Täterin oder den Täter rechtzeitig zu schnappen. Dass ihn die Polizei schützen würde, wenn er eine weitere Anzeige gegen unbekannt aufgab, glaubte er nicht. Die gefakte Homepage war immer noch online, und er hatte nichts von irgendwelchen Bemühungen seitens der Behörden mitbekommen. Die Beamten hatten offenbar Wichtigeres zu tun. Und vermutlich hatten sie von der Internetmaterie keine Ahnung.

Schon ein paar Tage nachdem die Kamera installiert worden war, wurde er in der Nacht durch einen Signalton geweckt, der Aktivitäten auf seinem Grundstück anzeigte. Noch etwas benommen, griff er zum Smartphone auf dem Nachttisch. Das Display zeigte eine Gestalt, die sich im Vorgarten zu schaffen machte. Es war dunkel, und den Bewegungsmelder für das Außenlicht hatte er abgeschaltet, weil er einen Täter nicht verscheuchen, sondern stellen wollte. Sein Auto hatte er wohlweislich in die Garage gefahren.

Die Infrarotaufnahmen waren undeutlich, sodass er das Gesicht des Eindringlings nicht erkennen konnte. Zunächst konnte er auch nicht erkennen, was dieser tat. Doch dann ahnte er, welch verwerfliches Attentat der Schurke verübte. Niemeier warf das Smartphone auf das Bett und eilte zur Haustür. Draußen sah er, wie die Gestalt durch den Garten und auf die Straße rannte. Er hätte schwören können, dass die Art der Bewegungen zu einer Frau passte. Ein Stück lief er dem Flüchtigen im Pyjama hinterher. Aber dann kehrte er fluchend um. Als er zurück zu seinem Haus kam, bemerkte er mit Entsetzen, wie sich sein Lieblingsbaum, die Rosa Frühlingskirsche, die gerade noch so herrlich geblüht hatte, neigte und dann vollständig abknickte. Eine Zeit lang blieb er wie erstarrt stehen. Schließlich ging er auf den Baum zu und schob die Zweige beiseite. Sofort erkannte er, dass der Stamm angesägt worden war. Wenig später entdeckte er das verwendete Werkzeug, eine Fuchsschwanzsäge, im Rasen. Der Täter oder die Täterin hatte sie auf der Flucht fallen gelassen.

Er stieß einen lauten Fluch aus, woraufhin in einigen Häusern der Nachbarschaft das Licht anging. Jetzt galt es, die Beweise zu sichern. Niemeier verpackte die Säge in Folie. So blieben Fingerabdrücke und DNA erhalten. Am nächsten Morgen wollte er Fotos vom Tatort schießen und alles, inklusive der Kameraaufzeichnungen, der Polizei übergeben.

Er konnte die ganze Nacht nicht schlafen. Dass seine Ex den Baum abgesägt hatte, würde zu ihr passen. Sie wusste, dass er die Frühlingskirsche besonders schätzte. Außerdem hatte sie einen gewissen Symbolwert, denn einer seiner Freunde hatte sie zu Niemeiers Hochzeit gepflanzt und sogar eine kurze Rede dazu gehalten. Wenn er sich richtig erinnerte, hatte Paul gesagt: »Soll dieser Baum wie eure Liebe hundert Jahre wachsen und gedeihen.« So ganz hatte das nicht funktioniert. Immerhin hatte das Geschenk zehn Lenze überstanden, die Liebe dagegen vielleicht drei oder vier.

Auch den Anschlag mit den Radmuttern traute Niemeier seiner Verflossenen zu. Er schloss nicht aus, dass sie sich gar nicht bewusst gewesen war, wie gefährlich ihre Tat hätte werden können. Und der Mordversuch mit dem Golf auf offener Straße? Wäre er nicht in letzter Sekunde beiseitegesprungen, wäre er bei der Attacke ums Leben gekommen. Seine Ex eine Mörderin? Das konnte er sich immer noch nicht vorstellen. Aber das würde bedeuten, dass er es mit zwei Gegnern zu tun hatte, was ebenfalls unwahrscheinlich war. Also blieb doch nur die Erklärung, dass seine Ex einen Helfer hatte. Vielleicht einen neuen Freund. Denn eines musste man ihr lassen: Sie war attraktiv und verstand es, andere Menschen für sich einzunehmen und auszunutzen.

Am Morgen rief er in der Firma an. Er werde erst gegen Mittag ins Geschäft kommen. Wie geplant dokumentierte er den Frevel im Vorgarten mit seinem Smartphone und übergab alle Beweise der Polizei.

# 15

Flottmann kam erst gegen elf Uhr ins Büro. Er war mit Bogomil beim Tierarzt gewesen. Der Kater hatte sich offenbar beim Sprung vom Kleiderschrank eine Pfote verstaucht und trug jetzt einen Verband.

»Niemeier war heute Morgen hier«, empfing ihn Hilgersen.

»Wer war noch mal Niemeier?«

»Du solltest mal etwas gegen deinen Gedächtnisschwund tun. Kreuzworträtsel sollen gut sein. Oder Memory.«

»Deine Tipps sind Gold wert, Gustl.« Flottmann setzte sich an seinen Schreibtisch. »Aber ich erinnere mich jetzt. Das war doch der Professor, der keiner war.«

»Genau. Der mit der falschen Homepage.«

»Hat unser IT-Spezialist Lohmeyer etwas herausgefunden?«

»Leider nein. Da müssten wohl die Fachleute vom LKA ran.«

»Das wäre wohl doch ein bisschen zu hoch aufgehängt.«

»Aber inzwischen gab es weitere Anschläge auf ihn. An seinem Auto wurden die Radmuttern gelöst, und jemand hat einen Baum in seinem Garten abgesägt. Seinen Lieblingsbaum, eine Frühlingskirsche. Außerdem hat jemand versucht, ihn zu überfahren. Er sagte, es sei eindeutig ein Mordanschlag gewesen. Er hat seine von ihm getrennt lebende Frau in Verdacht.«

Flottmann schaltete seinen Computer ein. »Das ist der Grund, warum ich nicht heirate. Heiraten bringt nur Ärger. Während der Ehe und, wie man sieht, auch hinterher noch.«

»Ich könnte mir das schon vorstellen.«

»Dass ich heirate?«

»Nee, mich meine ich.«

Flottmann blickte am Monitor vorbei zu Hilgersen. »Franziska? Wann?«

»Ich hab noch nicht mit ihr darüber gesprochen.«

»Soll ich dir einen Rat unter Freunden geben?«

»Nein, bitte nicht.«

»Okay. Also was ist mit dem Pseudoprofessor?«

»Es gibt ein Überwachungsvideo, das den Anschlag auf den Baum zeigt. Allerdings ist der Täter nicht zu erkennen.«

»Ich würde sagen, dass der Fall genau auf dich zugeschnitten ist, Gustl. Vielleicht hängt der ja mit dem Mordversuch an Abeling zusammen.«

»Sehr witzig.«

»Hast du nicht behauptet, dass alles mit allem zusammenhängt?«

»Alexander von Humboldt war das.«

»Ach ja, der.«

»Gut. Ich übernehme die Befragung von Niemeiers Ehefrau. Ein Mordanschlag ist ja ein wichtiger Fall. Und immerhin gibt es einige Ansatzpunkte, um ihn aufzuklären.«

»Hm. Vielleicht sollte ich doch lieber mitkommen. Wo wohnt sie?«

»Asmussenstraße, in der Nähe des Schlossparks. Sie wohnt dort zur Miete. Ich ruf sie an.«

Hilgersen erreichte Irene Niemeier am Telefon und vereinbarte einen Termin für den Nachmittag. Er hätte sie auch vorladen können, aber manchmal zeigten sich Menschen in den eigenen vier Wänden aufgeschlossener. Außerdem erlaubten die Wohnverhältnisse oft gewisse Rückschlüsse auf den Gesprächspartner.

Sie benötigten lediglich fünf Minuten für die Dienstreise. Es empfing sie eine auffällig geschminkte Frau von Mitte vierzig im pinkfarbenen Hosenanzug.

»Was will die Polizei von mir?«, fragte sie in schnippischem Tonfall, nachdem alle im Wohnzimmer Platz genommen hatten.

»Hilgersen ist mein Name. Wir haben telefoniert. Mein Kollege Hauptkommissar Flottmann und ich untersuchen die Anschläge auf Ihren Mann. Ihr Mann hat eine Überwachungskamera am Haus installiert, und auf den Bildern eines Videos, das er uns gegeben hat, ist jemand zu sehen, der einen Baum im Vorgarten absägt.«

Irene Niemeier räusperte sich. »Und mit so was beschäftigt sich die Polizei?«

»Nebenbei jagen wir auch Einbrecher und Mörder. Aber Sachbeschädigung gehört ebenfalls zu unseren Aufgaben. Und Stalking.«

»Stalking? Deswegen kommen Sie doch wohl nicht zu mir. Ich tu so etwas nicht.«

»Wir haben eine Säge gefunden. Darauf befinden sich Fingerabdrücke und die DNA des Täters beziehungsweise der Täterin.«

Irene Niemeier wurde sichtlich nervös. Sie zupfte an ihrer Kleidung. »Okay, ich war das. Mein Mann hat mich nicht nur mit einer Mitarbeiterin betrogen, er versucht auch, mich bei der Scheidung über den Tisch zu ziehen. Irgendwie musste ich meine Wut herauslassen. Da hab ich eben seinen Lieblingsbaum abgesägt. Wenn Sie so wollen, war das ein symbolischer Akt. Und irgendwie gehörte der ja auch zur Hälfte mir. Schließlich war er ein Hochzeitsgeschenk.«

»Die Anschläge auf sein Leben waren dagegen wohl eher nicht symbolisch gemeint«, sagte Flottmann.

»Das war ich nicht. Florian hat mich angerufen und mir unterstellt, ich hätte ihn überfahren wollen. So ein Unsinn.«

»Was für ein Auto fahren Sie, Frau Niemeier?«

»Gar keins. Hier in Husum erreicht man alles schön zu Fuß oder mit dem Fahrrad. Das wenige Geld, das mir geblieben ist, frisst mein Anwalt auf.«

»Und wo waren Sie am Dienstag letzter Woche zwischen halb acht und halb neun?«

»Zu Hause.«

»Kann das jemand bestätigen? Hatten Sie Kontakte in der Zeit? Haben Sie vielleicht mit jemandem telefoniert?«

»Nein. Ich bin spät aufgestanden und hab gefrühstückt. Alleine.«

»Am Auto Ihres Mannes wurden die Radmuttern gelöst. Können Sie uns dazu etwas sagen?«

Irene Niemeier schüttelte den Kopf. »Nein, auch damit hab

ich nichts zu tun. Aber mehr werden Sie nicht von mir hören. Wenden Sie sich an meinen Anwalt.«

Hilgersen beugte sich vor. »Nur noch eine Frage. Wer hat die falsche Homepage auf den Namen Ihres Mannes veröffentlicht?«

»Welche Homepage? Ich weiß nicht, was Sie meinen.«

»Jemand hat Name und Adresse Ihres Mannes benutzt und eine Internetseite erstellt, die ihn als Professor für Physik und Hochfrequenztechnik bezeichnet.«

»Haha. Florian als Professor. Das ist ein guter Witz. Der hätte tatsächlich von mir sein können. Aber leider kenne ich mich mit so etwas nicht aus. Mit dem Herstellen von Internetseiten, meine ich. Ich hätte ihn auch bestimmt nicht als Professor ausgegeben, sondern als Lügner und Fremdgeher. Vielleicht hätte ich auch ein paar Nacktbilder von ihm reingestellt. Allerdings besitze ich keine.« Sie stand auf. »Bitte gehen Sie jetzt. Mir wird das alles zu viel. Ich werde meinen Anwalt anrufen und ihn über alles informieren.«

Hilgersen und Flottmann erhoben sich ebenfalls.

»Falls Sie uns aber noch etwas erzählen möchten, rufen Sie mich bitte an.« Flottmann überreichte ihr eine Visitenkarte. »Die Ermittlungen gegen Sie werden fortgesetzt. Und Sie werden beizeiten eine Vorladung von uns erhalten. Auf Wiedersehen, Frau Niemeier.«

»Die hat Haare auf den Zähnen«, sagte Hilgersen auf dem Weg zum Auto.

»Und sie lügt.«

»Glaubst du, dass sie wirklich versucht hat, ihren Mann umzubringen?«

»Betrogene und gekränkte Ehefrauen können gefährlich sein. Aber die Erkenntnis reicht im vorliegenden Fall nicht als Beweis aus. Eher als Tipp für jemanden, der den Bund der Ehe eingehen möchte.«

»Ich hab den Wink verstanden.«

»Welchen Wink?«

»Tu nicht so scheinheilig. Ich hab übrigens mal über diese

Reptiloiden recherchiert, die Abeling erwähnt hat. Die gibt es wirklich.«

»Was?«

Die beiden stiegen ein, und Hilgersen startete den Motor. »Na ja, ob es Reptiloide wirklich gibt, weiß ich natürlich nicht. Aber sie sind tatsächlich Gegenstand einer Verschwörungstheorie. Es handelt sich um reptilienartige Wesen in menschlicher Gestalt. Manche glauben, dass es Außerirdische sind. Andere vermuten, dass sie aus dem Erdinneren kommen. Sie könnten Überbleibsel der Dinosaurier sein, die gar nicht vollständig ausgestorben sind. In der Erde haben sie sich zu einer intelligenten Spezies weiterentwickelt.«

»Das klingt sehr realistisch. Wieso hab ich noch nie davon gehört?«

»Man muss zu den Eingeweihten zählen, um solche Dinge zu durchschauen. Die Reptiloiden sind ja auch nicht einfach zu erkennen, da sie eben Menschengestalt annehmen. George Bush, Mark Zuckerberg, Hillary Clinton und natürlich Angela Merkel sollen dazugehören.«

»Du glaubst doch wohl nicht an den Schwachsinn?«, fragte Flottmann, während er sich anschnallte.

»Traust du mir das etwa zu?«

»Hm. Ich weiß nicht so recht.«

# 16

Winfried Abeling hatte zwei Wochen im Krankenhaus verbracht. Er war immer noch krankgeschrieben und hockte zu Hause. Dabei spürte er nichts mehr von der Attacke auf ihn. Lediglich die Wunde am Hinterkopf pochte manchmal. Seinen Koffer mit den Messgeräten und Werkzeugen sowie sein Handy hatte er zurückerhalten. Am liebsten hätte er seine Arbeit sofort wieder aufgenommen. Er glaubte nicht, dass er durch den Vorfall einen psychischen Knacks davongetragen hatte. Vermutlich würde trotzdem für einige Zeit ein mulmiges Gefühl bleiben, wenn er eine Anlage betrat. Aber das würde sich irgendwann geben. Sich den unbegründeten Ängsten zu stellen war die beste Therapie. Sein Angreifer war tot und die Gefahr vorbei. Was sollte ihm jetzt noch passieren?

In den nächsten Tagen wollte er sich im Haus nützlich machen. Es gab einiges zu reparieren, und auch im Garten wartete Arbeit auf ihn. Die Tätigkeiten würden ihn auf andere Gedanken bringen, denn er erwischte sich dabei, dass er das Erlebte ständig Revue passieren ließ. Dabei kam er immer wieder zu dem Schluss, dass er nicht anders hätte handeln können. Das Grübeln war sinnlos, aber er konnte es nur abstellen, wenn er sich mit etwas Sinnvollem beschäftigte.

Als das Telefon klingelte, stand er von der Couch auf und nahm den Hörer ab.

»Hallo«, meldete er sich.

»Hier ist Florian. Florian Niemeier.«

»Du? Mit dir hätte ich nun gar nicht gerechnet. Du hast ja ewig nichts von dir hören lassen.«

»Na ja, du auch nicht.«

»Stimmt.« Abeling lachte. »Und wie geht es dir?«

»So lala. Ich hab etwas Scheidungsstress. Aber sonst ist alles weitgehend im grünen Bereich.«

»Wie lange warst du verheiratet?«

»Das weißt du doch. Schließlich warst du bei meiner Hochzeit dabei. Das ist ziemlich genau zehn Jahre her.«

»Echt schon so lange? Kaum zu glauben. Soll ich auch zu deiner Scheidung kommen?«

»Lass mal. Die werde ich wohl nicht groß feiern.«

»Weshalb rufst du dann an?«

»Ich hab erfahren, dass jemand versucht hat, dich umzubringen.«

»Woher weißt du das?«

»Aus der Zeitung. Der ›Monteur Winfried A.‹ wurde in dem Artikel genannt. Wenn die Geschichte der Wahrheit entspricht, bist du ja nur knapp dem Tod von der Schippe gesprungen.«

»Allerdings. Alles stand noch nicht einmal in der Zeitung. Ein völlig Durchgeknallter hat behauptet, ich würde Menschenversuche mit Infraschall machen. Krass, oder? Doch ich konnte mich wehren. Er ist dabei leider draufgegangen. Das hat mich ziemlich mitgenommen, wie du verstehen wirst. Aber es war Notwehr. Es gibt keine Anklage gegen mich. Wäre ja auch noch schöner.«

»Auf mich wurden ebenfalls Anschläge verübt.«

»Was?«

»Einmal hat man die Radmuttern an meinem Auto gelöst, und ein anderes Mal hat jemand versucht, mich zu überfahren. Außerdem wurde ein Baum in meinem Garten abgesägt.«

Abeling ließ sich in einen Sessel fallen. »Hat man den Attentäter geschnappt?«

»Nee. Zuerst hab ich gedacht, meine Ex stecke dahinter. Aber inzwischen glaube ich das nicht mehr.«

»Das klingt ansonsten nach einem echten Scheidungskrieg.« Abeling lachte.

»So richtig lustig ist das nicht. Ich hab mir überlegt, ob beides zusammenhängen könnte.«

»Was meinst du mit ›beides‹?«

»Die Anschläge auf mich und der auf dich.«

»Unsinn. Wie kommst du auf die verrückte Idee? Bei mir war das eindeutig ein völlig gestörter Typ, der irgendwelchen

Verschwörungstheorien nachhing. Außerdem – wie sollten die Anschläge zusammenhängen? Sind die Angriffe auf dich schon länger her?«

»Das ist alles in den letzten zwei Wochen passiert.«

»Da war der Typ schon tot. Er kann es also nicht gewesen sein. Außerdem verstehe ich nicht, warum er ausgerechnet uns beide im Visier gehabt haben sollte. Wo siehst du den Zusammenhang? Ich finde es ziemlich absurd, was du dir da ausgedacht hast.«

»Wegen damals.«

»Wegen damals? Du meinst – Quatsch. Das ist doch ewig her. Und wie gesagt, ist der, der mich umbringen wollte, tot. Und er hatte eindeutig andere Motive. Also phantasiere dir nicht irgendetwas zusammen.«

»Vielleicht hast du recht.«

»Klar hab ich das. Hast du immer noch ein schlechtes Gewissen?«

»Manchmal. Du nicht?«

»Nein.« Abelings Antwort war nicht ganz ehrlich, aber er wollte Niemeier nicht noch weiter anstacheln und keine schlafenden Hunde wecken. »Es ist schon so lange her. Da ist doch längst eine Menge Gras drübergewachsen. Wir waren betrunken, und irgendwie ist alles aus dem Ruder gelaufen. Zum Glück hat sie uns nicht angezeigt. Das hätte unangenehm für uns werden können.«

»Es ist unangenehm für uns geworden. Ich darf dich daran erinnern, dass unser Verhalten Jenna bei dem Anschlag ein Jahr später das Leben gekostet hat.«

»So etwas konnte niemand ahnen. Der Bombenleger muss echt krank gewesen sein.«

»Ja, krank vor Rachegedanken. Und ich kann ihn sogar verstehen.«

»Mensch, Florian, das bringt doch jetzt nichts mehr. Das ist alles Schnee von gestern. Wir wären damals beinahe ebenfalls draufgegangen. Wir sollten froh sein, dass wir überlebt haben.«

»Wir hätten Jenna retten können. Ich hab es noch nach unten geschafft und ihren Puls gefühlt. Sie hat noch gelebt. Wir hätten sie gemeinsam an Deck ziehen können.«

»Verdammt! Ich hab es dir schon tausendmal gesagt. Sie war mausetot, und wir wären bei dem Versuch, sie da rauszuholen, unweigerlich ertrunken. Du phantasierst dir etwas zusammen!«

Für einen Moment herrschte Stille in der Leitung.

»Lass uns den alten Streit nicht wieder aufwärmen«, sagte Abeling dann. »Das führt zu nichts. Ich muss jetzt Schluss machen. Maria kommt gleich vom Einkaufen. Aber melde dich mal wieder. Und lass die Geister der Vergangenheit ruhen. Versprochen?«

Die Antwort kam zögerlich. »Okay, versprochen. Bis demnächst.«

»Bis dann.«

Abeling schüttelte den Kopf. Mit einem Schlag hatten ihn die Geschehnisse von früher eingeholt, auch wenn er sich nicht im Geringsten vorstellen konnte, dass die aktuellen Ereignisse etwas mit den Vorfällen zu tun hatten, die Jahrzehnte zurücklagen. Der Überfall auf ihn war geklärt. Der Täter war ein Irrer gewesen. Daran gab es keinen Zweifel, auch wenn dessen Motiv selbst für einen verwirrten Zeitgenossen recht sonderbar war. Und die Attentate auf Niemeier? Wahrscheinlich steckte tatsächlich seine Ehefrau dahinter. Etwas merkwürdig war sie Abeling bereits auf dem Polterabend vorgekommen. Allerdings war sie da ebenso wie er stark angeheitert gewesen.

Niemeier und Abeling kannten sich seit der Schulzeit. Florian war ein paar Jahre jünger als er. Seinem Vater hatte das Segelboot gehört, mit dem sie, sooft es ging, zusammen rausgefahren waren. Dann kam dieser unselige Tag. Die Erinnerungen an die Ereignisse waren inzwischen verblasst, doch nie so ganz verschwunden. Florians Anruf hatte dafür gesorgt, dass Abeling sie plötzlich wieder klar und deutlich vor Augen hatte.

Jetzt hörte er das Auto seiner Frau in der Einfahrt. Er stand auf und ging hinaus, um ihr zu helfen, den Einkauf ins Haus zu tragen. Für einen Moment fürchtete er, sie könne seine Stimmung in seinem Gesicht ablesen. Aber sie wusste nicht, was damals geschehen war, lange bevor sie sich kennengelernt hatten.

Und sie durfte es niemals erfahren.

# 17

Bogomils Pfote schien gut verheilt zu sein. Er konnte wieder mit allen vieren auftreten. Und nachdem Flottmann ihm den Verband abgenommen hatte, tobte der Kater durch die Wohnung, als hätte er etwas nachzuholen. Seit Flottmann die Brüstung mit Fischernetzen abgesichert hatte, gehörte der Balkon ebenfalls zu Bogomils Revier, was das Tier an regenfreien Tagen extensiv nutzte. Da die Tür manchmal durch einen Windzug zufiel und die Katzenpfoten nicht kräftig genug waren, um sie wieder aufzuziehen, musste Flottmann auf Befehl tätig werden. Ein lautes Miau in einem ganz speziellen Tonfall reichte in der Regel, um das Herrchen vom Sofa zu holen. War der Kater drinnen, wollte er raus, war er draußen, wollte er oft schon nach kurzer Zeit wieder rein. Das Spiel hielt Flottmann ganz schön auf Trab. Das war gut für seine Figur, aber schlecht für seine Nerven.

Es gab einen weiteren Umstand, der seine Nerven an diesem Tag auf eine harte Probe stellen sollte. Bogomil hatte nicht nur gelernt, die Kühlschranktür zu öffnen, wogegen Flottmann mehr oder weniger geeignete Maßnahmen getroffen hatte, sondern er konnte inzwischen auch alle Zimmertüren öffnen. Dazu reichte in der Regel ein Sprung auf den Türgriff aus. Das Problem war nicht besonders gravierend, da Flottmann bereits kurz nach Bogomils Einzug sogar das Schlafzimmer meist unverschlossen ließ, denn der Kater hatte bei jeglicher Auseinandersetzung stets den längeren Atem bewiesen.

Wirklich bedeutend wurde Bogomils neu erworbene Fähigkeit, als Flottmann mit einer Bierflasche in der Hand den Balkon betrat und das Treiben auf der Straße beobachtete. Es war Freitagabend, und er versuchte, so gut es ging, abzuschalten. Natürlich gelang es ihm nicht vollständig. Sowohl der Fall Abeling als auch die Anschläge auf Niemeier wiesen so viele Merkwürdigkeiten auf, dass er zwangsläufig darüber nachgrübeln musste.

So manches Mal hatte ihn das bloße Nachdenken einen Schritt weitergebracht. Aber an diesem Abend schien es nicht so recht zu klappen. Eigentlich bevorzugte Flottmann Wein, doch den trank er ausschließlich in Gesellschaft. Am liebsten mit Lena. Am Wochenende würden sie sich wiedersehen und einen gemütlichen Abend auf der Terrasse ihres Bungalows verbringen.

Flottmann ließ das Geländer los und drehte sich um. Er brauchte eine weitere Flasche Bier für seine grauen Zellen. Er sah, wie Bogomil mit der Pfote versuchte, die Balkontür zu öffnen. Wenn sie nur angelehnt war, schaffte der Kater es in der Regel ohne Probleme. Aber Flottmann hatte sie komplett zugezogen. Amüsiert beobachtete er, wie Bogomil sich abmühte. Als sich das Tier lautstark beschwerte, wurde er weich und beschloss, es von der Qual zu erlösen. Doch der Entschluss kam zu spät. Offensichtlich in der Meinung, man könne die Balkontür genauso wie die Zimmertüren öffnen, sprang Bogomil auf den Griff, hängte sich mit seinen Vorderpfoten daran und landete nach dem Manöver etwas unsanft auf dem Fliesenboden.

Flottmann ging zur Tür und wollte sie aufziehen. Er erhöhte den Druck, aber vergeblich. Durch die Scheibe konnte er erkennen, dass die Klinke hinuntergedrückt war. Nicht ganz, aber doch weit genug. Bogomils erlernter Trick funktionierte bei der Balkontür nicht in gewohnter Weise, sondern hatte das Gegenteil bewirkt. »Mistviech!« Flottmann fluchte und schimpfte, obwohl er davon ausgehen konnte, dass Bogomil ihn nicht absichtlich ausgesperrt hatte. Der Kater stand jetzt vor der Glastür und miaute so laut, dass er es hören konnte.

Einen Moment überlegte Flottmann, ob er den Kater dazu bringen könnte, den Griff wieder anzuheben. Aber das war aussichtslos und schon aus technischen Gründen zum Scheitern verurteilt.

Flottmann hatte Glück im Unglück. Er hatte sein Handy noch in der Jackentasche und hatte es nicht wie sonst herausgenommen und auf den Schreibtisch gelegt. Aber wen sollte er anrufen? Lena? Sie hatte keinen Schlüssel von seiner Wohnung. Einen Notruf absetzen? Das wäre auch nicht besonders klug.

Abgesehen davon, dass die Feuerwehr die Wohnungstür aufbrechen müsste, würde der neuerliche Streich des Katers im Revier und darüber hinaus die Runde machen. Einen Schlüsseldienst anrufen? Das war zumindest eine Möglichkeit.

Flottmann stellte die Bierflasche auf dem Boden ab, ging zurück zur Brüstung und blickte nach unten. Vom vierten Stock zu springen war keine Alternative. Auf den Nachbarbalkon zu klettern und ans Fenster zu klopfen, traute er sich auch nicht zu. Mit dem Fischernetz abseilen? Kompletter Unsinn!

Dann kam ihm die rettende Idee. Peter Larsen! Der Ganove war kompetent in Einbruchsangelegenheiten und schon von Berufs wegen verschwiegen. Seit Larsen Flottmann geholfen hatte, in Lenas Haus einzudringen, als Gefahr im Verzug gewesen war, hatte er dessen Nummer gespeichert.

»Larsen«, meldete sich der Einbruchsspezialist.

»Hauptkommissar Flottmann. Moin.«

»Herr Hauptkommissar. Das ist aber eine Überraschung. Bringen Sie Ärger, oder haben Sie wieder einen Job für mich?« Larsen lachte.

»Einen Job natürlich. Wie beim letzten Mal, ganz legal und mit geringem Aufwand.«

»Soll ich wieder in den Bungalow einbrechen?«

»Ich wohne jetzt in der Herzog-Adolf-Straße. Ich hab mich ausgeschlossen beziehungsweise eingeschlossen.«

Flottmann kam nicht umhin, seine Situation zu schildern. Dass sich Larsen halb totlachte, nahm er in Kauf.

»Zweihundert plus Spesen, wie beim letzten Mal?«, fragte Larsen, nachdem er sich beruhigt hatte.

»Damals lagen erschwerte Bedingungen vor. Hundert Euro und zwanzig für die Spesen.«

»Sie wissen, dass ich die versteuern muss?«

Dieses Schlitzohr! »Okay, hundertfünfzig pauschal, inklusive Spesen. Das ist mein letztes Wort. Sonst bestelle ich einen Schlüsseldienst.«

»Der tauscht Ihnen das Schloss für fünfhundert Euro aus.«

»Hundertfünfzig, inklusive Spesen, und keinen Cent mehr.«

»Okay, weil Sie es sind. Ich hatte immer schon einen guten Draht zur Polizei. Ich mach mich dann sofort auf den Weg.«

Flottmann gab seine genaue Adresse durch und legte auf. Larsen wohnte in Friedrichstadt. Spätestens in einer halben Stunde musste er eintreffen.

Bogomil stolzierte einige Male mit erhobenem Schwanz an der Glastür entlang. Flottmann betrachtete das als miese Provokation. Zu allem Überfluss hatte es zu regnen begonnen. Das Wasser lief ihm in den Nacken und tropfte von seiner Nase. Entspannung nach Feierabend sah anders aus.

Die halbe Stunde verstrich, ohne dass sich etwas tat. Dann stand plötzlich ein Polizist in Uniform auf der anderen Seite der Balkontür. Flottmann erkannte Jürgen Schmidtmann. Der Kollege von der Schutzpolizei drückte seine grinsende Visage gegen die Scheibe.

»Aufmachen, verdammt noch mal!«, schrie Flottmann.

Endlich bequemte sich der Kollege, die Klinke anzuheben und die Tür zu öffnen. Flottmann schob ihn beiseite und ging wortlos an ihm vorbei. Im Bad trocknete er sich notdürftig ab und leerte seine mit Bier gefüllte Blase. Dann kehrte er ins Wohnzimmer zurück.

»Du hast echtes Glück gehabt«, empfing ihn Schmidtmann.

»Glück?«

»Wir haben den Einbrecher auf frischer Tat im Flur ertappt. Er sitzt unten im Streifenwagen und redet komisches Zeug. Eine Nachbarin hat uns alarmiert.«

»Ihr könnt ihn wieder laufen lassen. Ich hab ihn gerufen. Es ist einer vom Schlüsseldienst.«

Schmidtmann schüttelte den Kopf. »Nee. Wir haben seine Personalien überprüft. Der ist bei uns im System. Außerdem hatte er Einbruchswerkzeug dabei. Er hat dich auf dem Balkon ausgeschlossen, damit er in Ruhe die Wohnung durchsuchen kann? Dat is 'n Ding.«

Flottmann wurde langsam klar, dass er nicht ohne Blessuren aus der Nummer herauskam. Außer der Wahrheit fiel ihm keine plausible Erklärung für den Vorfall ein. Dass Bogomil ihn dermaßen ausgetrickst hatte, war eine Sache. Den Spott der Kollegen würde er ertragen müssen. Aber dass er einen professionellen Einbrecher engagiert hatte, konnte zu einem wirklichen Problem werden.

»Pass auf, Jürgen. Das, was ich dir jetzt erzähle, bleibt unter uns, verstanden?«

»Hm. Das ist ein offizieller Einsatz. Ich muss einen Bericht schreiben. Aber erzähl erst mal, was los war. Ich bin richtig gespannt.« Schmidtmann nahm seine Dienstmütze ab und strich sich durchs Haar.

»Also. Ich bin auf den Balkon gegangen, um die frische Luft zu genießen und ein Bier zu trinken.«

»So weit kann ich folgen.«

»Die Tür ist zugefallen. Ja, und dann ...« Flottmann stockte. »Und dann ist Bogomil auf die Klinke gesprungen, hat sich drangehängt und dadurch die Tür verriegelt.«

Schmidtmann sah seinen Kollegen von der Kripo einige Sekunden mit offenem Mund an. Dann platzte es aus ihm heraus. »Dein Kater hat dich ausgesperrt? Das gibt es gar nicht! Wenn ich das in meinen Bericht schreibe ...« Er lachte laut auf.

»Mensch, krieg dich wieder ein!« Flottmann war sauer, obwohl er mit Schmidtmanns Reaktion gerechnet hatte. »Ich hab dann Larsen angerufen, weil ich seine Telefonnummer hatte und wusste, dass er das Haustürschloss zerstörungsfrei öffnen kann. Und jetzt habt ihr den armen Kerl festgenommen. Er ist unschuldig.«

Schmidtmann kratzte sich am Kopf und setzte die Mütze wieder auf. »Das ist ziemlich abgefahren, was du da erzählst.« Er lachte erneut. Dann ging er zur Balkontür, schloss sie und betätigte die Klinke einige Male. »Die ist wirklich sehr leichtgängig.«

»Hab sie erst vor Kurzem geölt. Das war wohl keine gute Idee.«

»Hm.« Schmidtmann zog mit Daumen und Zeigefinger ein Büschel schwarzer Katzenhaare hervor, das sich zwischen Blatt und Rosette verfangen hatte. »Die Spurenlage scheint deine

Aussage zu bestätigen.« Er ließ das Büschel zu Boden fallen. »Trotzdem muss ich einen Bericht schreiben. Das ist dir doch klar, oder? Deine Nachbarin hat die 110 gewählt. Das können wir nicht so einfach unter den Tisch kehren.«

»Ich werde dir bei der Formulierung helfen.«

Schmidtmann grinste. »Okay. Dann hab ich etwas gut bei dir.«

»Ja, klar. Und jetzt lasst Larsen bitte laufen. Ich komme mit runter.«

Auf der Straße traf Flottmann auf Rasmussen, der an der Fahrertür lehnte.

»Wurde bei dir nicht schon einmal eingebrochen? Hat jemand deinen Kater geklaut?« Rasmussen konnte sich ein breites Grinsen nicht verkneifen, nachdem Schmidtmann ihn über den wahren Sachverhalt aufgeklärt hatte.

Flottmann war der Einzige, der die Entwicklungen nicht besonders lustig fand. Und Larsen natürlich. Der saß im Fond und hielt demonstrativ seine Hände mit den Handschellen in die Höhe.

Schmidtmann ließ Larsen aussteigen und befreite ihn von den Schließen. Flottmann sorgte dafür, dass Larsen sein Werkzeug zurückerhielt, und verabschiedete sich von den Kollegen der Streife.

Nachdem er das Honorar inklusive Spesen und einer Erschwerniszulage von fünfzig Euro abgedrückt hatte, zog Larsen zufrieden ab, und Flottmann begab sich wieder in seine Wohnung. Die Unruhe hatte Bogomil verängstigt. Zögerlich kroch er unter dem Bücherbord hervor. Als er merkte, dass die Luft rein war, sprang er auf die Couch, rollte sich zusammen und begann zu schnurren. Er zeigte nicht die Spur eines schlechten Gewissens.

Flottmann ging ins Bad, nahm eine heiße Dusche und zog sich trockene Sachen an. Dann telefonierte er mit Lena und erzählte ihr die Geschichte. Endlich konnte auch er darüber lachen.

# 18

Lena Abendroth wohnte in einem Bungalow in der Nähe der Klinik. Flottmann liebte die Sommerabende auf ihrer Terrasse und die gemeinsamen Gespräche. Zwar versuchten sie, die beruflichen Belange außen vor zu lassen, aber das gelang ihnen nicht immer. Und so manches Mal half eine ungezwungene Unterhaltung, um auf neue Gedanken zu kommen.

Flottmann hatte Lena verboten, etwas zum Essen vorzubereiten oder gar den Grill anzuwerfen. Er sei auf Diät. Dieses Mal wolle er sie konsequent einhalten. Dennoch hatte Lena einen halben Laib Deichkäse vom Backensholzer Hof, ein Zwiebelbaguette und Oliven aufgetischt. Dazu einen Bordeaux-Wein.

»Das ist ein ganz mieser Angriff auf meinen Diätplan«, polterte er mit künstlicher Empörung. »Wie kannst du mir meinen Lieblingskäse vor die Nase setzen?«

»Oh, der ist für mich gedacht. Und ich wollte mal testen, wie ernst es dir mit deiner Schlankheitskur ist. Wenn du widerstehst, ist das ein gutes Zeichen.« Sie schnitt ein paar Scheiben vom Käse ab, legte sie auf einen Teller und schenkte den Wein ein.

Demonstrativ schob Flottmann den Teller von sich. Als er seine Hand zurückzog, hatte er bereits eine Scheibe zwischen den Fingern. »Nur eine zum Abgewöhnen.« Im nächsten Augenblick hatte er das Stück verputzt.

»Dann auf deine Diät!« Lena lächelte und hob ihr Glas.

Nachdem beide getrunken hatten, reckte sich Flottmann vor und schnappte sich eine weitere Käsescheibe.

»Ich glaube, mein Test hat schon jetzt ein eindeutiges Ergebnis geliefert«, sagte sie und griff ebenfalls zu.

Auch mit Mitte vierzig wirkte sie dank ihrer schlanken Figur und der halblangen, strohblonden Haare immer noch recht jugendlich. Flottmann dagegen kämpfte von jeher mit seinem Gewicht. Immerhin schaffte er es irgendwie, dass sein BMI konstant blieb.

»Wie geht es Bogomil?«, fragte sie.

»Er muss auch abnehmen. Aber er hält nichts davon. Wenn er etwas leichter gewesen wäre, hätte er mich wohl nicht auf dem Balkon aussperren können.«

»Gut, dass du dein Handy dabeihattest. Kriegst du noch Ärger, weil du deinen ›privaten Schlüsseldienst‹ einbestellt hast?«

»Ein Disziplinarverfahren wird es sicher nicht geben. Ich hab Schmidtmann beim Schreiben des Einsatzberichts geholfen. Es war nicht ganz einfach, eine passende Formulierung zu finden, bei der Bogomil nicht erwähnt wird. Ich bin mir auch nicht ganz sicher, ob die beteiligten Kollegen dichthalten werden. Meine Erfahrungen sind diesbezüglich nicht besonders gut. Ich hab mir übrigens überlegt, dir einen Haustürschlüssel für alle Fälle zu geben.«

»Das ist eine gute Idee. Du bekommst auch einen von mir.«

»Und Bogomil werde ich Manieren beibringen. Die Tiertherapeutin, die ich vor einiger Zeit beauftragt hatte, hat ja das Handtuch geworfen. Aber es gibt doch Hundeschulen. Gibt es eigentlich keine Katzenschulen?«

»Davon hab ich noch nie gehört.«

»Egal. Ich werde Bogomils Erziehung einfach selbst übernehmen.«

»Meinst du nicht, dass es zu spät dafür ist?«

»Mag sein. Aber ich werde es versuchen. Ich hab das Gefühl, dass er mir von Tag zu Tag mehr auf der Nase herumtanzt. Vor einigen Tagen hat er wieder die Kühlschranktür geöffnet und nach Futter gesucht, um meinen für ihn erstellten Diätplan auszuhebeln. Dabei ist ein Marmeladenglas zu Bruch gegangen und hat eine ziemliche Sauerei auf den Fliesen hinterlassen.«

Lena lachte. Sie redeten eine Zeit lang über belanglose Dinge. Während sowohl der Käselaib als auch der Wein zur Neige gingen, driftete ihre Unterhaltung dann doch ins Berufliche ab.

»Das war schon ganz schön heftig, was unser Patient Abeling erlebt hat«, sagte Lena.

»Hat er dir seine Geschichte geschildert?«

»Ja. Da ich dir Bescheid geben sollte, wann er vernehmungsfähig ist, hab ich ihn einige Male aufgesucht. Und da du in der Sache ermittelst, haben mich die Hintergründe natürlich interessiert. Er hat erzählt, dass er von jemandem angegriffen wurde, der ihn beschuldigte, Menschenversuche durchzuführen. Irgendetwas mit Infraschall.«

»Ja. Der Angreifer war wohl ein wenig verwirrt. Er glaubte, dass die Windenergieanlage in seiner Nähe gezielt dazu eingesetzt wurde, um ihn zu manipulieren. Leider ist die Auseinandersetzung für ihn tödlich ausgegangen. Solche Fälle finde ich besonders tragisch. Soweit wir wissen, gab es keinen objektiven Grund für die Tat. Der arme Kerl hat eine Verschwörung gegen sich und andere vermutet. Vielleicht hätte man ihn zur Vernunft bringen können, wenn man seine Wahnvorstellungen gekannt und ernst genommen hätte.«

»Dazu hätte er sich in eine Therapie begeben müssen. Paranoid nennt man sein Verhalten. Die Betroffenen glauben, dass andere sie schädigen oder gar töten wollen. Sie liefern sogar angebliche Beweise dafür, die aber Außenstehende meist nicht nachvollziehen können, und sind für Gegenargumente kaum zugänglich. Oft steigert die Diskussion mit ihnen ihr Misstrauen nur noch.«

»Aber auch ganz ›normale‹ Menschen sind offensichtlich anfällig für Verschwörungsmythen. Sonst wären die nicht so verbreitet.«

»Das stimmt. Dabei sind sie manchmal so absurd, dass man es nicht für möglich hält. Wenn sie dann noch von Prominenten vertreten werden, gewinnen sie besonders an Glaubwürdigkeit. Der Sänger Xavier Naidoo hat unter seinen Anhängern einen Weltverschwörungsmythos verbreitet, der wohl ursprünglich von der Organisation QAnon stammt. Danach werden Kinder in unterirdischen Kellern gefoltert, um aus ihrem Blut einen Wirkstoff zu gewinnen, der den Alterungsprozess aufhält. Außerdem sei die Erde flach und Echsenmenschen seien unter uns, behauptet er angeblich.«

»Du verstehst doch einiges von Psychologie. Hast du eine Erklärung dafür, weswegen selbst intelligente Menschen anfällig für so etwas sind?« Flottmann zog den Teller zu sich heran und schnappte sich die letzte Käsescheibe.

Lena schnitt daraufhin den Rest des halben Laibs in Würfel. »Soll ich die andere Hälfte holen?«

»Auf gar keinen Fall! Wie du weißt, bin ich auf FDH.«

»Das hatte ich doch glatt vergessen. Ich hab mich tatsächlich vor einiger Zeit etwas mit der Thematik beschäftigt. Sie ist ja ziemlich aktuell. Ein Patient hat mir neulich erzählt, dass Thomas Gottschalk Satanist sei, weil er bei einem Auftritt rote Schuhe trug. Nichts kann offenbar abwegig genug sein, dass es keine Anhängerschaft findet. Die psychologische Seite des Phänomens hat mich interessiert. Männer glauben übrigens eher an Verschwörungstheorien als Frauen.«

»Das überrascht mich.« Ein Käsewürfel verschwand in Flottmanns Mund.

»Mustererkennung spielt für die Empfänglichkeit eine große Rolle. Menschen neigen dazu, Zusammenhänge zu sehen, die keine sind. Es gab 2017 eine Studie, bei der Versuchspersonen völlig abstrakte Gemälde betrachten sollten. Diejenigen, die trotzdem irgendwelche Muster erkannten, neigten eher zu Verschwörungstheorien. Manche möchten mit ihren Ansichten ganz einfach gerne aus der großen Masse herausstechen und sich interessant machen.«

»Das Internet sorgt für die Verbreitung ihrer Phantasiegebilde und zieht weitere ›Gläubige‹ an.«

»Ja. Falschmeldungen verbreiten sich über die sozialen Medien etwa sechsmal schneller als wahre Informationen. Das haben ebenfalls Untersuchungen ergeben. In Foren und Chats schaukeln sich die Anhänger auf und liefern neue Argumente für eine Theorie. Gegenargumente tauchen da in der Regel nicht auf. Man bestärkt sich vielmehr untereinander.«

»Hm.« Flottmann stutzte. Irgendein wichtiger Gedanke war ihm bei dem Wort »Chat« gekommen. Aber schon war der wieder verschwunden. Vielleicht war der Gedanke doch nicht so bedeutend gewesen. »Dass Menschen glauben, dass die Amerikaner nie auf dem Mond gelandet sind, ist verrückt, aber harmlos. Doch wie unser aktueller Fall zeigt, kann so etwas auch tödlich enden.«

»Manche Verschwörungstheorien richten wirklich Schaden an. Das Schlimme ist, dass man die Anhänger nicht überzeugen kann. Sie glauben an eine Welt, in der es ganz klar eine gute und eine böse Seite gibt, so wie in einem Märchen. Und stets werden Regierungen, elitäre Kreise oder Minderheiten für die Verschwörung verantwortlich gemacht. Ein gemeinsames Feindbild schweißt zusammen. In der Nazizeit mussten die Juden als Sündenböcke herhalten. Und im Mittelalter hat man Juden die Ausbreitung der Pest in die Schuhe geschoben. Man warf ihnen vor, sie hätten die Brunnen vergiftet. Wer konnte sich schon vorstellen, dass Flöhe mit ihrem Biss winzige Lebewesen in die menschliche Blutbahn übertragen und die schwere Krankheit auslösen? Es war einfacher und aus damaliger Sicht plausibler, die Juden für das Sterben verantwortlich zu machen. In ganz Europa hat das zu Pogromen geführt, denen viele zum Opfer gefallen sind.«

Flottmann nickte. »Das ist ein gutes Beispiel dafür, dass Verschwörungsmythen nicht unbedingt harmlos sind. Auch in der Coronakrise gab es die irrsten Theorien, bis zur kompletten Leugnung der Pandemie. Die Vermischung von Fakten mit Mutmaßungen ist sowieso ein großes Problem. Das Einstreuen von Fakten macht eine erfundene Geschichte erst so richtig glaubhaft, auch wenn die Schlussfolgerungen kompletter Unsinn sind.«

Lena griff zu ihrem Glas. »Aber es gibt auch Verschwörungserzählungen, die sich als wahr herausgestellt haben.«

»So?«

»Hättest du gedacht, dass der Geheimdienst eines demokratischen Staates ein Schiff mit Sprengladungen versenkt und dabei den Tod von Menschen in Kauf nimmt?«

»Du redest von dem Greenpeace-Schiff Rainbow Warrior?«

»Ja, 1985 war das. Ein Greenpeace-Mitarbeiter starb. Die französische Regierung unter François Mitterrand hatte den Anschlag beauftragt. Auch damals gab es Gerüchte über eine

Verschwörung, die sich später dann bewahrheiteten. Oder denk an die angeblichen Massenvernichtungswaffen des Irak. Sie sind offenbar von der US-Regierung erfunden worden, um den Irakkrieg zu rechtfertigen. Die Informationen des Geheimdienstes waren gefälscht und haben letztendlich viele Menschen das Leben gekostet.«

Flottmann nickte. »Gute Beispiele. Aber nicht zu vergleichen mit Geschichten über Echsenmenschen und das Bermudadreieck.«

»Nein, natürlich nicht. An welche Verschwörung glaubst du?«

»Ich glaube, dass sich der Käse gegen mich verschworen hat. Sag mal, hast du noch die andere Hälfte vom Deichkäse? Dann würde ich meine Diät für heute unterbrechen.«

Lena lachte. »Hab ich. Und Rotwein ist auch noch da.«

## 19

Der Versuch, Niemeier zu überfahren, war fehlgeschlagen. Vielleicht hatte er nicht entschlossen genug draufgehalten, vielleicht eine Sekunde zu lange gezögert. Er hätte die rote Ampel ignorieren sollen. Der Start aus dem Stand hatte zu viel Zeit gekostet und Niemeier gewarnt. Egal, was der Grund für das Misslingen war. Er konnte die Methode nicht wiederholen. Sie war sowieso zu riskant gewesen. Zwar hatte er seine Kennzeichen mit Lehm beschmiert, um sie unkenntlich zu machen, aber jemand hätte ihn hinter dem Steuer sehen und der Polizei eine Beschreibung geben können. Und wenn er gar gegen ein Verkehrsschild oder einen Baum gekracht wäre, wäre der alte Golf vielleicht fahruntüchtig geworden, und man hätte ihn gefasst. Ins Gefängnis wollte er auf keinen Fall. Lieber würde er sterben.

Junker hatte Niemeier beobachtet und wusste, wann der Professor joggen ging. Jeden Sonntag um neun Uhr. Darauf konnte er sich auch heute verlassen. Junker machte sich zu Fuß auf den Weg. Er hätte auch mit dem Auto fahren können, aber das hätte wieder die Gefahr erhöht, aufzufallen. Außerdem würde die frische Luft für einen kühlen Kopf sorgen.

Als er ins Freie trat, wehte ihm der Nieselregen ins Gesicht. Er zog die Kapuze seiner Jacke über und ging mit forschem Schritt seinem Ziel entgegen. Nach seinen Überlegungen würde er etwa eine halbe Stunde vor Niemeier an der Schleuse eintreffen. Der Professor würde sich vom schlechten Wetter nicht von der Joggingtour abhalten lassen. Jedenfalls hatten ihn bisher weder Regen noch Kälte abgeschreckt. Es musste unbedingt an diesem Tag geschehen. Junker hatte sich intensiv darauf vorbereitet. Die Medikamente hatte er abgesetzt. Sie vernebelten seinen Verstand, mehr noch als der Alkohol. Heute hatte er keinen Schluck getrunken.

Nach einer Viertelstunde erreichte er die Dockkoogstraße und musste vor der Schranke warten, bis die Bahn nach Westerland den Übergang passiert hatte. Mehrmals tastete er nach dem Messer in der Jackentasche, als fürchtete er, er hätte die Waffe vergessen oder verloren. Einen Moment dachte er daran, sich vor den Zug zu werfen. Schon oft waren ihm Selbstmordgedanken gekommen. Aber das war die schlechteste aller Lösungen. Der Verbrecher hatte ihm das Schlimmste angetan, was man einem Menschen antun konnte. Er hatte ihm seine Familie genommen. Und das auf so eine schreckliche Art. Er durfte nicht ungeschoren davonkommen. Was danach geschah, war nicht so wichtig. Junker wusste nicht, ob er nach der Tat in ein normales Leben zurückkehren konnte. Auch das war ihm in diesem Augenblick egal.

Neben ihm hielt eine Familie mit ihren Fahrrädern, Vater, Mutter und der etwa achtjährige Sohn. Sie scherzten miteinander in schwäbischem Dialekt über das norddeutsche Wetter. Ein Auto mit einem Pärchen wartete mit laufendem Motor, während die Bässe eines Hip-Hop-Songs aus den Lautsprechern dröhnten.

Der Fahrtwind des Zugs blies einen nassen Schwall in Junkers Gesicht. Er zog den Kragen der Jacke bis übers Kinn, um sich zu wärmen. Die Schranke wurde geöffnet, und die Wartenden setzten sich in Bewegung. Maximal eine Viertelstunde brauchte er bis zum Husumer Sperrwerk. Linker Hand lag der Außenhafen, auf der anderen Seite der Porrenkoog, durch den sich der Sielzug schlängelte. Das flache Land erlaubte den Blick bis zum Außendeich. Abhängig von der Stimmungslage konnte man der Landschaft etwas Freundliches oder Deprimierendes abgewinnen. Auf Junker wirkte sie jetzt feindlich.

Je näher er seinem Ziel kam, desto langsamer wurde sein Schritt. Es war nicht Unentschlossenheit, die ihn bremste, sondern Angst. Es war keine einfache Sache, einen Menschen zu töten. Würde er es schaffen? Würde es schnell vonstattengehen? Er hatte sich genau überlegt, wie er das Messer führen musste, hatte sich sogar mit der menschlichen Anatomie beschäftigt und Kriminalromane gelesen, in denen ein Messer als Mordwaffe vorkam. Das Wort Mord wollte er jedoch nicht gelten lassen. Er war kein Mörder. Vielleicht ein Richter, der sein Urteil gefällt hatte und nun vollstreckte. Aber die Polizisten würden das nicht verstehen, denn sie kannten seine Motive nicht. Aber was sollte er sich darüber Gedanken machen? Wenn sie ihn nicht fassten, musste er sich nur vor Gott verantworten. Und der verstand ihn und würde ihm verzeihen. Daran hatte Junker keinen Zweifel.

Als er in Höhe des Sperrwerks war, konnte er das Meer sehen. Der Anblick ließ ihn für einen Moment alle Probleme vergessen.

Vor ihm lag der Parkplatz. Nur ein Pkw stand dort. Niemand befand sich darin. Er schaute auf seine Armbanduhr. Wenn der Professor seinen Rhythmus einhielt, musste er in einer Viertelstunde eintreffen. Junker ging zum Steg, der ins Meer hinausführte. Vor einiger Zeit hatte man den Zugang mit einem Metallzaun abgesperrt. Aber die Pforte war nicht verschlossen, sodass er passieren konnte.

Der Turm des Sperrwerks war rund um die Uhr besetzt. Deshalb musste Junker darauf achten, dass sein Gesicht von dort nicht zu sehen war. An der Spitze des Stegs angekommen, setzte er sich auf die nassen Planken. Der Nieselregen hatte abgenommen, und in der Ferne tauchte schemenhaft die Skyline der Halbinsel Nordstrand auf. Es war Hochwasser, und die Wellen umspülten die Holzpfähle leise plätschernd. Als ein Fischkutter in der Fahrrinne passierte, klopften die Wellen rhythmisch an den Steg. Für einen Augenblick vergaß Junker, warum er dort war. Wie oft hatte er als Kind seine Zeit am Meer verbracht? Im Sommer war er mit den Kindern der Nachbarschaft hierher zum Baden gekommen. Obwohl es verboten war, hatten sie sich mit einem Kopfsprung in die Fluten gestürzt. Jochen, einer seiner Spielkameraden, hatte sogar die Fahrrinne durchquert, war bis zum gegenüberliegenden Rödemisser Ufer und wieder zurückgeschwommen. Wegen des Verbots und der starken Strömung war es mehr als eine Mutprobe gewesen und hatte sich herumgesprochen. Er hatte sich der Anerkennung aller sicher sein können, als einer, der den »Kanal« durchschwommen hatte, als sei es der Ärmelkanal gewesen. Junker hatte ebenso gut schwimmen können wie Jochen. Aber den erforderlichen Mut für die Kanaldurchquerung hatte er nie aufgebracht.

Eine Möwe flog kreischend über seinen Kopf hinweg. Obwohl es ein vertrautes Geräusch war, erschrak er. Der Schrei des Vogels brachte ihn in die Gegenwart zurück. In wenigen Minuten musste Niemeier auftauchen. Fast wünschte er jetzt, der Professor würde nicht erscheinen, ihm wäre etwas dazwischengekommen, er hätte keine Lust zum Joggen bei dem Wetter oder auf dem Weg einen Unfall mit dem Auto gehabt. Am besten einen tödlichen Unfall. Aber die Wahrscheinlichkeit dafür war äußerst gering, und sie sank in diesem Moment auf null. Hinter sich hörte er ein Auto auf den Parkplatz fahren. Er drehte sich um und erkannte den Mercedes des Professors.

Junker rückte ein Stück zur Seite, verbarg sich hinter einem der dicken Pfähle des Stegs und beobachtete Niemeier vorsichtig. Es dauerte einige Minuten, bis dieser ausstieg. Er trug ein gelbes T-Shirt und eine blaue Trainingshose. Dass er trotz des kühlen Wetters dünn angezogen war, würde die Sache erleichtern. Erneut tastete Junker nach dem Messer in seiner Jackentasche und umfasste das Heft aus Rosenholz. In Gedanken spielte er den Angriff ein weiteres Mal durch.

Der Professor öffnete die Pforte, die zum Steindeich führte. Sie fiel mit einem lauten Knall zurück. Junker erschrak erneut. Trotz aller Vorbereitungen lagen seine Nerven blank. Er beobachtete Niemeier, wie er einige Dehnübungen absolvierte und dann den geteerten Weg am Wasser entlanglief. Als Niemeier die halbe Strecke bis zum Nordseehotel zurückgelegt hatte, ging Junker zum Parkplatz zurück. Auch jetzt achtete er darauf, dass ihn niemand vom Sperrwerksgebäude aus erkennen konnte. Die Schafe stoben auseinander, als er die Pforte passierte und mit forschem Schritt am Wasser entlanglief, sein Opfer im Auge behaltend. An der zweiten Bank stoppte er. Dort setzte er sich und wartete auf die Rückkehr des Joggers.

Nach zehn Minuten sah Junker ihn kommen. Er war wie immer am Nordseehotel umgekehrt und nun etwa zweihundert Meter von ihm entfernt. Noch war Zeit, die Aktion abzubrechen. Aber dann? Würde er ein zweites Mal den Mut aufbringen, um das zu tun, was getan werden musste?

In wenigen Sekunden würde Niemeier auf seiner Höhe sein. Junker zog das Jagdmesser aus der Jackentasche und hielt den Griff fest umklammert. Seine Hände waren schweißnass, sein Herz schlug ihm bis zum Hals. Er wollte gerade aufspringen, um seinem Gegner das Messer ins Herz zu stoßen, als er aus den Augenwinkeln eine Bewegung wahrnahm. Eine Person in dunkler Kleidung stieg von der Deichkrone herab und rief etwas, das Junker nicht verstand. Er steckte die Waffe hektisch ein und beugte sich vor, um sein Gesicht zu verbergen. Ein junger Foxterrier rannte freudig bellend auf Niemeier zu und sprang an ihm hoch. Erst als der Besitzer die beiden erreichte, ließ der Hund von ihm ab.

»Jack und Jacky! Was macht ihr hier?« Der Professor bückte sich und versuchte, den Terrier zu streicheln, der aber viel zu aufgeregt war, um stillzuhalten.

Junker bemerkte, dass der fremde Mann zu ihm herübersah. Schnell stand er auf, drehte sich um und stieg den Deich empor. Oben angekommen, eilte er Richtung Parkplatz. Er war sich sicher, dass der Fremde ihn nicht wiedererkennen würde.

Während er die Pforte öffnete, warf er einen Blick zurück und sah, dass die beiden noch beieinanderstanden. Es gab noch eine letzte Chance. Niemeier hatte sein Auto nicht abgeschlossen. Junker öffnete die hintere Tür und stieg ein. Die Scheiben waren beschlagen, sodass Niemeier ihn von außen vermutlich nicht entdecken würde. Sicherheitshalber wollte er sich ducken, sobald der Professor näher kam. Aber wie sollte er das Messer vom Rücksitz aus führen? Die Kopfstützen wären dabei im Weg. Er könnte Niemeiers Kopf mit dem linken Arm umklammern und seine Kehle durchschneiden. Aber das hatte er nicht eingeübt.

Während er überlegte, hörte er die Pforte schlagen. Dann sah er, wie der Professor, anstatt zu seinem Auto zu gehen, an die Kaimauer trat und auf das Meer hinausblickte. Dort verharrte er, vollführte einige Gymnastikübungen und lief anschließend auf den Steg zu.

Vorsichtig stieg Junker aus. Er ließ die Tür offen, um keinen Lärm zu erzeugen. Als er sah, dass Niemeier den Steg betrat, folgte er ihm. Niemeier musste seine Schritte auf den Holzplanken gehört haben, denn er drehte sich hektisch um und starrte ihn an. Junker war noch zehn Meter von ihm entfernt. Er hatte beide Hände in den Jackentaschen vergraben. Noch konnte sein Widersacher nicht wissen, dass er in der Rechten ein Messer hielt, aber dessen Angst war deutlich zu erkennen.

Junker ging weiter auf ihn zu. Niemeier versuchte, zur Seite auszuweichen. Doch er hatte keine Chance, zu entkommen. Der erste Stich traf ihn in der Brust, verfehlte aber das Herz. Blitzschnell zog Junker das Messer heraus und versetzte seinem Opfer den zweiten Stoß. Niemeier krümmte sich, torkelte, versuchte, Halt an einem Pfahl zu finden, griff daneben und stürzte ins Meer.

Junker blickte auf das blutige Messer in seiner Hand. Er hatte es wirklich getan! Mechanisch steckte er die Waffe zurück in die Jackentasche. Dann trat er an den Rand des Stegs. Der Professor war verschwunden. Es gab keinen Zweifel. Er war tot. Vielleicht würde er mit dem ablaufenden Wasser aufs Meer hinaustreiben und nie wieder auftauchen. Das wäre das Beste. Die Polizei würde annehmen, er sei beim Joggen in die Nordsee gefallen und ertrunken. Ein Unfall. So etwas kam vor. Nicht oft, aber es passierte.

Junker ging zurück zum Parkplatz, am Sperrwerksgebäude vorbei auf die Dockkoogstraße. Seine Schritte wurden schneller. Schließlich fing er an zu rennen. Fort von diesem Ort, der einmal sein Lieblingsplatz gewesen war. Nie mehr würde er dorthin zurückkehren.

## 20

Wolfgang Junker saß am Schreibtisch und nahm das Messer in die Hand. Niemeiers Blut klebte noch daran. Er hätte es nach der Tat reinigen sollen, hatte es jedoch einfach in die Schublade geworfen. Aus den Augen, aus dem Sinn, hatte er gedacht. Doch so funktionierte es nicht. Er hatte gehofft, dass die Tat Erlösung bringen würde. Wenn er seine Familie schon nicht hatte schützen können, so hatte er Lotte und Birthe doch einen letzten Dienst erweisen wollen. Symbolisch jedenfalls. Aber wenn er ehrlich war, hatte er es für sich getan. Er hatte Rache für das Unglück nehmen wollen, das der Professor über ihn gebracht hatte. Jetzt fühlte er sich schlechter als vorher. Die erwartete Erlösung war nicht eingetreten.

Junker krempelte den linken Ärmel seines Pullovers hoch. Dann zog er die scharfe Klinge langsam über seine Haut. Blut quoll hervor und vermischte sich mit dem getrockneten Blut Niemeiers. Die Schmerzen taten gut. Sie waren anders als die inneren Qualen, die er jahrelang durchlebt hatte. Er konnte sie beeinflussen und wusste genau, wie sie zustande kamen. Er wusste auch, dass sie nach einiger Zeit wieder verschwanden. Anders als der innere Schmerz. Der blieb und ließ sich nicht einmal durch einen Rachemord vertreiben. Der war erst ein paar Stunden her, und doch bereute er die Tat bereits jetzt.

Auch der zweite und dritte Schnitt brachten etwas Erleichterung. Für einen Moment dachte er daran, sich die Pulsadern zu öffnen. Dann wäre das ganze Leid vorbei. Das Blut lief in Streifen über seinen linken Arm und tropfte auf seine Notizen und Zeitungsausschnitte. Er beobachtete, wie das Rinnsal das Papier rot färbte und ein abstraktes Bild zeichnete. Mit etwas Phantasie konnte er einen Totenkopf erkennen. Jetzt musste er nur noch an der richtigen Stelle ansetzen und den Druck erhöhen. Aber seine Hand begann zu zittern. Ihm fehlte der Mut für den letzten Schritt, und er legte das Messer neben die Tastatur.

Er musste unbedingt mit jemandem reden. Junker schaltete den Computer ein. Nachdem er sich eingeloggt und den Chatraum betreten hatte, traf er Kellerkind an.

»Hallo, Kellerkind«, schrieb er.

Kellerkind: »Hi, Wolfi. Alles klar?«

Wolfi13: »Nicht so richtig.«

Kellerkind: »Was ist los?«

Wolfi13: »Ich hab gerade versucht, mir die Pulsadern aufzuschneiden.«

Kellerkind: »Mann, mach keinen Scheiß!«

Wolfi13: »Ich hab es ja nicht getan.«

Kellerkind: »Es gibt immer eine andere Lösung. Brauchst du Hilfe?«

Wolfi13: »Nein, nur ein bisschen Unterhaltung. Wie geht es dir?«

Kellerkind: »Wahrscheinlich nicht viel besser als dir. Ich hab in der Nacht wieder kaum geschlafen.«

Wolfi13: »Wegen der Strahlung?«

Kellerkind: »Ja. Ich hatte heute Morgen wahnsinnige Kopfschmerzen. Nach zwei Tabletten ist es etwas besser geworden. Ich weiß, woher die Schmerzen kommen. Mein Verdacht hat sich bestätigt. Ich habe dir von meinen Aufzeichnungen und den Ergebnissen der Auswertung erzählt. Die Ergebnisse habe ich noch weiter verifizieren können, indem ich den Stromverbrauch meines Nachbarn beobachtet habe. Die Zähler aller Wohnungen sind im Keller. Der Verbrauch meines Nachbarn, der mir gegenüber wohnt, korrespondiert ebenso wie seine Anwesenheit genau mit meinen Beschwerden. Ich habe keine Zweifel mehr: Er setzt eine Strahlenkanone gegen mich ein. Ich werde jetzt etwas unternehmen. Etwas, was meine Probleme endgültig löst.«

Wolfi13: »Mach keine Dummheiten, Kellerkind.«

Kellerkind: »Dumm ist, wer sich nicht zu wehren weiß.«

Wolfi13: »Du hast recht. Ich hab mich gewehrt.«

Kellerkind: »Echt? Wie?«

Wolfi13: »Kann ich dir nicht sagen. Aber mir geht es seitdem nur noch schlechter.«

Kellerkind: »Das wird schon noch.«
Wolfi13: »Hoffentlich.«
Kellerkind: »Bestimmt! Hast du etwas von Dolli gehört? Der war schon lange nicht mehr hier.«
Wolfi13: »Nein. Vielleicht ist die Windenergieanlage abgestellt worden, oder er hat sein Haus verkauft und ist endlich mit seiner Familie fortgezogen.«
Kellerkind: »Möglich. Oder er hat das Ding in die Luft gesprengt. Das hätte ich jedenfalls an seiner Stelle getan. Heimdall hat sich auch schon einige Tage nicht mehr gemeldet. Wäre schade, wenn keiner mehr hier vorbeiguckt.«
Wolfi13: »Mit Heimdall hatte ich noch mal Kontakt. Er glaubt, dass die Welt ein Computerprogramm ist.«
Kellerkind: »Würde es etwas ändern, wenn es so wäre?«
Wolfi13: »Man könnte versuchen, es umzuprogrammieren.«
Kellerkind: »Wenn das jeder täte, gäbe es ein ziemliches Chaos. Es sei denn, jeder hätte seine eigene Welt.«
Wolfi13: »Vielleicht ist das so.«
Kellerkind: »Interessante Vorstellung.«
Wolfi13: »War Aladin noch einmal hier?«
Kellerkind: »Ja, gestern. Er behauptet immer noch, dass ein Ufo in seinem Garten gelandet ist und es bald wiederkommen wird, um ihn abzuholen.«
Wolfi13: »Glaubst du ihm?«
Kellerkind: »Nein. Aber wer weiß? Es gibt so viele merkwürdige Dinge auf dieser (vielleicht virtuellen) Welt.«
Wolfi13: »Ja, das ist wahr. Manchmal wünschte ich, auch mich würde ein Ufo abholen und auf einen anderen Planeten bringen, auf dem alles viel schöner ist.«
Kellerkind: »Im Himmel soll es schön sein.«
Wolfi13: »Glaubst du an ein Leben nach dem Tod?«
Kellerkind: »Ich würde gerne daran glauben. Aber es funktioniert bei mir nicht. Und du?«
Wolfi13: »Ich würde auch gerne daran glauben. Wenn es einen Himmel gäbe, könnte ich meine Frau und meine Tochter wiedersehen.«

Kellerkind: »So wie in dem Lied ›Tears in Heaven‹ von Eric Clapton?«

Wolfi13: »Ja, genau so.«

Kellerkind: »Eric Claptons Sohn war vier Jahre alt, als er aus dem dreiundfünfzigsten Stock fiel.«

Wolfi13: »Ich weiß. Meine Tochter war sieben, als sie starb.«

Kellerkind: »Das ist traurig.«

Wolfi13: »E. C. singt, dass es im Himmel keine Tränen mehr geben wird.«

Kellerkind: »Er singt auch, dass er dort noch nicht hingehört. Das Gleiche gilt für dich, Wolfi.«

Wolfi13: »Vielleicht hast du recht. Ich will weiterleben und das Beste daraus machen. Aber manchmal bin ich so müde, und alles scheint mir sinnlos zu sein.«

Kellerkind: »Das geht jedem so.«

Wolfi13: »Mag sein. Ich muss jetzt aufhören. Mach es gut.«

Kellerkind: »Du auch. Halt die Ohren steif.«

Wolfi13: »Ich versuch's.«

Junker wischte sich die Augen mit dem Handrücken ab. Er verließ den Chat und schaltete den Laptop aus. Das Messer legte er zurück in die Schreibtischschublade. Dann trank er den Rest des Wodkas und legte sich ins Bett.

# 21

Die »Bettina« hatte bei Sonnenaufgang im Pellwormer Hafen Tammensiel abgelegt und das Fanggebiet erreicht. Die beiden Netze schleppten seit einer Stunde im Schritttempo über den Meeresboden und fingen die Nordseegarnelen ein. Eine Schar Möwen war ihr ständiger Begleiter. Ihre Schreie nahm Peter Pohlmann kaum noch wahr. Er betätigte den Hebel der Seilwinde. Langsam hob sich das Netz aus dem Wasser. Als der Steert, das Netzende mit dem Fang, an Deck schwenkte, nahm er aus dem Augenwinkel etwas Ungewöhnliches wahr. Aber er war zu sehr beschäftigt, um zu erkennen, was es war. Erst als das pralle Netz über dem Auffangbehälter pendelte, traf es den stämmigen Kerl wie ein Schlag. Er schüttelte den Kopf, als müsse er eine Halluzination abschütteln. Zwischen den Maschen des Netzes lugte ein Gesicht hervor. Es war zu einer Fratze verzerrt, aber doch klar als Antlitz eines Menschen zu erkennen. An den Stellen, an denen die Augen sein sollten, klafften Löcher. Pohlmann ließ sich aufs nasse Deck fallen. Er wagte keinen weiteren Blick auf den Horrorfang. Nach einigen Minuten kam Bernd Sieversen aus dem Steuerhaus.

»Was ist los? Bist du seekrank, oder was?«

Pohlmann zeigte mit dem Finger Richtung Netz, ohne den Kopf zu heben.

»Da ist einer drin.«

»Wodrin?«

»Im Netz. Ein Toter.«

»Blödsinn. Du siehst Gespens…« Sieversen stockte. »Den Düvel ok!«

Er eilte ins Steuerhaus, kam aber sofort wieder zurück.

Pohlmann stand auf. Er wandte sich dem Meer zu und atmete tief durch. Die Möwen, die auf den Beifang warteten, wirkten auf ihn plötzlich wie Aasgeier. Sieversen stellte sich neben seinen Mitarbeiter und klopfte ihm auf die Schulter.

»Bist du okay?«

»Geht so. Hast du die Küstenwache angerufen?«

»Nee, noch nicht. Die Leiche ist ja schon lange tot. Auf ein paar Stunden kommt es jetzt auch nicht mehr an. Ich hab mir überlegt, dass wir erst einmal unsere Arbeit machen. Danach landen wir in Strucklahnungshörn an und regeln alles. Was hältst du davon?«

Pohlmann schwieg. Ihm war immer noch übel, aber das Rumoren in seinem Magen hatte etwas nachgelassen.

Beide drehten sich um. Das Netz mit den Krabben und dem menschlichen Beifang pendelte immer noch über dem Auffangbehälter. Jemand musste es entleeren. Ausnahmsweise übernahm Kapitän Sieversen die Aufgabe. Nachdem er die Taue an der Unterseite gelöst hatte, fiel der gesamte Inhalt in den Behälter. Kopf und Gliedmaßen des Toten ragten über den Rand hinaus. Immerhin machte sich kein Leichengeruch breit, obwohl das Opfer sicher bereits einige Tage im Wasser gelegen hatte und von Fischen angefressen war.

»Der muss raus da. Pack mit an!«, befahl Sieversen.

»Wer, ich?«

»Wer ist denn sonst hier? Siehst du hier jemanden? Du kannst ja die Beine nehmen und ihm den Rücken zuwenden. Dann musst du nicht in sein Gesicht gucken. Der sieht wirklich nicht gerade zum Anbeißen aus. Wobei er ja in gewisser Weise schon angebissen ist.«

Sieversen hatte seinen Mitarbeiter wohl aufheitern wollen. Aber der Scherz verfehlte seine Wirkung. Er beugte sich über den Trog und versuchte, die Leiche mit der Hand von Seesternen, zappelnden Fischen und Krabben zu befreien. Es bedurfte einiger Überredungskünste, um Pohlmann dazu zu bewegen, den toten Mann gemeinsam aus der Kiste zu heben und an einen Ort außer Sichtweite zu schaffen.

Danach gingen sie wieder an ihre Arbeit. Noch sechsmal holten sie die Netze ein. Das war weniger als sonst, aber in Anbetracht der Umstände war das Fangergebnis insgesamt zufriedenstellend. Gegen siebzehn Uhr erreichten sie den Hafen

Strucklahnungshörn auf der Halbinsel Nordstrand. Von unterwegs hatten sie die Husumer Polizei informiert.

Waldemar Flottmann saß zu Hause an der Steuererklärung. Viel zu lange hatte er sie schon hinausgeschoben. Der Schreibtisch, der in einer Ecke des Wohnzimmers stand, war mit Papieren bedeckt, die er das Jahr über ungeordnet in eine Schublade geworfen hatte. Mitten auf einem Packen von Quittungen und Rechnungen hatte sich Bogomil niedergelassen. Flottmann brachte es noch nicht übers Herz, ihn vom Schreibtisch zu scheuchen. Mit der linken Hand streichelte er den Kater, während seine rechte die Computertastatur im Adlersuchsystem bediente.

Der Anruf kam um siebzehn Uhr dreißig. Eine Wasserleiche hätte es nicht gerade sein müssen, die ihn von der stupiden Arbeit erlöste. Flottmann schaltete den Computer aus und machte sich auf den Weg ins Präsidium. Hilgersen wartete bereits auf dem Parkplatz auf ihn. Während der Fahrt versorgte er Flottmann mit den wichtigsten Informationen.

»Dr. Kessel ist informiert. Er wird die erste Untersuchung der Leiche vornehmen. Vielleicht kann er schon klären, ob ein Fremdverschulden vorliegt. Bisher haben wir keine Vermisstenmeldung aus der Umgebung erhalten. Aber der Tote kann natürlich an weit entfernter Stelle ins Wasser gefallen sein. Den Fischern ist er westlich von Südfall ins Netz gegangen. Sie haben ihn nach Strucklahnungshörn gebracht. Kennst du den Hafen?«

»Nein.«

»Von dort aus gehen Ausflugsschiffe zu den Inseln und Halligen. Und das Schnellboot Adler-Express bringt dich nach Pellworm, Hooge, Amrum und Sylt. Na ja, nach Sylt muss man nicht unbedingt. Aber die anderen Ziele kann ich empfehlen.«

»Warum nicht Sylt?«

»Zu viele Touristen. Fast eine Million jedes Jahr, bei nicht einmal achtzehntausend Einwohnern. Das ist doch abartig. Viele, die dort arbeiten, wohnen auf dem Festland, weil sie die Miete auf der Insel nicht mehr zahlen können. Inzwischen haben die Geschäfte Probleme, Mitarbeiter zu finden, die das Pendeln mitmachen. Und dann die Immobilienpreise! Reiche Leute aus München und Düsseldorf stecken ihr Geld in Häuser, weil sie nicht mehr wissen, wo sie mit ihrer Knete hinsollen. Die kaufen sich eine Villa, machen da vielleicht ein paar Tage Urlaub, lassen sie den Rest des Jahres leer stehen oder vermieten sie an Feriengäste. Nee, nee, Sylt hat nichts Ursprüngliches mehr. Sogar die Möwen sind auf der Insel rotzfrech. Die klauen dir das Eis im Sturzflug aus der Hand. In Husum wird dir das nicht passieren. Hier sind sie wie die Bewohner, zurückhaltend und freundlich.«

Flottmann grinste. »Aber schöne Sandstrände gibt es auf Sylt schon.«

»Da kannst du auch nach Sankt Peter-Ording fahren. Der Sandstrand ist zwölf Kilometer lang und an einigen Stellen bis zu zwei Kilometer breit. Der auf Amrum ist fast genauso lang. Da gibt es übrigens auch FKK. Das würde ich dir allerdings nicht empfehlen.«

»Warum nicht?«

Hilgersen sah zu Flottmann hinüber. »Da sag ich jetzt mal nichts zu.«

Sie hatten den Nordstrander Damm erreicht, und Hilgersen beschleunigte. »Franziska und ich bevorzugen Grünstrände, so wie in Husum. Wir brauchen keinen Sand, der mit der Sonnencreme auf der Haut klebt und zwischen den Zähnen knirscht, wenn man ein Fischbrötchen isst.«

Hilgersens Lokalpatriotismus kam wieder einmal zum Vorschein. Obwohl sie auf dem Weg zu einer Wasserleiche waren, war er nicht zu bremsen.

»Die ›Welt‹ hat eine Karte mit den zwölf schönsten Städten an der Nordsee veröffentlicht. Soll ich dir sagen, welche Städte das sind?«

»Oslo? Den Haag?«

»Stimmt. Die sind auch genannt. Aber ganz vorne mit dabei ist Husum. Unter den zwölf schönsten Orten, verstehst du?«

»Gustl, wir haben eine Leiche.«

»Äh – ja, aber was hat das damit zu tun? Die wurde ja vor Nordstrand gefunden und nicht in Husum.«

»Ich finde, dass wir Wichtigeres zu besprechen haben.«

»Ich dachte nur, du solltest es wissen – das mit Husum. Der Autor des Artikels meint, man müsse Theodor Storms Gedicht von der ›grauen Stadt am Meer‹ dringend umschreiben, weil Husum ganz und gar nicht grau, sondern sehr bunt sei. Er erwähnt die farbigen Krabbenkutter und Gebäude am Hafen, das Schloss und natürlich die vier Millionen Krokusse im Schlosspark, die im Frühjahr blühen.«

»Ist ja gut, Gustl.«

Am Ende des Damms drosselte Hilgersen die Geschwindigkeit.

»Siehst du die sieben Flaggen dort?« Er deutete auf das Kunstwerk des Rendsburger Bildhauers Tom Müller auf der linken Seite.

»Flaggen?«

»Sie sind aus Granit, Kalk, Sandstein und anderem Gestein gehauen und haben verschiedene Farben. Die Masten sind aus Lärchenholz. Sie sind entgegen der vorherrschenden Windrichtung aufgestellt. Das Material und die Ausrichtung sollen wohl symbolisieren, wie die Nordstrander gegen die Sturmfluten der ›groten Mandränken‹ von 1362 und 1634 kämpften. Und die Zahl Sieben steht für die sieben Köge, die man dem Meer wieder abgetrotzt hat. Unter anderen Umständen hätten wir das Kunstwerk genauer in Augenschein nehmen können.«

»Hm, ja, hätten wir. Aber wir sind nicht auf einer Sightseeingtour.«

»Nein, sind wir nicht.«

Eine Viertelstunde später erreichten sie das Hafengelände von Strucklahnungshörn. Neben der »Bettina« hatte dort ein weiterer Kutter angelegt, der Krabben direkt von Bord verkaufte, sowie der Seenotrettungskreuzer »Eiswette«, der auf Nordstrand stationiert war und zu der kleinsten Klasse von Seenotkreuzern der Deutschen Gesellschaft zur Rettung Schiffbrüchiger gehörte.

Hilgersen hielt direkt vor der »Bettina«, und beide stiegen aus. Kapitän Sieversen empfing sie mit einem kurzen »Moin«

an Bord und führte sie zu der Stelle, an der er und Pohlmann die Leiche abgelegt hatten. Flottmann musste aufpassen, dass er nicht mit seinen Schuhen auf dem nassen Deck ausrutschte. Er verspürte bereits nach dem ersten Blick auf das Gesicht mit den leeren Augenhöhlen einen Würgereiz und wandte sich ab. Hilgersen schien hartgesottener zu sein. Er beschäftigte sich einige Minuten lang mit dem Toten.

»Und?«, fragte Flottmann anschließend.

»Er hat zwei Stichwunden. Eine in der Herzgegend. Vermutlich die Todesursache. Vielleicht kann Kessel uns Näheres dazu sagen. Er müsste bald hier sein.«

»Also ein Tötungsdelikt?«

»Sieht so aus. Du kannst ja noch mal selbst nachsehen. Er muss ein paar Tage im Wasser gelegen haben, und die Fische haben ihn schon etwas angeknabbert.«

»Nee danke, ich vertraue ganz und gar auf dein Urteil, Gustl.«

»Er hat keine Papiere bei sich. Aber er kommt mir bekannt vor. Es könnte Niemeier, unser Professor, sein.«

»Was?«

»Ich bin mir nicht sicher.«

Flottmann überwand sich und riskierte einen weiteren Blick auf die Leiche. Unter dem T-Shirt lugte die Schwanzflosse eines Herings hervor, und aus dem rechten Ohr quoll eine Garnele. Er hatte in seiner Laufbahn etliche Opfer gesehen. Aber dieses ließ ihn zutiefst erschaudern, und wieder drehte sich ihm der Magen um. Er trat an die Reling und sog die frische Nordseeluft ein. Dann wandte er sich an Hilgersen.

»Ja, das könnte er tatsächlich sein. Aber er wurde nicht als vermisst gemeldet?«

»Bisher nicht. Seine Ex wird ihn vermutlich nicht vermissen, und in der Firma fällt seine Abwesenheit nur an Werktagen auf. Auch dann informiert man nicht gleich die Polizei.«

Flottmann schnappte noch einmal nach Luft. »Ist das K1 schon benachrichtigt?«

»Ich ruf die Flensburger Kollegen an.« Hilgersen zückte sein

Handy. »Du siehst irgendwie blass aus. Solltest dringend mal Urlaub an der See machen.«

Flottmann ignorierte Hilgersens Bemerkung und ging auf den Kapitän zu. »Sie haben den Mann also aus dem Meer gefischt?«

»Jo. En Schiet-Hol nenn ik dat.« Als Flottmann die Stirn in Falten legte, erklärte er: »Einen Scheißfang nenn ich das. Mein Gehilfe Peter Pohlmann hat ihn an Land gezogen. Er ist unter Deck. Ihm ist nicht so gut. Eine Leiche im Netz kommt ja nicht jeden Tag bei uns vor. Er hat sich noch nicht so richtig daran gewöhnt.«

Flottmann war für Sieversens Scherze wenig empfänglich. In diesem Moment hielt ein weißer Mercedes auf der Straße. Dr. Kessel stieg mit seinem Arztkoffer in der Hand aus. Flottmann überlegte, wozu er Besteck und Pillen benötigte. Sein »Patient« würde davon kaum noch profitieren können. Nach einer kurzen Begrüßung überließen die Kommissare dem Arzt das Feld.

»Können Sie mir erzählen, wo Sie den Toten gefunden haben?«, fragte Flottmann den Kapitän.

»Ein Stück nördlich von Südfall. Ich kann Ihnen die genauen Koordinaten schicken.«

»Das wäre gut, danke.«

»Ich will morgen wieder rausfahren.«

»Das ist kein Problem. Der Leichnam wird natürlich noch heute abgeholt. Die Mordkommission aus Flensburg trifft bald ein. Die Kollegen werden weitere Fragen an Sie und Ihren Mitarbeiter haben.«

»Wat mutt, dat mutt.« Sieversen ging auf Pohlmann zu, der inzwischen wieder an Deck gekommen war und am Bug die Kisten mit den gegarten Krabben stapelte.

Hilgersen hatte das Flensburger K1 informiert. »In einer Dreiviertelstunde sind die Kollegen hier. Hofmann wird sich persönlich die Ehre geben.«

»Es reicht, wenn du bis dahin die Stellung hältst. Ich nehme den Bus zurück.«

»Ihr beide mögt euch wohl immer noch nicht, du und Hofmann.«

»Es war Abneigung auf den ersten Blick.«

Dr. Kessel unterbrach die Unterhaltung. »Viel kann ich euch nicht sagen. Todesursache ist vermutlich ein Stich ins Herz. Hundertprozentig sicher ist es nicht, aber die Obduktion wird Genaueres ergeben. Ich kann nicht ganz ausschließen, dass die Verletzung nicht sofort tödlich war und er ertrunken ist. Weitere Gewalteinwirkungen konnte ich nicht feststellen. Aber bei dem Zustand der Leiche kann ich durchaus etwas übersehen haben.«

Flottmann nickte. »Danke, Doktor.«

»Ich hab noch zu tun. Ich denke, dass ich hier nicht mehr gebraucht werde. Ich schick euch wie immer einen kurzen Bericht.«

»Könnten Sie mich mit nach Husum nehmen?«

»Selbstverständlich.«

Kapitän Sieversen kam herbei und überreichte allen dreien eine Tüte mit frischen Krabben. Flottmann stierte auf die Schalentiere in dem durchsichtigen Plastikbeutel. Sofort setzte bei ihm wieder der Würgereiz ein. Eine Zeit lang würden die Krabben mit dem Bild der Leiche verbunden bleiben. Er erinnerte sich, dass er als Kind einmal auf dem Schulweg eine platt gefahrene Kröte auf der Straße vorgefunden hatte. Der Anblick hatte nach seiner Erinnerung ähnlichen Ekel in ihm hervorgerufen wie die Wasserleiche. Zu Hause hatte es zu Mittag Spiegeleier gegeben. Er hatte keinen Bissen heruntergebracht und noch jahrelang keine Spiegeleier mehr essen können, weil er sie unweigerlich mit der zermatschten Kröte assoziierte. Ähnlich fühlte er jetzt beim Anblick der Krabben. Da half auch keine Abhärtung durch seine Erfahrungen als Mordermittler.

Nachdem sich Sieversen wieder seiner Arbeit zugewandt hatte, überreichte Flottmann dem Arzt seine Portion, die dieser dankbar annahm.

## 22

Gerber interessierte sich für alles, was mit Akustik zu tun hatte. Dazu gehörten eigene Untersuchungen und Experimente. Manchmal erhielt er sogar Geld für seine Forschungen, so wie bei der Sache mit den Schädlingen, bei der es darum gegangen war, anhand der Fress- und Krabbelgeräusche Arten und Anzahl der Tiere abzuschätzen, um in den Getreidesilos die Dosierung von Bekämpfungsmitteln bestimmen zu können. Auch obskure Themen waren an ihn herangetragen worden. So hatte ihn ein Archäologieprofessor gebeten, sich Aufnahmen anzuhören, die er einer Vase aus der griechischen Antike mit Hilfe von Laserstrahlen entlockt hatte. Die Schallwellen sollten beim Töpfern in den weichen Lehm eingeprägt worden sein, ähnlich wie bei der Tonaufzeichnung auf Wachs- und Vinylschallplatten. Statt griechischer Worte hatte Gerber allerdings nur Rauschen und Rumpeln feststellen können.

Seit einiger Zeit liebäugelte er mit der Untersuchung von Waldgeräuschen. Das war ein hochkomplexes Gebiet. Da waren einerseits die hörbaren Anteile, wie die Vogelstimmen, das Rauschen der Blätter und das Knacken im Gehölz. Aber es gab auch für das menschliche Ohr nicht wahrnehmbare Töne, die im Inneren der Bäume entstanden. Besonders laut waren sie bei Trockenheit, wenn der Wassertransport über die Kapillaren, die von den Wurzeln bis in die Blätter führten, unterbrochen wurde. Das Abreißen der Wasserfäden erzeugte Impulse, die man mit technischen Mitteln hörbar machen konnte. Die so gewandelten Töne waren ein Maßstab für das Leiden des Waldes. Man konnte sozusagen das Klagen der Bäume bei Trockenheit vernehmen. Die Thematik faszinierte Gerber. Aber die Ausrüstung für solche Aufnahmen war teuer, und es kostete einiges an Vorbereitungen. Das Projekt musste warten.

Stattdessen beschäftigte er sich mit Geräuschen im Mutterleib. Dazu fand er umfangreiche Literatur. Das Thema war neu und aufregend, und seine Recherchen ergaben erstaunliche Fakten. Von allen Sinnesorganen bildete das Embryo zuallererst den Hörsinn aus. Bereits zwischen der vierundzwanzigsten und der achtundzwanzigsten Woche zeigte es erste Reaktionen auf akustische Reize. Es nahm Herztöne der Mutter, ihren Atem und ihre Stimme sowie Verdauungsgeräusche und Magenknurren wahr. Aber auch auf Geräusche, die von außen kamen, reagierte es. Forschungen hatten gezeigt, dass Ungeborene Hörvorlieben entwickelten. Angeblich sei ruhige, klassische Musik bei ihnen sehr beliebt. Sehr interessant fand Gerber, dass Babys die Klänge nach der Geburt wiedererkannten. Je nachdem wirkten die zuvor im Mutterleib empfangenen Geräusche beruhigend oder aufwühlend. Auch an die Stimme der Mutter konnten sich Neugeborene erinnern.

Es gab Berichte von Musikern, die behaupteten, sie hätten bestimmte Stücke nie üben müssen, weil ihre Mutter sie gespielt hatte, als sie mit ihnen schwanger gewesen sei. Gerbers Eltern hatten kein Instrument gespielt. Das Phänomen lieferte also keine Erklärung für sein Talent, obwohl er ständig das Gefühl hatte, dass die Musik, die er komponierte, aus ihm herausfloss und nicht von ihm selbst, sondern auf wundersame Weise von außen kam. Vielleicht hatte seine Mutter während der Schwangerschaft Konzerte besucht oder gar laute Gitarrenmusik gehört.

Vorgeburtliche Einwirkungen konnten vielfältig sein. Gesichert war die Erkenntnis, dass mütterliche Stresshormone durch ängstigende Geräuschereignisse auf das Embryo übertragen wurden und es in der Entwicklung beeinflussten. So wie die meisten Einflüsse während der Schwangerschaft konnte das gravierende Auswirkungen auf das spätere Leben des Kindes und des Erwachsenen haben. Diese seien sogar ähnlich bedeutend wie die Gene der Eltern, behaupteten die Wissenschaftler.

Gerber vertiefte sich immer weiter in die Thematik, insbesondere was die akustischen Einwirkungen betraf. Nach langen Recherchen im Internet fand er auch Hinweise zu den Dämpfungseigenschaften des Fruchtwassers und der Bauchdecke der

Mutter. Damit war es möglich, beliebige Töne, die von außen kamen, auf den Höreindruck des Embryos umzurechnen.

Gerber lud das Eisenbahngeräusch aus der Datenbank in den Audioeditor und begann mit der Arbeit. Er benötigte lediglich eine gute Stunde, um die Frequenzen anzupassen. Das Resultat war der Lärm, den ein Ungeborenes wahrnahm, wenn ein Zug auf seine Mutter zuraste. Das Einzige, was bei der Simulation fehlte, waren die Vibrationen, die die Bahn an den Schienen und am Boden hervorrief. Das konnte Gerber natürlich nicht simulieren.

Gerber erschauderte, als das rekonstruierte Geräusch aus seinen Kopfhörern erklang und ihm die Konsequenzen klar wurden. Er mochte sich nicht vorstellen, was genau passiert war, und zögerte lange, bis er Evelin Singer anrief. Sie zeigte sich von Gerbers Ergebnissen schockiert und brachte kaum ein Wort heraus. Aber sie bedankte sich, bevor sie den Hörer auflegte.

Gerber plagten Zweifel, ob er richtig gehandelt hatte. Vielleicht wäre es besser gewesen, wenn er seine Erkenntnisse für sich behalten hätte.

# 23

Evelin Singer hielt den Abschiedsbrief ihrer Mutter in der Hand, den sie bereits unzählige Male gelesen hatte. Sie saß in einem Korbsessel im Wintergarten ihres Reihenhauses. Das Papier war vergilbt, die Schrift teilweise verblasst, und die Knickstellen waren mit Tesafilm verstärkt worden. Evelin glaubte, sie könne der Handschrift die Verzweiflung ansehen: krakelig, immer wieder mit dem Stift neu angesetzt und an einer Stelle von Tränen verschmiert. Oder waren es ihre eigenen Tränen gewesen? Evelin wusste es nicht mehr. Doch sie konnte sich noch sehr genau an die Situation erinnern, als Tante Doreen ihr den Brief ausgehändigt hatte. Es war ein kalter Winterabend gewesen. Im Kamin hatte ein Feuer gebrannt. Während sie daran zurückdachte, stieg eine eigenartige Stimmung in ihr auf. Sie roch den Rauch und vernahm das Knistern der Holzscheite. Ähnlich einem Déjà-vu, das minutenlang andauerte.

Ihre Tante hatte sie auf ein »ernstes« Gespräch vorbereitet. Evelin war gerade achtzehn Jahre alt geworden. Zwei Jahre zuvor war sie bei Onkel Georg und Tante Doreen, der Schwester ihrer Mutter, eingezogen. Evelins Pflegeeltern hatten sich nicht dagegen gesträubt. Vielleicht hatten sie sogar aufgeatmet, denn zwischen ihnen und Evelin hatte ein angespanntes Verhältnis geherrscht. Insbesondere mit dem Sohn der Familie hatte Evelin in fortwährendem Streit gelegen.

Erst im Teenageralter hatte sie erfahren, dass sie nicht bei ihren leiblichen Eltern aufgewachsen war. Ihre Mutter sei eine Woche nach der Geburt mit gerade einmal siebzehn Jahren bei einem Autounfall ums Leben gekommen. Evelin hatte das nie hinterfragt. Auch dass ihr leiblicher Vater unbekannt sei, hatte sie akzeptiert. Ihre Tante hatte ihr einiges über ihre Mutter erzählt. Die kleine Schwester sei lebenslustig und manchmal übermütig gewesen. Sie habe nur gute Erinnerungen an sie. Sie hatte Evelin Bilder gezeigt, die erkennen ließen, dass beide ein Herz und eine Seele gewesen waren.

Evelin hatte sich mit der Geschichte arrangiert. An jenem Abend am Kamin hatte ihre Tante ihr die andere Wahrheit unterbreitet. Ihre Mutter habe sich kurz nach der Entbindung mit Tabletten das Leben genommen. Sie habe unter schweren Depressionen gelitten. In der Schwangerschaft und danach komme so etwas häufig vor, hatte Tante Doreen erklärt.

Doch der Abschiedsbrief, den Evelin in der Hand hielt, sprach eine andere Sprache, wenn man das las, was zwischen den Zeilen stand. Erst Jahre nachdem Evelin ihn erhalten hatte, war ihr das klar geworden. Die Schwangerschaft war nicht Auslöser der Depressionen gewesen. Vielleicht hatte sie die Depressionen verstärkt, aber die Ursache musste woanders gelegen haben.

Evelin war, ohne ihre Tante vorzuwarnen, mit dem Zug von ihrem Studienort Kiel nach Husum gefahren und hatte sie zur Rede gestellt. Es hatte viele Tränen gekostet, bis ihre Tante die wahren Gründe für den Suizid der Mutter geschildert hatte. Und sie hatte die Namen derjenigen genannt, die für ihren Tod verantwortlich waren. Evelin hatte ihrer Tante keine Vorwürfe gemacht. Sie waren ohne Streit auseinandergegangen. Sicher hätte Evelin genauso gehandelt wie ihre Tante, denn was sie erfahren hatte, war kaum zu ertragen gewesen. Einem Kind hätte man die Wahrheit schon gar nicht zumuten können.

Evelin las im Abschiedsbrief ihrer Mutter, obwohl sie die Worte auswendig kannte. Er war an »die Kleine in meinem Bauch« adressiert und enthielt kein Datum. »Liebes kleines Mädchen, ich richte diese Zeilen an dich, obwohl du sie nie lesen wirst. Aber ich muss sie zu Papier bringen. Die Welt hier draußen ist hässlich und ungerecht. Ich hätte dich gerne durch das Leben begleitet, aber ich bin nicht in der Lage dazu. Eine gute Mutter muss immer für ihr Kind da sein und es vor allen Gefahren beschützen. Nicht einmal meinen Eltern, die gute Eltern waren, ist das gelungen, denn die Schuld an dem, was passiert ist, liegt bei mir. Ich war leichtsinnig und naiv.

Deine Großeltern haben in ihrem Haus ein Zimmer für dich eingerichtet und dir Kleidung und Spielsachen gekauft. Sie meinen es gut, aber deine Oma ist krank. Vielleicht wird sie bald ...«

Die Schrift verschwamm vor Evelins Augen. Ihre Großmutter war wenig später gestorben. Evelin konnte sich vorstellen, dass der Tod ihrer Tochter den Verlauf ihrer Krankheit beschleunigt hatte. Sie faltete das Papier zusammen und legte es auf den Tisch. »Liebes kleines Mädchen, ich richte diese Zeilen an dich, obwohl du sie nie lesen wirst.« Der Anfang klang jetzt ganz anders als früher. Ihre Mutter hatte gar nicht vorgehabt, ihr den Brief zu hinterlassen. Sie hatte sich nur das Leid von der Seele schreiben wollen und vermutlich geplant, das Papier später zu vernichten.

Evelin wunderte sich, dass sie noch nie darüber nachgedacht hatte. Erst Gerbers Anruf hatte ihr die Augen geöffnet. Der Musiker hatte etwas herumgedruckst, und sie hatte ihm jedes Wort aus der Nase ziehen müssen. Nachdem er aufgelegt hatte, war sie fast zusammengebrochen. Aber jetzt brauchte sie endlich Klarheit, egal, wie schwer die Wahrheit zu ertragen war. Die konnte ihr nur Onkel Georg liefern. Ihren Großvater, der wieder verheiratet war und in Bremen wohnte, wollte sie auf keinen Fall mehr behelligen. Ihre Tante war schon vor Jahren gestorben. Zwar hatte sie den Kampf gegen den Krebs gewonnen und als geheilt gegolten. Aber nach einer erneuten Erkrankung hatte sie die Chemotherapie abgelehnt.

Ihr Onkel wohnte seitdem allein in einer Wohnung in der Altstadt. Evelin hatte ihn vor einigen Monaten das letzte Mal besucht. Bei ihren wenigen Treffen hatten sie die Vergangenheit weitgehend ausgeblendet. Doch jetzt wollte sie ihn zur Rede stellen. Sie packte den Brief und ihr Handy ein und fuhr zu ihm. Er war überrascht, als sie vor seiner Tür stand.

»Ich muss mit dir reden.« Evelin ging an ihm vorbei ins Wohnzimmer.

»Was gibt es, Evelin? Du klingst aufgeregt. Ist etwas passiert?«

»Nein. Es ist nur – wie gesagt, ich muss mit dir reden.«

Sie setzte sich auf das Sofa und legte ihre Handtasche neben sich. »Tut mir leid, dass ich störe.«

»Aber du störst doch nie.«

»Du bist beschäftigt.« Sie nickte in Richtung des Schreibtischs, der in einer Ecke des Zimmers stand und auf dem ein Bildschirm leuchtete.

»Ich hab alte Fotos digitalisiert und versuche, sie zu sortieren. Da kommt einiges zusammen, und es kostet viel Zeit.« Er ging zu seinem Arbeitsplatz und schaltete den Monitor ab. »Ich komme ja nur am Wochenende dazu.« Er setzte sich in einen Sessel. »So, was hast du auf dem Herzen? Kann ich dir etwas anbieten?«

»Nein, danke. Es geht noch einmal um die Geschichte meiner Mutter.«

Georg Winkler senkte seinen Blick. »Kannst du sie immer noch nicht ruhen lassen, Evelin?«

»Du? Kannst du es?«

Er seufzte. »Doreen hat sehr darunter gelitten. Manchmal gab es Streit deswegen. Sie hatte ständig ein schlechtes Gewissen, weil sie ihre Schwester nicht schützen konnte. Außerdem hat sie damit gehadert, dass wir dich nicht zu uns nehmen konnten. Das war natürlich Unsinn, denn sie war ja erst neunzehn Jahre alt, als deine Mutter starb.«

»Bitte erzähle mir noch einmal die ganze Geschichte.«

»Was? Aber du weißt doch bereits alles.«

»Nicht alles. Ihr habt mir Wesentliches verschwiegen.«

Winkler wich ihrem Blick aus. Doch dann räusperte er sich und begann: »Rebekka, deine Mutter, litt schon als Kind unter starken Stimmungsschwankungen. Die Ärzte nannten das bipolare Störung. Nach der Pubertät wurde es etwas besser. Trotzdem konnte ihre Stimmung von einem Tag auf den anderen von betrübt zu euphorisch wechseln. Sie war siebzehn, als sie zu den Männern ins Segelboot stieg. Sie kannte keinen der beiden. Rebekka hatte am Fischmarkt Krabben geholt und war zum Seglerhafen gelaufen. Dort hat sie wohl einer der Männer angesprochen, ob sie mit auf eine kleine Tour kommen wolle. Sie hat sofort Ja gesagt. So war sie, spontan und unbefangen, und an dem Tag muss sie gut drauf gewesen sein.«

Winkler hielt einen Moment inne. »Was ich dir erzähle, weiß ich übrigens nur von Doreen. Rebekka hat mit mir nie darüber gesprochen. Jedenfalls wurde es anstatt einer kleinen Tour ein längerer Segeltörn zu den Inseln und Halligen. Sie hatte niemandem Bescheid gegeben. Ein Handy besaß damals ja kaum jemand, und diese Smartphones von heute gab es noch nicht. Ihre Eltern machten sich große Sorgen, als sie über Nacht wegblieb. Sie riefen aber nicht die Polizei, weil es ab und zu vorgekommen war, dass sie bei einer Freundin übernachtete. Bei einem Stopp vor der Hallig Hooge ist es dann passiert. Es muss wohl Alkohol im Spiel gewesen sein. Jedenfalls sind diese Schweine über sie hergefallen. Details weiß ich nicht. Nur, dass der mit der Tätowierung am Arm besonders brutal war. Ihren Eltern hat sie nichts gesagt. Sie gab sich eine Mitschuld, weil sie so leichtsinnig gewesen war, was natürlich Unsinn ist. Vertrauensselig war sie. Und das ist eine liebenswerte Eigenschaft. Auch Doreen gegenüber hat sie lange geschwiegen. Aber irgendwann hat sie es nicht mehr ausgehalten und ist damit herausgerückt. Doreen hatte ihr versprechen müssen, es niemandem zu erzählen. Sie hat versucht, ihre Schwester zu überreden, zur Polizei zu gehen. Aber Rebekka wollte es nicht. Inzwischen waren ja auch Wochen vergangen, und ein Nachweis der Tat wäre schwierig geworden. Trotzdem wäre es wichtig gewesen, die Männer anzuzeigen. Doreen hat auch mir gegenüber lange geschwiegen. Wir waren schon zusammen, aber noch nicht verheiratet. Später, nach dem Suizid deiner Mutter, hat Doreen zutiefst bereut, ihr Ehrenwort gehalten und nichts erzählt zu haben. Es war schwer für sie, mit der Schuld und den unterschwelligen Vorwürfen deiner Großeltern zu leben. Mehr weiß ich nicht über die ganze Sache. Das hat dir Doreen doch alles erzählt.«

»Du musst mir schildern, wie es nach der Vergewaltigung weiterging.«

Winkler seufzte. »Deine Mutter wurde schwanger, und ihre

Depressionen nahmen weiter zu, bis es schließlich zur Katastrophe kam. Sie hat nach deiner Geburt Tabletten genommen. Aber auch das weißt du doch. Wir haben dir ihren Abschiedsbrief gegeben, als du volljährig warst.«

»Ja. Den hab ich sogar bei mir.« Evelin griff in ihre Handtasche und faltete das Papier auseinander. »Weißt du, was hier steht?«

»Ich kenne den Text.«

»Hier steht: ›Liebes kleines Mädchen, ich richte diese Zeilen an dich, obwohl du sie nie lesen wirst.‹ Wieso dachte sie, dass ich den Brief nie lesen werde?«

Georg Winkler zog die Stirn in Falten. »Was meinst du? Ich verstehe nicht.«

»Das glaube ich dir nicht. Aber ich will es dir sagen. Weil sie vorhatte, sich und dem ungeborenen Kind das Leben zu nehmen.«

Winkler schluckte. Er brachte kein Wort heraus.

»Nicht einmal, als ich erwachsen war, habt ihr mir die ganze Wahrheit erzählt. Ihr Selbstmordversuch erfolgte vor meiner Geburt. Sie hat sich vor einen Zug geworfen, nicht wahr?«

Winklers Hände begannen zu zittern. Er stand auf und ging zum Fenster. Eine Zeit lang starrte er in den Vorgarten. Dann drehte er sich um und setzte sich wieder. Er war vollkommen bleich im Gesicht. Der Fünfundfünfzigjährige mit den blonden Stoppelhaaren sah plötzlich um Jahre gealtert aus.

»Du musst das verstehen, Evelin. Der Suizid mit Tabletten war für dich schon schwer genug zu verkraften. Das Ganze war so schrecklich, dass wir dich davon verschonen wollten. Sie verlor beide Beine, und bei deiner Geburt war sie nicht bei Bewusstsein. Trotz ihrer Depressionen hat niemand geahnt, dass sie so etwas tun würde. Aber sie hat sich auf dich gefreut, auch wenn es dir widersprüchlich erscheinen mag.«

Es fiel Evelin in der Tat schwer, das zu glauben. Sie konnte sich nicht wirklich in die Gefühle ihrer Mutter hineinversetzen.

»Ist das jetzt die ganze Wahrheit, Onkel Georg?«

»Ja. Das ist alles, was Doreen mir mitgeteilt hat. Mehr weiß ich nicht. Vielleicht hat sie mir die Vornamen der beiden Vergewaltiger genannt. Aber ich kann mich nicht erinnern.«

Natürlich hatte sie ihm die Namen genannt. Und natürlich konnte er sich erinnern. Wieder hatte sie ihn bei einer Lüge erwischt. Aber Evelin hakte nicht nach. Sie war nicht gekommen, um mit ihm zu streiten. Sie faltete den Brief zusammen und steckte ihn in ihre Handtasche. »Wie war eigentlich dein Verhältnis zu meiner Mutter?«

»Was meinst du?«

»Hast du sie gemocht?«

»Ja, sehr sogar. Wir drei, Doreen, Rebekka und ich, haben oft etwas zusammen unternommen. Einmal waren wir zusammen in Hamburg und haben ein Konzert der Toten Hosen besucht. Ich erinnere mich noch daran, als wäre es gestern gewesen.«

»Sonst war nichts zwischen euch?«

Georg Winkler schüttelte den Kopf. »Ich war zehn Jahre älter als sie und mit Doreen zusammen. Rebekka war bildhübsch. Manchmal hat sie im Beisein ihrer Schwester mit mir geflirtet. Aber das war mehr so ein Spiel von ihr. Nein, zwischen uns war nichts. Nur eine Freundschaft. Während ihrer Schwangerschaft ist dann alles anders geworden. Sie hat sich zurückgezogen und kaum noch mit uns und ihren Eltern geredet. Manchmal mit Doreen. Aber auch sie kam nicht mehr richtig an sie heran. Als Rebekka starb, wurde es zwischen Doreen und mir schwierig. Sie litt unter schlimmen Schuldgefühlen. Auch ich fühlte mich mitverantwortlich für ihren Tod. Und deine Großeltern natürlich ebenfalls. Wir hätten erkennen müssen, wie gefährdet sie war. Wir hätten für psychologische Hilfe sorgen müssen, wobei ich nicht sicher bin, dass sie die angenommen hätte.«

»Hat sie erwogen abzutreiben?«

»Das weiß ich nicht. Zum Glück hat sie es nicht getan.« Winkler lächelte.

Evelin hakte auch bei diesem Thema nicht nach, obwohl sie den Eindruck hatte, dass ihr Onkel immer noch nicht alles preisgegeben hatte. Vielleicht wollte sie letztendlich auch gar nicht alles wissen. Sie hatte genug erfahren und musste erst einmal das verkraften.

»Es tut mir leid, dass wir dir einiges verschwiegen haben«, sagte er. »Aber die Wahrheit ist manchmal so unerträglich, dass …«

Evelin nickte und stand auf. Wortlos umarmten sich beide im Flur.

# 24

»Es ist Niemeier«, sagte Hilgersen, als Flottmann gegen neun Uhr ins Büro kam.

»Der Tote vom Kutter?«

»Ja. Eine der beiden Stichverletzungen war tödlich, wie Dr. Kessel schon vermutete. Aber es befanden sich Schwebstoffe und Algen in den Lungenverästelungen, ein Hinweis darauf, dass er noch kurze Zeit gelebt hat, als er ins Meer fiel.«

»Verdammt! Irgendetwas müssen wir übersehen haben.« Flottmann ließ seine Aktentasche auf den Boden fallen und setzte sich an seinen Schreibtisch. »Erst diese Sache mit der Homepage, dann die Anschläge auf ihn. Wir hätten erkennen müssen, dass er in ernsthafter Gefahr war.«

Hilgersen schüttelte den Kopf. »Um ihn rund um die Uhr zu schützen, weil jemand die Radmuttern an seinem Auto gelockert und einen Baum in seinem Garten abgesägt hat? Letzteres hat seine Ehefrau sogar zugegeben.«

»Man hat versucht, ihn zu überfahren.«

»Den Anschlag auf den Baum können wir ihr anhand der Fingerabdrücke nachweisen. Kein Wunder, dass sie den zugegeben hat. Ich bin mir sicher, dass sie auch hinter den anderen Taten steckt. Jedenfalls war ich mir relativ sicher. Dass sie ihn erstochen und ins Meer geworfen hat, kann ich mir allerdings nicht so recht vorstellen. Es ist extrem selten, dass Frauen ein Messer als Mordwerkzeug benutzen. Bliebe noch die Theorie eines Auftragsmords. Sehr plausibel ist die auch nicht. Erst sägt sie einen Baum ab und macht sich dadurch verdächtig, dann beauftragt sie einen Killer. Das passt irgendwie nicht.«

»Ich stimme dir zu, Gustl.«

»Das ist ja etwas ganz Neues.«

»Wenn seine Ex es nicht war, müssen wir einen anderen Täter mit einem anderen Motiv suchen.«

»Falsch.«

»Wieso?«

»Das K1 ermittelt.«

»Sei nicht so spitzfindig.«

»Übrigens wurde Niemeiers Auto auf dem Parkplatz des Sperrwerks gefunden. Es war nicht abgeschlossen, und die linke hintere Tür stand offen. Nach Auskunft seiner Mitarbeiter joggte er jeden Sonntagmorgen in der Gegend.«

»Dann spricht einiges dafür, dass er dort getötet wurde.«

»Die Suche nach möglichen Zeugen läuft. Insbesondere wird der Schleusenwärter befragt. Auf die Aufnahmen der Überwachungskamera, die auf dem Dach des Schleusenturms installiert ist, können wir nicht hoffen. Sie hat, wie wir wissen, nur die Fahrrinne im Blick.«

»Haben wir Zugang zu Niemeiers Wohnung?«

»Die Kriminaltechniker sind vor Ort. Sie suchen nach Blutspuren, Fingerabdrücken und so weiter. Es ist nicht ganz auszuschließen, dass Niemeier in seinem Haus erstochen und dann im Meer entsorgt wurde, auch wenn die Obduktionsergebnisse und sein aufgefundenes Fahrzeug etwas anderes sagen.«

Flottmann strich sich übers Kinn. »Vielleicht lassen sie uns rein.«

»Du willst da mitmischen?«

»Spricht etwas dagegen?«

»Nee. Aber die Flensburger Kollegen waren schon vor Ort. Lothar Böttcher und Sönke Klingenberg. Böttcher hat mich angerufen.«

»Egal. Doppelt hält besser. Vielleicht finden wir etwas, was sie übersehen haben. Du fährst.«

Niemeier hatte in der Sophie-Jacobsen-Straße gewohnt, keine Viertelstunde von der Dienststelle entfernt. Vor dem schmucken Haus stand ein Transporter der Kriminaltechnik. Die Kollegen waren dabei, ihre Sachen einzupacken. Hilgersen hielt hinter dem Fahrzeug, und die Kommissare stiegen aus. Flottmann ging auf einen Mann in weißem Overall zu, den er kannte, aber dessen Name ihm nicht einfiel.

»Moin. Ihr seid fertig?«

»Ja.«

»Habt ihr etwas Besonderes gefunden?«

Der Mann schien kurz zu überlegen, ob er Auskunft geben sollte. »Nein, nichts. Keine Blutspuren. Die Tat hat mit ziemlicher Sicherheit nicht hier stattgefunden. Mehr kann ich nicht sagen. Wir haben Fingerabdrücke und DNA genommen. Vielleicht finden wir Fremd-DNA, die in der Datenbank registriert ist.«

Ein weiterer Techniker kam herbei und verstaute zwei Koffer im Laderaum.

»Dann gehen wir mal kurz rein«, sagte Flottmann.

Auf dem Weg zum Hauseingang sprach ein älterer Herr vom Nachbargrundstück Hilgersen an.

»Der Professor, ich meine, Herr Niemeier, ist wirklich tot? Umgebracht?«

»Wir ermitteln noch«, antwortete Hilgersen. »Haben Sie in letzter Zeit etwas Ungewöhnliches beobachtet?«

»Ihre Kollegen haben uns das schon gefragt. Ich weiß nur von dem Baum und den Radmuttern. Und natürlich von der irren Geschichte mit seiner Internetseite. Das ist alles sehr merkwürdig.«

Hilgersen nickte. Dann folgte er Flottmann, der bereits das Haus betreten hatte und sich im Wohnzimmer umsah.

»Wonach suchen wir?«, fragte Hilgersen.

»Keine Ahnung. Was ist eigentlich mit seinem Handy?«

»Das wurde nicht gefunden. Liegt wohl irgendwo auf dem Meeresgrund. Böttcher besorgt die Verbindungsdaten. Wohl auch für den privaten Festnetzanschluss und das Firmentelefon. Außerdem wollte er eine Funkzellenabfrage für Niemeiers Handy beantragen. Es wäre schon wichtig zu wissen, wo er zuletzt eingeloggt war. Aber die Ergebnisse lassen sicher einige Tage auf sich warten.«

Flottmann und Hilgersen inspizierten nacheinander alle Räume. Sie waren modern eingerichtet, und überall zeugten Mosaike im Boden sowie kleine Kunstwerke an den Wänden von Niemeiers Profession. Dafür, dass er allein wohnte, sah alles ordentlich und sauber aus. Nur die Ermittler und Kriminaltechniker hatten an einigen Stellen ihre Spuren hinterlassen, hier und da etwas weißes Pulver und ein liegen gebliebenes Wattestäbchen.

Ein Bücherbord im Arbeitszimmer hatte Flottmanns Interesse geweckt. Gezielt zog er ein Fotoalbum heraus. Er legte es auf dem Schreibtisch ab und blätterte darin. »Analoge Fotos haben immer noch ihren Reiz.«

Flottmann schlug die erste Seite auf. »1987 bis«, stand dort in großen Buchstaben. Das Enddatum fehlte. Er blätterte einige Seiten weiter. Die Fotos zeigten Niemeier als jungen Erwachsenen, mit einer Freundin auf einer Reise durch Portugal, beim Feiern mit einer Clique am Husumer Grünstrand und an Bord einer Segelyacht. Auf einem weiteren Foto war ein Mann am Ruder desselben Bootes zu sehen.

»Gib mal her!« Hilgersen nahm das Album an sich. »Der Typ …«

»Was ist mit ihm?« Flottmann suchte vergeblich nach seiner Lesebrille. Meistens kam er ohne sie aus, doch zu solch einem Termin hätte er sie besser eingesteckt.

»Ich hab es gewusst!«, rief Hilgersen aus.

»Was?«

»Mich laust der Affe. Ich fresse einen Besen, wenn der Kerl am Ruder nicht Abeling ist.«

»Nee, ist er nicht.«

»Doch.«

»Bist du dir sicher?«

»Nee – doch. Das ist er. Ich erkenne ihn, auch wenn das Foto sehr alt ist. Ich hab einen Blick für so etwas. Außerdem steht unter dem Foto: ›Kapitän Winnie auf großer Fahrt‹. Winnie ist Winfried Abeling. Mann! Ich hab das immer schon gesagt. ›Alles hängt mit allem zusammen.‹«

»Ich denke, das war Alexander von Humboldt.«

»Ja, der auch. Weißt du, was das bedeutet? Wir haben es sehr wahrscheinlich mit demselben Täter zu tun wie bei Abeling.«

»Unsinn. Bernecke ist tot. Der kann Niemeier ja wohl schlecht erstochen haben.«

»Stimmt. Da ist was dran. Trotzdem. Abeling und Niemeier kannten sich. Das muss eine Bedeutung haben.«

»Das kann auch ein Zufall sein.«

»Zugegeben. Allerdings wäre es ein sehr zufälliger Zufall. Sag mal, wieso hast du eigentlich spontan nach dem Fotoalbum gegriffen?«

»Intuition, Gustl. Intuition ist in unserem Job sehr wichtig. Merk dir das.«

»Angeber.«

Flottmann grinste. Er zückte sein Handy und fotografierte das Bild ab. Dann schlug er das Album zu und stellte es ins Bücherbord zurück. Anschließend inspizierten sie die anderen Räume.

»Hoffentlich haben die Kollegen uns nicht eingeschlossen«, sagte Hilgersen.

Seine Befürchtung stellte sich als begründet heraus. Die Haustür war abgeschlossen und vermutlich von außen versiegelt. Beide sahen sich gezwungen, durch ein Fenster ins Freie zu steigen. Flottmann stellte sich dabei so ungeschickt an, dass er sich den linken Fuß verstauchte. Fluchend humpelte er zum Auto und stieg ein.

»Wir knöpfen uns jetzt noch einmal Abeling vor. Er hat uns bestimmt etwas zu erzählen. Am besten suchen wir ihn direkt auf.«

»Okay.« Hilgersen startete den Motor und fuhr los.

»Jetzt rückt Niemeiers dubiose Homepage wieder in unseren Fokus. Wie war das noch mit diesem amerikanischen Programm zur Atmosphärenerforschung, an dem Niemeier angeblich mitgearbeitet hat?«

»Es heißt HAARP. Das ist eine Abkürzung für ›High Frequency Active Auroral Research Program‹.«

»Und um die Forschung spinnt sich ein Verschwörungsmythos?«

»Es wird behauptet, dass vom Standort in Alaska aus Radiowellen geschickt werden, die das Wetter steuern, Naturkatastrophen auslösen und die Gedanken der Menschen beeinflussen. Ich halte das für abwegig.«

»Das beruhigt mich.«

»Wobei ich mir die Sache mit dem Wetter vorstellen könnte.«

Flottmann schüttelte den Kopf. »Manchmal frage ich mich, wer so einen Schwachsinn in die Welt setzt.«

»In diesem Fall waren es zwei Autoren, die ein Buch darüber geschrieben haben. Es heißt ›Angels Don't Play This Haarp‹. Der Titel soll wohl auf das Wort ›harp‹ für Harfe anspielen. Der deutsche Titel lautet ›Löcher im Himmel‹.«

»Du scheinst dich ja ausführlich damit beschäftigt zu haben.«

»Ich interessiere mich halt für so etwas. Und ganz so abwegig, wie du denkst, ist die Sache gar nicht. Das HAARP-Projekt hat nämlich einen Vorläufer. Der Physiker Bernard John Eastlund plante die Entwicklung eines Raketenabwehrschildes und auch die Manipulation des Wetters auf ähnliche Weise. Er hat sogar Patente dafür erhalten. Und noch etwas Interessantes! Einige seiner Patente wurden von einem Rüstungskonzern aufgekauft, der später am Bau von HAARP beteiligt war.«

Hilgersen sah triumphierend zu Flottmann hinüber. Aber der verzog nur das Gesicht.

»Wusstest du, dass sich auch das Europäische Parlament damit beschäftigt hat?«, fragte Hilgersen.

»Nein, das wusste ich nicht. Aber ich frage mich immer noch, was die Verschwörung mit unserem Fall zu tun hat.«

»Ich bin überzeugt, dass sie etwas damit zu tun hat. Und mit der getarnten BND-Stelle in Husum ebenfalls. Wir werden das herausfinden. Meine Kenntnisse über die Thematik werden uns dabei eine große Hilfe sein.«

»Ganz bestimmt, Gustl.«

Sie hatten die Hermann-Tast-Straße erreicht und parkten vor dem Reiheneckhaus, in dem Abeling mit seiner Familie wohnte. Er empfing die Kommissare im Wohnzimmer. Seine Frau bot den Besuchern Kaffee an, den sie dankend ablehnten. Dann verließ sie den Raum, und Abeling schloss die Tür.

Nachdem alle Platz genommen hatten, übernahm Flottmann die Befragung. »Es gibt noch Klärungsbedarf.«

»Wissen Sie inzwischen, wer mich in dem Haus niedergeschlagen hat?«

»Nein, leider nicht. Aber wir untersuchen einen weiteren Fall, der mit Ihrem zusammenhängen könnte.«

»Worum geht es?«

»Kennen Sie Florian Niemeier?«

»Ja. Wir sind beziehungsweise waren befreundet.«

»Waren?«

»Wir haben kaum noch Kontakt.«

»Er wurde tot aufgefunden.«

Abeling zeigte sich sichtlich geschockt. »Tot? Wieso? Was ist passiert?«

»Das wissen wir noch nicht.«

Abeling lehnte sich zurück und starrte sekundenlang an die Zimmerdecke.

»Können Sie uns irgendetwas dazu sagen, Herr Abeling? Wissen Sie, ob er bedroht wurde?«

»Nein. Das heißt, seine Ex muss ihn wohl gestalkt haben. Irgendetwas in der Art hat er mir erzählt.«

»Also hatten Sie doch noch Kontakt zu ihm.«

»Er rief vor einiger Zeit an und hat das erzählt.«

»Wir haben bei ihm ein Bild gefunden. Darauf sind Sie auf einem Segelschiff zu erkennen.«

»Das muss lange her sein. Das Boot hat seinem Vater gehört. Wir sind ab und zu damit rausgefahren, Florian und ich.«

»Wir suchen nach einem Motiv für den Mord an Niemeier. Erinnern Sie sich an irgendeinen Zwischenfall in der Vergangenheit, der Anlass dafür oder für das Attentat auf Sie geben könnte?«

»Nein. Aber der Angriff in der Windkraftanlage auf mich ist doch geklärt, denke ich.«

»Es gibt noch einige Ungereimtheiten, die zu untersuchen sind. Also, war da etwas, das wir wissen sollten?«

Abeling antwortete nicht sofort. »Es gab einen Anschlag auf das Boot. Es ist gesunken, und Florians Freundin ist dabei ums Leben gekommen. Aber das ist fast dreißig Jahre her.«

Flottmann sah Hilgersen an. Der zuckte mit den Schultern.

»Bitte erzählen Sie uns genau, was geschehen ist.«

»Jemand hat einen Sprengsatz am Boot angebracht. Das haben die polizeilichen Ermittlungen ergeben. Wir drei, Florian, seine damalige Freundin Jenna und ich, waren an Bord. Es war das erste Mal, dass sie mitfuhr. Wir hatten noch nicht einmal die Segel gesetzt, als es passierte. Die Sprengladung hat ein großes Loch in den Bug gerissen. Das Boot lief voll, und wir mussten springen. Jenna ist ertrunken. Florian und ich konnten uns retten. Es hat ein Gerichtsverfahren gegeben. Die Anklage gegen uns lautete auf unterlassene Hilfeleistung, soweit ich mich erinnere. Aber wir hatten keine Schuld. Das Boot ist so schnell gesunken, dass wir keine Chance mehr hatten, Florians Freundin aus der Kajüte zu befreien.«

Hilgersen hakte ein. »Ein Sprengsatz? Gab es nähere Untersuchungen dazu?«

»Ja, natürlich. Doch ein Täter konnte nie ermittelt werden. Die Versicherung hat einen großen Teil des Schadens bezahlt. Der materielle Verlust war somit für Florians Vater zu verschmerzen. Jennas Tod war natürlich viel schlimmer. Ihre Eltern haben uns Vorwürfe gemacht. Aber wir konnten ja nichts dafür.«

»Und die Schuldigen des Attentats wurden nicht gefunden?«

»Nein. Das Ganze war im Frühjahr 1994. Das ist lange her, und der Vorfall hat sicher nichts mit Florians Tod zu tun.«

Hilgersen nickte. »Aber Sie hätten uns die Geschichte erzählen müssen.«

»Ich wusste nicht, dass sie wichtig für Sie sein könnte. Eben weil die Sache bereits so lange zurückliegt.«

»Haben Sie selbst einen Verdacht, wer das Boot damals versenkt haben könnte?«, fragte Flottmann.

»Nein, absolut nicht. Auch die Polizei hat wohl im Dunkeln getappt. Jedenfalls wurden die Ermittlungen irgendwann eingestellt.«

»Gut. Das war's. Vielen Dank, Herr Abeling. Sind Sie immer noch krankgeschrieben?«

»Nur noch bis morgen. Die Decke fällt mir hier auch langsam auf den Kopf.«

»Seien Sie in der nächsten Zeit vorsichtig und teilen Sie uns mit, wenn Sie etwas Ungewöhnliches beobachten.«

»Ja, natürlich. Aber der Mann, der mich angegriffen hat, lebt nicht mehr. Von ihm kann keine Gefahr ausgehen.«

»Trotzdem.«

»Okay, ich werde aufpassen.«

Die Kommissare verabschiedeten sich und verließen das Haus. Flottmanns Fuß schmerzte immer noch vom Sprung aus dem Fenster. Hilgersen bemerkte, dass sein Kollege nur zögerlich auftrat.

»Gut, dass wir keinen Verbrecher verfolgen müssen. Du wärest ein Totalausfall.«

»Für erfolgreiche Polizeiarbeit benutze ich den Kopf und nicht meine Extremitäten.« Flottmann lehnte sich mit dem Rücken ans Auto, hob das linke Bein und massierte sich den Fußknöchel. »Was ist das für eine verdammte Geschichte, die Abeling uns da aufgetischt hat? Wieso wissen wir nichts davon?«

»Ich bin mir nicht einmal sicher, dass wir den Vorgang noch im Archiv finden werden.«

»Du wirst die Akte schon aufspüren, Gustl. Ich setze vollstes Vertrauen in dich.« Flottmann öffnete die Beifahrertür und stieg ein. »Wir müssen die Flensburger über die neuesten Entwicklungen informieren.«

»Ich ruf Böttcher an.«

# 25

Nach dem Besuch bei ihrem Onkel hatte Evelin fast eine ganze Flasche Weißwein getrunken und war zu Bett gegangen. Aber sie konnte nicht einschlafen. Immer wieder tauchten Bilder ihrer Mutter auf. Erinnerungen an Fotos, die ihre Tante ihr gezeigt hatte. Aufnahmen einer Jugendlichen, die viel jünger als sie selbst war. Es gab Augenblicke, in denen Evelin den Wunsch verspürte, sie zu beschützen. Sie erwischte sich dabei, dass sie in Gedanken die Zeit zurückdrehte und ihrer Mutter auf den Schienen zuflüsterte: »Lass das, Mama. Geh nach Hause. Was du tun willst, ist falsch. Alles wird gut.« Was wäre gewesen, wenn die Geschichte einen anderen Verlauf genommen hätte? Was wäre, wenn ihre Mutter zur Seite gesprungen wäre, bevor der Zug sie erfasst hätte? Wie wäre ihr und Evelins Leben verlaufen? Niemals würde sie das erfahren.

Am nächsten Tag sollte ein weiteres Gruppentreffen stattfinden. Am liebsten hätte Evelin es abgesagt. Zu sehr hatte sie das mitgenommen, was sie erfahren hatte. Zudem hatte sie Kopfschmerzen, und die Tabletten halfen nur wenig. Aber sie sagte nicht ab. Die meisten Teilnehmer waren bereits anwesend, als sie eintraf. Doch nicht alle waren gekommen. Sie wartete noch eine Weile, bis sie die Veranstaltung einleitete.

Evelin war froh, dass sich an diesem Abend auch ohne ihre direkte Beteiligung rege Gespräche entwickelten. Ab und zu trat sie als Moderatorin in Erscheinung, aber die meiste Zeit warfen sich die anderen den Ball zu. Gerber wurde aufgefordert, etwas über seine synästhetische Wahrnehmung zu erzählen. Er betonte gleich zu Anfang, dass es sich nicht um eine Krankheit handele.

»Die Ursache für die Synästhesie liegt in zusätzlichen neuronalen Verbindungen zwischen mehreren Gehirnarealen«, erklärte er. »Sie führen dazu, dass mehrere Sinnesreize zusammen auftreten. Es gibt Menschen, bei denen gesprochene Wörter einen bestimmten Geschmack erzeugen oder Gerüche sich in Farbwahrnehmungen äußern. Bei mir sind Hören und Sehen miteinander verbunden. Beim Hören sehe ich Farben und Formen. Auch wenn ich lediglich an Geräusche denke, tritt das Phänomen auf. Als Kind habe ich gedacht, dass das bei jedem so ist. Erst später wurde mir klar, dass ich anders bin. Das galt allerdings besonders für meine Lärmempfindlichkeit. Die zu akzeptieren fällt mir heute noch schwer. Seit meiner Entführung ist sie wieder schlimmer geworden. Ich erschrecke oft bei plötzlich auftretenden Tönen, bekomme Schweißausbrüche und Herzrasen. Und ich höre Stimmen, über die ich keine Kontrolle habe. Das mit den Stimmen ist für mich am schlimmsten.«

»Erzähl etwas über deine Entführung«, bat die Frau, die sich Stella nannte und deren Kind verschwunden war.

»Ich bin noch nicht so weit«, antwortete Gerber.

»Kann man Töne nicht irgendwie aus dem Gehirn löschen?«, fragte Julius. »Mich verfolgen die Schreie der Toten und die Geräusche beim Aufprall, obwohl ich die wegen des Bremslärms gar nicht gehört haben kann. Aber sie sind trotzdem in meinem Gedächtnis. So, als wären sie real. Ich würde sie gerne loswerden. Und die Bilder natürlich, die damit verbunden sind. Die Psychotherapie hat mir nicht geholfen. Aber es sind nicht nur die Erinnerungen an die Schienentode. Es sind auch die Berichte in den Zeitungen, die Ermittlungen der Polizei und das, was ich von den Toten und den Angehörigen aus der Presse erfahren hab. Die Frau damals. Der erste Unfall. Sie war im neunten Monat schwanger. Das hab ich erst später erfahren.«

Er sprach nicht weiter.

Evelin spürte, wie sich ihr der Hals zuschnürte. Einen Moment lang rang sie nach Luft.

»Wann – wann war der Unfall?«

»Am 8. März 1993. Um genau zehn Uhr siebzehn hab ich die Bremsung eingeleitet. Auf der Strecke Westerland–Hamburg, in Höhe des alten Husumer Bahnhofs. Davor ist eine lang gezogene Kurve. Ich hatte nicht die geringste Chance.«

Evelin schloss die Augen. Drei Tage später war sie geboren

worden, und eine Woche danach war ihre Mutter gestorben. Sie hatte den Lokführer vor sich, der den Zug gefahren hatte! Fast mochte sie an eine miese Verschwörung des Schicksals glauben, dass er ihr in der Therapiegruppe begegnet war. Ihn traf nicht die geringste Schuld. Und trotzdem durchströmte sie ein merkwürdiges Gefühl der Ablehnung und Wut gegen ihn, fast so intensiv wie gegen die Täter, die ihre Mutter vergewaltigt hatten.

Evelin stand auf. Sie entschuldigte sich bei den Teilnehmern, verließ den Raum und ging hinaus auf den Hof. Dort setzte sie sich auf eine Bank. Das Schicksal hatte scheibchenweise zugeschlagen. Als sie dreizehn oder vierzehn war, hatten ihre Pflegeeltern ihr mitgeteilt, dass sie nicht ihre leiblichen Eltern waren. Mit achtzehn hatte sie vom Suizid ihrer Mutter erfahren und mit vierundzwanzig, dass sie die Tochter eines Vergewaltigers war. Und jetzt, mit achtundzwanzig, hatte sie herausgefunden, dass sich ihre Mutter vor einen Zug geworfen hatte, während sie mit ihr hochschwanger gewesen war. Zu allem Überfluss hatte sie zudem noch den Lokführer kennengelernt, der den Todeszug gefahren hatte. In diesem Moment wünschte sie, dass sie nichts von alledem wüsste. Aber das Wissen ließ sich nicht mehr auslöschen. Genauso wenig würde Julius, oder wie er auch mit wahrem Namen heißen mochte, seine schrecklichen Erlebnisse jemals vergessen.

Evelin sah, wie Leon Gerber auf sie zukam. Sie wischte sich die Tränen mit der Hand ab und brachte ein verkrampftes Lächeln hervor.

»Darf ich mich setzen?«, fragte er.

»Klar.«

Gerber nahm neben ihr Platz, hielt aber einen größeren Abstand. Sie kannte ihn gut genug, um zu verstehen, dass er sie nicht in den Arm nahm.

»Ich hätte es dir nicht erzählen sollen«, sagte er.

»Doch. Schließlich hatte ich dich darum gebeten, nach dem Ton zu forschen. Ich kenne jetzt die Ursache und kann mich selbst therapieren.« Sie lachte gequält.

»Julius hat den Zug damals geführt, nicht wahr?«

»Ja. Ist das nicht ein verrückter Zufall? Aber natürlich trifft ihn keine Schuld. Vielmehr ist er ebenfalls ein Opfer.«

Gerber nickte. »Er hat Hilfe in der Gruppe gesucht.«

»Ja. Und ich kann ihn schlecht ausschließen. Ich hab kurz überlegt, ob ich einen Kollegen bitten soll, die Gruppe zu übernehmen. Aber das werde ich nicht tun. Vor Problemen davonzulaufen hat noch nie funktioniert. Ich bin dir dankbar, Leon, dass du mir geholfen hast.«

Mit den Worten »Ich hab sie« empfing Hilgersen seinen Kollegen.

»Wen?«

»Die Akte ›Anschlag auf das Segelboot Karina‹. Der Fall wurde von HK Knudsen bearbeitet. Der ist schon lange in Pension. Ich hab ihn nicht mehr kennengelernt.«

»Und was steht drin?«

»Ich hab die Unterlagen nur überflogen. Die Akte ist zweihundert Seiten stark. Soll ich dir alles vorlesen?«

»Eine Zusammenfassung würde mir genügen.«

»Okay. Setz dich.«

Flottmann ließ sich auf seinem Drehstuhl nieder und legte die Füße hoch. »Schieß los, Gustl.«

»Also: Die Untersuchungen haben ergeben, dass ein Fernzünder und ein Sprengmittel unbekannter Herkunft verwendet wurden. Allerdings wurden Spuren von Schwarzpulver gefunden. Der Sprengsatz befand sich innen, hinter einem Schrank. Die Detonation hat ein großes Loch in den Rumpf gerissen. Niemeier und Abeling befanden sich an Deck, Niemeiers achtzehnjährige Freundin Jenna Friedrichsen in der Kajüte. Abeling hat angeblich versucht, sie da rauszuholen. Nach seiner Aussage sei sie aber bereits leblos gewesen, als er sie fand. Das Boot sei schnell vollgelaufen, und er habe sie nicht mehr bergen können. Als man sie später fand, war sie noch im Wrack. Die Autopsie hat ergeben, dass sie durch die Explosion schwer verletzt worden war, letztendlich aber ertrunken ist. Das Ganze passierte im Mai 1994.«

»Und fast drei Jahrzehnte später verübt der Bombenleger erneut Anschläge auf die beiden, weil sie damals davongekommen sind? Das kann ich nicht glauben. Außerdem kennen wir den Täter im Fall Abeling.«

»Für die neuerlichen Attentate auf Niemeier und Abeling käme auch jemand in Frage, der Jenna Friedrichsens Tod rächen will. Vater, Geschwister oder sonst jemand.«

»Wie ich schon sagte, kennen wir den Täter, der Abeling in der Windanlage angegriffen hat. Und sein Motiv ebenfalls. Verdammt! Nichts passt zusammen. Dein Spruch beziehungsweise der von Alexander von Humboldt ist einfach nur Mist! Jedenfalls in unserem Fall. Humboldt hat ja auch etwas ganz anderes damit gemeint. Er hat die Erde als einen lebenden Organismus betrachtet, in dem alles irgendwie miteinander verbunden ist. Und damit hat er in gewisser Weise recht gehabt. Nee, nee, Gustl, wir haben uns verrannt, weil wir andauernd nach Gemeinsamkeiten suchen, die gar nicht existieren. Vielleicht geht es um völlig unabhängige Vorgänge.«

»Glaubst du das?«

»Na ja, ehrlich gesagt, nicht so richtig. Also stellt sich die Frage, wer den Sprengsatz am Boot angebracht hat und aus welchem Motiv.«

»Die Untersuchungen haben damals nichts ergeben. Das Verfahren wurde vorläufig eingestellt und ist mit Knudsens Pensionierung wohl in Vergessenheit geraten. Wir könnten den Fall wieder aufrollen. Solch einen Cold Case zu lösen hätte schon einen besonderen Reiz.«

»Die Flensburger sind am Ball, wie du weißt.«

»Das hatte ich doch glatt vergessen.«

»Gab es keinen Verdächtigen?«

»Doch. Einer Zeugin ist aufgefallen, dass jemand das Segelschiff fotografiert hat. Der Mann muss sich auffällig verhalten haben. Und er konnte identifiziert werden.« Hilgersen blätterte in den Unterlagen. »Er heißt Georg Winkler, zu der Zeit wohnhaft in der Süderstraße. Es hat eine Hausdurchsuchung bei ihm gegeben. Man hat Werkzeuge und elektronische Bauteile gefunden, die aber nicht mit der Tat in Verbindung gebracht werden konnten. Außerdem fehlte bei ihm jegliches Motiv für den Anschlag.«

»Trotzdem sollten wir ihm einen Besuch abstatten und ihn mit den neuen Vorgängen konfrontieren. Ermittle mal seinen derzeitigen Aufenthaltsort.«

»Die Flensburger sind am Ball, hast du gesagt.«

»Ein bisschen dürfen wir mitspielen. Also fassen wir noch einmal zusammen. Täter A verübt vor fast dreißig Jahren einen Anschlag auf das Schiff. Der Grund dafür ist unbekannt. Niemeier und Abeling überleben. Niemeiers Freundin Jenna Friedrichsen stirbt. Wahrscheinlich galt der Anschlag den beiden Männern.«

»Wieso?«

»Dass Niemeier an Bord war, musste dem Täter klar gewesen sein. Schließlich gehörte das Boot dem Vater. Vermutlich wusste er auch, dass Niemeier oft mit seinem Freund rausfuhr. Dass die Freundin mit an Bord war, muss er nicht gewusst haben. Nach Abelings Angaben war sie das erste Mal dabei.«

»Okay. Das ist zumindest plausibel.«

»Und jetzt zu den neuerlichen Fällen. Zunächst einmal zu den Motiven für den versuchten Mord an Abeling und den vollendeten an Niemeier. Der Täter von damals hadert damit, dass die beiden dem Sprengstoffanschlag entkommen sind und stattdessen ein unschuldiger Mensch gestorben ist. Er will immer noch den Tod der beiden.«

»Nach fast dreißig Jahren?«

»Wenn er ein starkes Motiv hatte, ist das durchaus möglich. In manchen gärt etwas über viele Jahre und kommt dann erst zum Ausbruch. Oder der Täter war aus irgendwelchen Gründen verhindert.«

»Hm. Leider kennen wir das Motiv für den Anschlag nicht.«

»Nein. Aber es könnte in Jenna Friedrichsens Tod liegen.«

»Jemand hält die beiden für schuldig, weil sie sie ihrem Schicksal überlassen haben, und will sie rächen. Derjenige könnte Zweifel an Abelings und Niemeiers Darstellung haben.«

»Das ist nicht auszuschließen. Deshalb müssen wir, und mit ›wir‹ meine ich uns und das K1, im Umfeld der Toten ermitteln.«

»Also trachtete entweder der Bombenleger von damals oder eine Jenna Friedrichsen nahestehende Person Abeling und Niemeier nach dem Leben. Weiter!«

»Na ja. Die Sache mit Bernecke passt nicht. Er kann Niemeier nicht erstochen haben, weil er da bereits tot war.«

»Das ist jedenfalls eine wirklich schlüssige Behauptung.«

»Aber Bernecke könnte als Werkzeug benutzt worden sein.«

Hilgersen runzelte die Stirn. »Was?«

»Jemand, der an Verschwörungstheorien glaubt und dazu noch psychisch labil ist, lässt sich leicht beeinflussen.«

»Und zu einem Mord anstiften?«

»Das ist gar nicht so abwegig. Ich erinnere mich an einen Fall in Limburg, bei dem ein Einundsechzigjähriger eine Frau in den Suizid getrieben hat. Bei weiteren Frauen hat er es versucht. Er soll in Selbsthilfeforen gezielt Kontakt zu labilen Menschen gesucht haben. Es gibt weitere ähnliche Fälle. In Massachusetts hat eine Zwanzigjährige ihren depressiven Freund sozusagen per SMS in den Tod getrieben. Sie wollte als trauernde Freundin Mitleid und Aufmerksamkeit erhalten. Aber ich hab noch abstrusere Beispiele. Ein falscher Arzt hat seine Opfer dazu gebracht, sich selbst Stromschläge zu verpassen. Er hat ihnen vorgegaukelt, dass sie an einer Studie zur Schmerztherapie teilnähmen. Junge Frauen und Mädchen haben sich nach seiner Anleitung Vorrichtungen gebaut, die direkt mit der Steckdose verbunden waren. Dann hat er sie per Skype bei den Versuchen beobachtet. Er wurde in achtundachtzig Fällen vor dem Landgericht München angeklagt.«

»Ich hab davon gehört. Aber der Typ war wohl psychisch krank und vermindert schuldfähig.«

»Es geht doch gar nicht darum, ob der Täter krank ist, sondern wie leicht sich Menschen beeinflussen lassen, egal, ob sie gesund und bei vollem Verstand sind oder nicht. Jemand, der an Verschwörungstheorien glaubt oder sich von Windmühlen verfolgt fühlt, ist sicher besonders anfällig für Manipulationen.

Man füttere ihn mit entsprechenden Informationen, lenke ihn auf einen Schuldigen an der vermeintlich gegen ihn gerichteten Verschwörung und bestärke ihn darin, das Problem ultimativ mit der Beseitigung des Verursachers zu lösen.«

»Das ist perfide. Dann wären die Ausführenden gar nicht die eigentlichen Täter, sondern jemand im Hintergrund, der sich die Finger nicht schmutzig machen will und nicht so leicht ins Visier der Ermittler gerät. Es sei denn, er hat es mit uns zu tun.« Hilgersen grinste. »Kannst du das beweisen, oder ist deine Annahme auch nur eine Verschwörungstheorie?«

»Sie ist eine Arbeitshypothese.«

»Und wie erreicht der Täter seine Handlanger?«

»Über das Internet natürlich. In entsprechenden Foren tummeln sich die Weltverschwörer. Mit etwas Geschick lenkt man den Kandidaten mit erfundenen Geschichten, vielleicht mit einer gefakten Homepage und gefälschten Informationen, in die richtige Richtung, ohne selbst in Erscheinung zu treten. Letzteres ist natürlich besonders wichtig. Wenn der Unbekannte raffiniert ist, schafft er es sogar, alles so zu arrangieren, dass man ihm später keine Anstiftung zum Mord nachweisen kann, falls er erwischt wird.«

»Wegen einer erfundenen Geschichte kann niemand verurteilt werden. Ein perfekter Mord. Jedenfalls einer mit geringem Risiko. Irgendwie genial. Allerdings mit zwei Opfern, der Zielperson und der Marionette. Diese könnte von der Polizei gefasst werden oder an der sinnlosen Tat zerbrechen, falls sie den Schwindel entdeckt.«

»Aber etwas anderes, Gustl. Steht im Bericht, ob nach dem Sprengstoffanschlag Spurenträger gefunden und archiviert wurden?«

»Ja. Der Fetzen eines Handschuhs, der an einem Nagel am Schrank hängen geblieben ist. Aber der hat im Salzwasser gelegen. Eine DNA konnte nicht extrahiert werden.«

»Vor dreißig Jahren steckte die Analysetechnik noch in den Kinderschuhen.«

»Du meinst …?«

»Genau. Die Kollegen vom LKA können heutzutage zaubern. Sie können selbst aus einem einzigen Haar eine DNA extrahieren. Inzwischen auch dann noch, wenn keine Wurzel dran ist.« Flottmann stockte. »Apropos Haar.«

»Du könntest mal wieder zum Friseur gehen.«

»Unsinn.«

»Ich weiß, woran du denkst. An das Haarbüschel, das Abeling ausgerissen wurde.«

»Ja.«

»Und was heißt das jetzt?«

»Keine Ahnung. Gehen wir erst einmal den nächsten Schritt. Die Sache mit dem Handschuh. Ruf Böttcher an und erkläre ihm den Sachverhalt. Er soll die Analyse anleiern.«

»Soll ich ihm auch von deiner Hypothese erzählen?«

»Äh – lieber nicht. Es ist besser, wenn die Kollegen ihre eigenen Schlüsse ziehen. Hoffentlich befindet sich das Handschuhstück noch in der Asservatenkammer.«

»Davon gehe ich aus. Bei einem Tötungsdelikt werden die Asservate lange aufbewahrt.« Hilgersen griff zum Telefon und wählte Böttchers Nummer.

## 26

Flottmann überlegte, wann er das letzte Mal mit einem Fahrrad unterwegs gewesen war, konnte sich aber nicht erinnern. Es musste über zwanzig Jahre her sein. Angeblich verlernte man das Fahrradfahren nicht. Er hoffte, dass das auch auf ihn zutraf, denn Lena hatte ihm vorgeschlagen, am Sonntag eine Tour zu unternehmen. Natürlich hatte er nicht kneifen können. Jedenfalls war ihm spontan keine plausible Ausrede eingefallen.

Jetzt stand er vor dem verstaubten Gefährt im Kellerraum und prüfte dessen Fahrtüchtigkeit. Wie zu erwarten war, hatte es vorn und hinten einen Platten, und es kostete ihn einige Mühe, die Reifen aufzupumpen. Sie schienen die Luft zumindest für eine gewisse Zeit zu halten. Sicherheitshalber gönnte er beiden Reifen noch einige Extrastöße mit der Handpumpe. Je praller sie gefüllt waren, desto geringer war der Rollwiderstand, dachte er sich. Der Drahtesel befand sich weder optisch noch technisch in gutem Zustand. Immerhin schienen die Gangschaltung und die Rücktrittbremse zu funktionieren. Die Beleuchtung versagte dagegen komplett ihren Dienst. Da halfen kein Fummeln am Dynamo und auch kein sanftes Klopfen an Scheinwerfer und Katzenauge. Obwohl er nur tagsüber damit unterwegs sein würde, musste er mit einem Bußgeld rechnen, wenn die Polizei ihn erwischte. Aber er wusste aus zuverlässiger Quelle, dass die Husumer Kollegen sonntags nicht kontrollierten. Außerdem würden sie bei ihm im Fall des Falles ganz bestimmt ein Auge zudrücken, wenn er seinen Dienstausweis vorzeigte.

Flottmann schob das Fahrrad aus seinem Kellerraum in den Gang. Der war gerade lang genug, um ein kurzes Gleichgewichtstraining zu absolvieren. Das Aufsteigen gelang ihm schon beim zweiten Versuch. Auch die gesamte etwa vier Meter lange Strecke legte er unfallfrei zurück. Nur der Abschluss war eher suboptimal. Weil das Bremsen nicht so funktionierte, wie er sich das vorgestellt hatte, prallte er mit dem Vorderreifen gegen die

Stahltür am Ausgang. Immerhin konnte er sich mit dem rechten Fuß abstützen, ohne das Gleichgewicht zu verlieren. Weder sein Untersatz noch er hatten Schaden davongetragen. Flottmann fühlte sich fit für die Tour. Das Bremsen würde beim nächsten Mal bestimmt klappen.

Lena und er wollten sich am Außenhafen treffen. Der Trip sollte durch den Porrenkoog und den Dockkoog bis nach Schobüll führen, weniger als zwanzig Kilometer für den Hin- und Rückweg. Er hatte keine Bedenken, dass ihm unterwegs die Puste ausgehen könnte. Keinesfalls durfte er sich vor Lena blamieren. Sie war fit wie ein Turnschuh. Aber es ging ja nicht um ein Rennen, sondern um eine Vergnügungstour.

Als Flottmann am verabredeten Ort eintraf, wartete Lena schon auf ihn. Mit Schwung fuhr er den etwas abschüssigen Weg von der Dockkoogstraße Richtung Hafenbecken und preschte an ihr vorbei. Etwas zu spät, aber mit voller Kraft trat er auf die Bremse. Weil er die Lenkung eingeschlagen hatte, scherte das Hinterrad aus, und er geriet ins Schleudern. Wenige Zentimeter vor der Kaimauer brachte er sein Gefährt schließlich zum Stehen. Um ein Haar hätte der Ausflug bereits hier ein unrühmliches Ende gefunden. Flottmann blickte mit Herzklopfen in den Abgrund vor ihm. Immerhin führte der Außenhafen dank des angeschlossenen Heverstroms auch bei Ebbe Wasser. Er wäre also nicht im Schlick versunken, sondern hätte lediglich ein unfreiwilliges Bad genommen. Mit Genugtuung hatte er Lenas Aufschrei gehört.

»Bist du wahnsinnig? Was machst du für Sachen?«

Er zuckte mit den Schultern. »Ich hab lange an dem Stunt geübt. Ich wollte dir imponieren.« Natürlich glaubte sie ihm nicht.

»Das ist dir gelungen.«

»Soll ich noch mal …?«

»Besser nicht.«

Sicherheitshalber stieg er vom Sattel und schob sein Fahrrad ein Stück von der Kaimauer weg. Eine ungeschickte Bewegung hätte ihn doch noch in den Abgrund reißen können. Sie fuhren über die Dockkoogstraße am Sperrwerk vorbei bis zur Ruine des Nordseehotels. Nachdem sie den Campingplatz hinter sich gelassen hatten, gelangten sie auf die Westseite des Deichs. Nun begann der schönste Teil der Tour. Es war Niedrigwasser, und ihr Blick reichte über die Lahnungsfelder und über das Watt bis zur Skyline von Nordstrand. Etwas lästig waren die schweren Holzpforten, die sie passieren mussten. Jedes Mal mussten sie absteigen, und Flottmann konnte nicht immer verhindern, dass die Pforte beim Zurückfallen gegen das Schutzblech des Hinterrads stieß. Nach zwei Treffern zerlegte sich das Katzenauge vollständig. Lena bewies mehr Geschick. Wahrscheinlich kannte sie die Tücken der Strecke. Das galt auch für andere Hindernisse, die die zahlreichen Schafe sowie deren Hinterlassenschaften darstellten.

Anfangs glaubte Flottmann, die Viecher würden ihm ausweichen, wenn er zielstrebig auf sie zufuhr. Doch schon bald musste er erkennen, dass sie keinen Zentimeter zur Seite rückten. Stur wie die sprichwörtlichen Esel verharrten sie auf dem asphaltierten Weg und gafften ihn nur blöd an, wenn er energisch klingelte. Immer wieder musste er einen Schlenker über das Gras vollführen, was seinen Gleichgewichtssinn auf eine harte Probe stellte.

Lena ließ sich etwas zurückfallen und fuhr neben ihm. »Die Schafe sind für den Küstenschutz sehr nützlich.« Sie hatte offenbar mitbekommen, wie er mit den vierbeinigen Zeitgenossen haderte. »Sie sorgen für die Stabilität der Deiche.«

»Für meine Stabilität sorgen sie eher nicht.« Flottmann umfuhr einen besonders großen Haufen an Schafskötteln.

»Durch ihren tiefen Biss halten sie die Grasnarbe kurz, und mit ihrem Tritt festigen sie den Untergrund. Auch Beschädigungen durch Maulwürfe und Wühlmäuse beseitigen sie zuverlässig. Die können nämlich bei Sturmfluten zu einem Problem werden.«

»Verstehe. Aber warum blockieren sie dann den Weg? Sollen sich auf den Deich scheren und gefälligst ihre Arbeit machen.«

Lena lachte.

Vereinzelt trafen sie auf andere Radfahrer oder Jogger. Die meisten grüßten mit einem freundlichen »Moin«. Lena antwortete dann mit einem »Moin, Moin«. Manchmal rang sich auch Flottmann einen Gruß ab. Er war nicht schlecht gelaunt. Wenn er von den kleinen Widrigkeiten absah, konnte er den Ausflug durchaus genießen. Das Wetter passte zu ihrer Unternehmung. Der Himmel war bewölkt, aber es regnete nicht. Der Wind kam aus Südwest und unterstützte ihre Fahrt. Dazu der Blick über das Wattenmeer. Die Schönheit der norddeutschen Landschaft hatte Flottmann in den letzten Jahren immer mehr schätzen gelernt. Er bemerkte, wie der berufliche Stress von ihm abfiel. Selbst die aktuellen Mordermittlungen rückten in den Hintergrund. Sogar die Erinnerung an Niemeiers Leiche auf dem Kutter verblasste. In diesen Augenblicken spürte er den professionellen Abstand zu den Geschehnissen, den er glaubte verloren zu haben.

Sie hatten die Stelle passiert, an der der Deich endete. Nun begann der einzige Abschnitt der schleswig-holsteinischen Nordseeküste, an dem kein Küstenschutz erforderlich war, da die in der vorletzten Eiszeit entstandene höher gelegene Geest hier bis ans Meer reichte. Nach weiteren zehn Minuten gelangten sie zur Schobüller Seebrücke. Dort stellten sie ihre Fahrräder ab und gingen Hand in Hand den Steg entlang bis zum Kopf der Brücke. Natürlich erinnerte sich Flottmann an einen zurückliegenden Fall, der sich maßgeblich an diesem Ort abgespielt hatte. Aber auch die Erinnerung an diese Ereignisse berührte ihn in diesem Moment kaum.

Sie setzten sich auf eine Bank und genossen es, die Seebrücke für sich allein zu haben.

»Wusstest du, dass ich hier schon einmal im Schlick herumgelaufen bin?«, fragte er.

»Wer? Du? Nein.«

»Was tust du so überrascht?«

»Weil ich es dir nicht zugetraut hätte.«

»Mir ist schon oft aufgefallen, dass du mir so einiges nicht zutraust.«

Lena lächelte und hakte sich bei ihm unter. »Ach, du armer Kerl. Ständig wirst du von mir unterschätzt.«

»Ja. Das ist hart. Aber damit muss ich wohl leben.«

»Und was war der Anlass für deine mutige Tat? Du hast das doch nicht aus reinem Vergnügen getan.«

»Ich hab dort in einem Fall nach Beweisen gesucht. Außerdem ...«

»Ja?«

»Außerdem wollte ich Hilgersen zeigen, dass ich den Mut aufbringe.«

»So, wie du mir vorhin den Stunt vorgeführt hast?«

»Das war schon eine ganz andere Nummer. Aber es gibt im Watt Schlicklöcher, die einen Menschen komplett verschlucken können.«

»Da bin ich aber froh, dass du überlebt hast.« Sie gab ihm einen Kuss auf die Wange.

Der Wind war aufgefrischt, und es begann zu nieseln. Trotzdem saßen sie noch eine ganze Weile zusammen auf der Bank, redeten und hingen ihren Gedanken nach.

»Langsam wird mir kalt«, sagte Flottmann schließlich, der lediglich mit Jeans und T-Shirt bekleidet war, während Lena einen Pullover und eine leichte Regenjacke trug.

Sie zog den Reißverschluss zu und stand auf. »Dir wird gleich warm werden.«

Lena hatte recht. Auf dem Rückweg mussten sie gegen den Wind ankämpfen, was Flottmann an seine Leistungsgrenze brachte. Ein E-Bike wäre jetzt Gold wert gewesen. Aber natürlich wollte er sich keine Blöße geben und trat tapfer in die Pedale. Bei Regen und Gegenwind fiel es ihm jetzt schwerer, die Schönheit der Landschaft zu erkennen und zu genießen. Vielleicht musste man im Norden geboren sein, um das zu schaffen.

Sie hatten die halbe Strecke zurückgelegt, als zwei störrische Schafe den Weg versperrten. Während es Lena gelang, langsam zwischen ihnen hindurchzufahren, wich Flottmann auf das Gras aus, um sie zu umschiffen. Doch das Manöver misslang vollständig. Ein Maulwurfshügel, den die fleißigen Tiere noch nicht bearbeitet hatten, brachte ihn zu Fall. Er rutschte über die nasse, mit Kötteln übersäte Wiese und blieb zu Füßen eines Schafs liegen. Das schien von seiner Aktion wenig beeindruckt zu sein. Es glotzte ihn von oben herab an und kaute seelenruhig weiter. Erst als Flottmann seinen Oberkörper aufrichtete und nach dem Biest schlug, ohne es zu treffen, suchte es das Weite.

Lena hatte ihr Fahrrad abgestellt und eilte zu ihm. »Ist dir was passiert?«

Flottmann rappelte sich auf und tastete sich ab. »Nee. Alles in Ordnung. Aber an dem Stunt muss ich wohl noch arbeiten. Verdammte Mistviecher!«

»Hauptsache, dir ist nichts passiert.« Sie versuchte, ihn mit den Händen vom gröbsten Schmutz zu befreien.

Flottmann ging zu seinem Rad und hob es auf. Nachdem er das hintere Schutzblech gerichtet hatte, war es wieder einsatzbereit.

Es hatte aufgehört zu regnen, und die Sonne zeigte sich. Der Rest der Tour verlief ohne weitere Zwischenfälle.

»Kommst du mit zu mir?«, fragte Lena, als sie ihren Treffpunkt wieder erreicht hatten.

»Erst einmal fahre ich nach Hause, geh unter die Dusche, zieh mir Sachen ohne Schafgeruch an und füttere Bogomil. Danach komm ich zu dir.«

»Dann können wir zusammen kochen. Ich war einkaufen und hab alles da.«

»Ich hab jetzt schon einen Bärenhunger.«

»Du hast ja auch großen Einsatz gezeigt.«

»Aber schön war es doch.«

# 27

Georg Winkler hatte sich einen Tag freigenommen, damit er die Archivierung seiner Fotos endlich abschließen konnte. Er saß in seiner Schreibtischecke und klickte sich durch die fertig digitalisierten Fotos. Als seine Frau Doreen noch lebte, waren die Fotoalben im Keller verstaubt, und er war gar nicht auf die Idee gekommen, sie hervorzuholen und zu bearbeiten. Zu schmerzlich waren die Erinnerungen an ihre Schwester gewesen. Wäre sie unter anderen Umständen gestorben, hätten sie sich die Fotos vermutlich gerne zusammen angeschaut. So aber lasteten auf jedem einzelnen Bild, auf dem Rebekka zu sehen war, quälende Erinnerungen. Anders als Doreen gelang es Winkler weitgehend, nur positive Gedanken zuzulassen, zeigten die Fotos doch lediglich Ausschnitte aus glücklichen Tagen.

Er klickte auf eine Aufnahme, die er selbst geschossen hatte. Rebekka saß am Rand des Tine-Brunnens auf dem Husumer Marktplatz. Die Art, wie sie sich mit der Hand durch das Haar strich, und der verträumte Blick hätten jeden Betrachter in den Bann gezogen. Auf ihn wirkte das Bild in diesem Moment ähnlich wie damals. Es erzeugte Herzklopfen. Er war verliebt in sie gewesen. Dass er zehn Jahre älter und bereits mit Doreen zusammen gewesen war, hatte das nicht verhindert. Natürlich hatte Rebekka seine Liebe zu ihr bemerkt, und einmal, als sie allein gewesen waren, hatte sie ihn leidenschaftlich geküsst. Ob sie ihn hatte provozieren wollen oder echte Gefühle für ihn gehegt hatte, wusste er nicht. Vermutlich Ersteres, denn sie hatte ihm keine weiteren Avancen gemacht. Wobei er nicht ausschloss, dass sie Rücksicht auf ihre Schwester genommen hatte. Auch er hatte nicht versucht, sich ihr zu nähern, sondern hatte sich ihr gegenüber wie ein Kumpel verhalten, obwohl er immer noch in sie verliebt gewesen war. Nach dem Vorfall auf dem Schiff waren seine Gefühle endgültig durcheinandergeraten. Abgrundtiefer Hass auf die Täter hatte von ihm Besitz ergriffen.

Winkler öffnete die Schublade und nahm die Fotos heraus, die er vor Doreen und der Polizei versteckt hatte. Mit einem Teleobjektiv hatte er die beiden Vergewaltiger und deren Boot ins Visier genommen. Es war Zeit, die Aufnahmen zu vernichten. Er stand auf und begab sich in die Küche. Dort warf er die Abzüge ins Waschbecken und zündete sie an. Nachdem die Asche verglüht war, entsorgte er sie im Abfalleimer. Dann kehrte er an seinen Computer zurück. Das Sortieren der Bilder hatte etwas Befreiendes. Es war, als würde er sein Leben ordnen. Die ersten Aufnahmen stammten aus seiner frühen Kindheit. Er war auf einem Bauernhof groß geworden, den seine Eltern jedoch nur noch im Nebenerwerb bewirtschaftet hatten. Als Haupteinnahmequelle hatte die Vermietung von Zimmern an Feriengäste gedient.

Georg Winklers Sinn für Gerechtigkeit war von jeher ausgeprägt gewesen. Er konnte sich noch genau erinnern, wie ein Spielkamerad seinem Bruder einen Käfer in den Nacken gesteckt hatte. Der Missetäter hatte sein Fahrrad anschließend aus dem Löschteich fischen müssen. Ein anderes Mal hatte er einen Täter mit Gewalt gezwungen, die Hand in einen Kuhfladen zu stecken. Winkler schmunzelte, als er daran dachte. Seine Eltern hatten es mit ihm nicht leicht gehabt. Auch in der Schule hatte es des Öfteren Ärger gegeben. Dennoch hatte er eine schöne Kindheit auf dem Land verbracht. Sein Vater war inzwischen verstorben, und seine Mutter lebte in einer Zweizimmerwohnung ganz in seiner Nähe. Er nahm sich vor, eine Auswahl an Bildern in einem Fotobuch zusammenzufassen und seiner Mutter zum Geburtstag zu schenken. Ganz sicher würde sie sich darüber freuen.

Die neueren Bilder lagen bereits digital vor, die von der Hochzeit mit Doreen und die von den Reisen nach Portugal, Sardinien und Südfrankreich. Und die von Evelin ab einem Alter von etwa sieben Jahren. Viel zu selten hatten Doreen und er sie bei den Pflegeeltern besucht, und viel zu selten hatten sie allein etwas mit ihr unternommen, obwohl sie wie eine Tochter für sie gewesen war. Das Verhältnis zwischen Evelin und ihren

Pflegeeltern war angespannt und ihre Kindheit lieblos gewesen. Der Ziehvater war herrisch und autoritär, seine Frau ewig missgelaunt und unfreundlich gewesen. Beide hatten es nicht gerne gesehen, wenn Doreen und er mit Evelin ausgelassen im Garten herumgetollt hatten. Evelin hatte Doreen und ihn immer Tante und Onkel genannt, ohne die wahren verwandtschaftlichen Zusammenhänge zu kennen.

Winkler beendete das Bildbearbeitungsprogramm und schaltete den Computer aus. Am nächsten Tag wollte er noch einmal alle Aufnahmen durchgehen und einige aussortieren.

Es war später Nachmittag. Winkler saß gerade bei einer Tasse Kaffee und einem Stück selbst gebackenen Apfelkuchen am Küchentisch, als die Türglocke schellte. Er ging in den Flur und öffnete. Zwei Männer stellten sich als Polizeibeamte vor und zeigten ihre Ausweise. Winkler ließ sie eintreten und im Wohnzimmer Platz nehmen.

»Was führt Sie zu mir?«, fragte er.

»Ein Fall, der lange zurückliegt. Der Anschlag auf das Segelboot ›Karina‹ im Jahre 1994«, antwortete Hauptkommissar Flottmann.

Winkler seufzte. »Die alte Sache? Ich hatte nichts damit zu tun, und ich weiß auch nichts darüber.«

»Sie wurden damals vernommen. Sie hatten das Schiff kurz vor dem Attentat fotografiert. Die Bilder und die Negative haben Sie der Polizei nicht ausgehändigt.«

»Weil es keine gab. Heute, in Zeiten der Digitalfotografie, schießt man einfach drauflos und löscht die Aufnahmen, die einem nicht gefallen. Vor dreißig Jahren war das noch anders. Damals benutzte ich eine analoge Spiegelreflexkamera. Die Filme mussten entwickelt und Papierabzüge hergestellt werden. Da überlegte man sich bei jedem Motiv genau, ob man abdrücken sollte. Ich hab das Schiff sowie andere Motive lediglich anvisiert, ohne den Auslöser zu betätigen. Deshalb gab es keine Bilder vom Segelboot. Das hab ich den Untersuchungsbeamten erklärt. Aber wieso stellen Sie mir jetzt wieder solche Fragen?«

»Es gibt aktuelle Entwicklungen. Die zwei Männer, denen

der Anschlag offenbar gegolten hat, sind erneut Opfer von Angriffen geworden. Einer der beiden hat nicht überlebt.«

»Das ist natürlich traurig. Aber wie gesagt, habe ich mit dem Schiffsattentat nichts zu tun und ebenso wenig mit irgendwelchen Angriffen auf die Personen.«

»Wo waren Sie am Dienstag, dem 1. Juni dieses Jahres, Herr Winkler?«

»Tagsüber bei der Arbeit, abends hier in der Wohnung. So wie fast immer. Genau kann ich mich nicht an das Datum erinnern. Dazu ist es zu lange her. Brauche ich etwa ein Alibi?« Winkler lachte.

»An dem Tag wurde in ein Haus in Finkhaushallig eingebrochen.«

»Das war ich ganz bestimmt nicht. Ich verdiene mein Geld als Planer bei den Stadtwerken und nicht als Einbrecher.«

»Es besteht der Verdacht, dass der Anschlag auf das Schiff und die neuerlichen Ereignisse zusammenhängen. Deshalb wird der Fall von 1994 wieder aufgerollt. Wie Sie wahrscheinlich wissen, wurde ein Teil eines Handschuhs gefunden. Heute gibt es Verfahren, die DNA des Trägers zuverlässig zu ermitteln. Damals war das noch nicht möglich. Sie werden von uns demnächst eine Vorladung für eine Speichelprobe erhalten.«

»Da ich unschuldig bin, ist das kein Problem für mich.«

Winkler gewann den Eindruck, dass die Kommissare ihm nicht glaubten. Sie blieben fast eine Stunde und stellten weitere unangenehme Fragen. Er war froh, als sie endlich wieder abzogen. Der Kaffee war kalt geworden, und der Appetit auf den Kuchen war ihm vergangen. All die Jahre hatte er befürchtet, dass ihn die Vergangenheit einholen würde. Jetzt war es passiert. Vielleicht war es Zeit, reinen Tisch zu machen. Nach einigen Überlegungen griff er zum Telefon und rief Evelin an.

## 28

Wolfgang Junker kam nicht zur Ruhe. Tagelang chattete er mit Leidensgenossen, um Trost zu finden. Dabei konnte er nur Andeutungen machen, denn er hatte einen Mord begangen. So eingeschworen die Gemeinde auch war, konnte er sich doch nicht sicher sein, dass ihn keiner verriet. Aber manchmal war er kurz davor, irgendjemandem alles zu beichten, einem Geistlichen, vielleicht sogar der Polizei. Aber die Vorstellung, in einem Gefängnis dahinzusiechen, war zu grausam. Lieber würde er ganz Schluss machen, wenn er den Mut dazu fand.

Er entschloss sich, alle Dokumente und verräterischen Zeitungsausschnitte zu beseitigen. Und natürlich das Messer. Bei einer Hausdurchsuchung würde man ihn sofort verhaften, ihn ins Gefängnis stecken oder in eine psychiatrische Klinik einweisen. Trotz seiner Beweise würde man ihm keinen Glauben schenken. Geheimdienste vertuschten ihre Operationen und verbargen sie auch vor der Polizei. Das wusste jeder.

Junker holte einen Wäschekorb und warf das Papier hinein, das er aussortierte. Er nahm sich jedes Schriftstück einzeln vor und prüfte, ob er sich davon trennen konnte. Die Zeitungsausschnitte waren teilweise schon vergilbt, einige kaum noch lesbar. Der Artikel über den Roswell-Zwischenfall zum Beispiel. Im Sommer 1947 war ein Ufo in New Mexico abgestürzt. Die Behörden hatten später behauptet, es habe sich um einen Wetterballon gehandelt. Ein plumper Vertuschungsversuch, fand Junker. Es gab Zeugen, die die Leichen der Aliens gesehen hatten. Und ein Soldat des militärischen Suchtrupps hatte nicht weit von der Absturzstelle ein weiteres, intaktes Ufo entdeckt, war aber zum Schweigen verurteilt worden. Junker warf den Artikel in den Korb. Im Internet kursierten endlose Informationen über die Ereignisse. Deshalb ergab es keinen Sinn, den Ausschnitt aufzubewahren. Gleiches galt für die zahlreichen Veröffentlichungen über das Verschwinden von Flugzeugen und Schiffen im Bermudadreieck, den Tod von Prinzessin Diana und den Anschlag auf das World Trade Center. Das waren alles Geschehnisse, deren wahre Hintergründe der Öffentlichkeit verschwiegen wurden. Alles darüber fand man im Web. Und die Informationen über den Husumer BND, über die heimlichen Strahlenversuche, die seine Tochter umgebracht hatten? Davon konnte er sich nicht trennen. Es waren Beweise, die er der Polizei aushändigen wollte, falls sie ihn fasste. Zumindest würde der Richter ihm mildernde Umstände zugestehen, wenn Junker sie vorlegen konnte. Deshalb musste er das Material an einem sicheren Ort verstecken. Alles andere wollte er irgendwo verbrennen.

Junker nahm den Brief in die Hand, der die Zusammenarbeit zwischen NSA und BND bei den Strahlenversuchen bewies. Zwar hatte er dazu bereits im Internet recherchiert, in der Hoffnung, die fehlenden Seiten zu finden. Aber vielleicht würde er mit anderen Suchwörtern fündig. Dann musste er auch diesen Beweis nicht unbedingt aufbewahren. Außerdem hätte er zu gerne gewusst, was auf den fehlenden Seiten stand. Er probierte alle möglichen Keywords aus, doch ohne Erfolg. Allerdings fand er ein Schreiben mit sehr ähnlicher Aufmachung. Er speicherte die PDF-Datei ab und druckte die erste Seite aus. Dann legte er den Ausdruck und das Exemplar, das ihm der anonyme Absender zugeschickt hatte, nebeneinander. Soweit er es erkennen konnte, war der Kopf mit dem NSA-Stempel auf beiden Schreiben völlig identisch. Sogar gewisse Schmutzeffekte, wie der kaum sichtbare Fleck auf der rechten oberen Ecke und eine verblasste Stelle im Stempel, fanden sich auf beiden Exemplaren sowie auf dem Bildschirm wieder. Somit stammten sie nicht von seinem Drucker. Nur die Texte unterhalb des Briefkopfes waren unterschiedlich. Wie konnte das sein? Dass die NSA Briefpapier mit solchen Fehlern verwendete, konnte er sich nicht vorstellen.

Ein kalter Schauer lief ihm über den Rücken. Noch wollte er nicht wahrhaben, was ihm sein Verstand sagte. Nur langsam dämmerte ihm, dass er auf ein Fake hereingefallen war. Ihm fiel keine andere Erklärung ein. Aber es musste eine andere geben! Hatte ihn jemand zum Narren gehalten? Einfach nur so zum Spaß? Oder um ihn in seiner Entscheidung zu bestärken? Dann steckte jemand dahinter, der wusste, dass er sich mit den Machenschaften des BND beschäftigte. Jemand aus dem Chat oder aus der Therapiegruppe? Beides konnte nicht sein.

Auf den Namen Niemeier war er bereits vorher gestoßen, nicht erst durch den Brief. Er war durch Recherchen auf die Homepage des Professors gelangt. Oder hatte ihm jemand den Link geschickt? Er wusste es nicht mehr. Ihm schwirrte der Kopf. Jetzt brauchte er unbedingt einen Drink.

Junker ging in die Küche und nahm eine halb volle Flasche Wodka aus dem Kühlschrank. Er setzte sich wieder an den Schreibtisch und trank einen kräftigen Schluck. Manchmal half der Alkohol, um die Gedanken neu zu ordnen oder Überlegungen zuzulassen, die auf den ersten Blick absurd erschienen. Der Brief der NSA hatte seine Entscheidung beeinflusst, Niemeier zu töten. Das Schreiben hatte seine letzten Bedenken zerstreut. Aber er besaß ja weitere Beweise für die Schuld des Professors. Der hatte beim HAARP-Projekt mitgearbeitet, und auch die Verbindung zum BND ging indirekt aus der Homepage hervor. Trotzdem beunruhigte Junker die Fälschung.

Vielleicht konnte er irgendwie herausfinden, wer ihm das Dokument geschickt hatte. Aus dem E-Mail-Header ließen sich einige Informationen ablesen. Nach Recherchen im Internet fand er Hinweise dazu. Die E-Mail des ominösen Absenders hatte er schnell gefunden. Ein paar Klicks, und er hatte den Header auf dem Bildschirm. Unter »Return-Path« fand er die Adresse des Absenders, so wie sie ihm auch angezeigt worden war: »AnonymousX«. Die Adresse musste allerdings nicht stimmen, da sie leicht manipulierbar war, wie er gelesen hatte. Aber die IP-Adresse, also die tatsächliche physikalische Adresse des Absender-Servers, konnte nicht verändert werden. Junker notierte sie sich sowie den Namen des Mailservers. Natürlich hatte er damit nicht den Namen und den Standort des eigentlichen Absenders. Aber er hatte eine Idee im Kopf, wie er weiter vorgehen wollte. Falls ihn bereits vorher jemand einmal mit einer anderen Absenderadresse kontaktiert hatte, konnte er eine Übereinstimmung in der IP-Adresse und dem Servernamen feststellen. Dann ließ sich mit ziemlicher Sicherheit bestimmen, wer hinter »AnonymousX« steckte.

Er setzte die Flasche an und trank ausgiebig, bevor er sich an die Arbeit machte. Dann durchforstete er seine empfangenen E-Mails der Reihe nach, wobei er offensichtliche Werbemails bekannter Firmen ausließ. Es waren fast zwei Stunden vergangen, als er fündig wurde. Ihm stockte der Atem. Wieder und wieder überprüfte er die Headerdaten zweier E-Mails. Er konnte einfach nicht glauben, was er entdeckt hatte.

Junker stieß einen Schrei aus und schlug mit der Faust auf die Schreibtischplatte, sodass die Tastatur einen Hüpfer vollführte. Dann stand er auf und lief im Zimmer auf und ab. Da er nicht wusste, wohin mit seiner Wut und Enttäuschung, griff er nach der fast leeren Wodkaflasche und warf sie gegen die Wand, wo sie das Landschaftsbild des Malers Albert Johannsen traf und in tausend Scherben zerbrach. Das Bild fiel stark beschädigt herunter. Es war eines der wenigen Stücke, die er aus dem Haus im Norderwungweg mitgenommen hatte. Es hatte im Wohnzimmer über der Couch gehangen. Birthe hatte es sich zum zehnten Hochzeitstag gewünscht. Junker hatte es nicht übers Herz gebracht, das Bild dem Pfandleiher zu übergeben, obwohl er den Erlös gut hätte gebrauchen können.

Erst allmählich beruhigte er sich und konnte wieder einen klaren Gedanken fassen. Das Inventar zu zertrümmern, war keine Lösung. Heimdall hatte ihn ermutigt, sich gegen Ungerechtigkeiten zu wehren. Genau das musste er jetzt tun.

# 29

Nadja Hinrichsen öffnete den Kofferraum des Mondeo und verstaute das Geschenk für die Freunde, einen Korb mit allerlei Spezialitäten aus dem Bioladen, dazu eine Flasche Wein und Brombeeren aus dem eigenen Garten. »Bitte keine Dekosachen oder so etwas«, hatte Annabell gesagt. Deshalb glaubte Nadja, dass sie mit ihrem Geschenkkorb goldrichtig lag.

Lars Hinrichsen nahm auf dem Beifahrersitz Platz. Stand eine Einladung an, wurde gar nicht mehr darüber diskutiert, wer von beiden fuhr. Nadja würde sowieso den ganzen Abend an einem Weinglas nippen. Sie hatte noch nie viel getrunken. Im Grunde mochte sie gar keine alkoholhaltigen Getränke. Nur in Gesellschaft trank sie ab und zu ein Gläschen mit.

Die Freunde wohnten in Schleswig, eine Dreiviertelstunde Fahrt von Husum entfernt. Es sollte ein Grillabend im Garten des Hauses werden. Nadja wusste, dass noch ein weiteres Paar eingeladen war, das sie jedoch nicht kannte.

»Soll ich das Navi einschalten?«, fragte Lars, als sie losfuhren.

»Nicht nötig. Den Weg finde ich auch so.«

»Gut.«

»Hanna war ganz begeistert, dass sie zwei Tage bei Oma und Opa verbringen darf.«

»Kein Wunder. Sie wird bei deinen Eltern ja auch ohne Ende verwöhnt. Und auf dem Land geht alles viel ruhiger zu.«

»Bei uns ist es doch auch ruhig.«

»Schon. Aber nicht so. Ich könnte mir vorstellen, nach außerhalb zu ziehen. Wir würden unser Haus gut verkauft kriegen.«

»Ich dachte, wir hätten das ausdiskutiert. Apropos ausdiskutiert: Bitte halte dich heute bei den Diskussionen etwas zurück. Es sind fremde Leute dabei und –«

»Und du hast Angst, dich mit mir zu blamieren, stimmt's?«

»Unsinn. Die meisten verstehen nichts von deinen Geschichten.«

»Soso. Geschichten nennst du das.«

»Ich meine es nicht negativ. Doch man muss sich schon intensiv mit den Themen beschäftigen, um deinen Argumenten folgen zu können.«

»Wenn dich das beruhigt, werde ich die Klappe halten. Aber beim Treffen mit Doris und Peter hat Peter mich direkt auf die Chemtrails angesprochen. Dazu musste ich ganz einfach meine Meinung sagen.«

»Er hat dich provoziert. Und du hast es nicht gemerkt.«

Lars schwieg. Sie bemerkte mit einem Blick, dass er die Zähne zusammenbiss. Normalerweise hätte er giftig geantwortet. Offenbar wollte er keinen Streit. Das war ein gutes Zeichen. Über die Jahre hatte sie sich mit seinen Theorien arrangiert. Sie hörte ihm geduldig zu, und manchmal heuchelte sie ihm sogar Zustimmung vor, um Auseinandersetzungen aus dem Weg zu gehen. Denn er konnte seine »Erkenntnisse« verbissen verteidigen und verstand es, jedes Gegenargument zu widerlegen. Solange er Hanna nicht mit dem Zeug beeinflusste, waren ihr seine Spinnereien inzwischen weitgehend egal. Dennoch hatte sie ihm einen Wink mit dem Zaunpfahl geben müssen, damit er den Grillabend nicht mit seinen »Geschichten« verdarb. Sie war sich sicher, dass er sie verstanden hatte.

»Das Windspiel in unserem Garten sollten wir wegnehmen«, sagte sie, obwohl ihr bewusst war, dass auch das ein Reizthema war.

»Bist du verrückt? Das bleibt!«

»Nachbarn haben sich über den Lärm beschwert.«

»Abeling? Klar war das Abeling.«

»Auch andere.«

»Es bleibt, wo es ist. Basta!«

»Wie du meinst.«

»Es erzeugt Klänge und keinen Lärm. Und es dient unserer Sicherheit. Aber das verstehst du nicht.«

Nein, das verstand sie wirklich nicht. Das Windspiel sollte irgendetwas abwehren, soweit sie sich erinnerte. Irgendwelche Einflüsse. Welche das sein sollten, konnte sie nicht mehr sagen.

Er hatte es ihr vermutlich erklärt. Entweder hatte sie ihm nicht folgen können, oder sie hatte nicht richtig zugehört.

»Ich erkläre es dir noch einmal«, sagte er nach einer Weile.

»Nein, lass mal.«

»Es ist ja wieder typisch, dass du die Augen vor der Wahrheit verschließt. So wie die meisten Menschen.«

»Ich hab es nur nicht richtig verstanden. Und ich denke, es reicht, wenn du den Durchblick hast.«

»Nein, es reicht eben nicht. Es geht uns alle an, unsere Familie und die ganze Menschheit. Weißt du, was das Havanna-Syndrom ist?«

»Du hast es mal erwähnt. Botschaftsmitarbeiter in mehreren Ländern leiden angeblich darunter.«

»Nicht angeblich, sondern tatsächlich. Und nicht nur Botschafter. Bevor du meine Quellen wieder in Zweifel ziehst: Sowohl der Spiegel als auch das Wall Street Journal und der Stern sowie andere zuverlässige Medien haben darüber berichtet.«

»Ich weiß.« Tatsächlich erinnerte sich Nadja, dass sie nach einem der Gespräche mit ihrem Mann im Internet recherchiert und entsprechende Berichte über das Phänomen gefunden hatte.

»Auch die Tagesschau hat darüber berichtet. Die US-Regierung untersucht die mysteriösen Krankheitsfälle, die bereits in vielen Ländern aufgetreten sind. Zuerst 2016 bei Dutzenden Diplomaten in Havanna. Daher kommt auch der Name Havanna-Syndrom. Auch in Wien und Berlin hat es solche Vorfälle gegeben. Die Betroffenen leiden unter Kopfschmerzen, Übelkeit, Benommenheit, Müdigkeit sowie Hör- und Sehstörungen. In einem Fall wurde auch eine Hirnschädigung nachgewiesen.«

Lars sah Nadja an, als wolle er ihre Reaktion in ihrem Gesicht ablesen.

»Das ist wirklich beunruhigend.«

Es lag ihr fern, ihn in seinen kruden Theorien zu bestärken. Aber wo er recht hatte, hatte er recht. Und sie durfte nicht den Fehler begehen, ihm in solchen Fällen keinen Glauben zu schenken. Ansonsten bestand die Gefahr, dass sie den Einfluss auf ihn verlieren würde. Er würde komplett dichtmachen und nicht mehr mit ihr über seine Ansichten reden.

»Gibt es eine Erklärung?«, fragte sie.

»Die Wissenschaftler halten es für möglich, dass die Opfer mit Schallwellen, Radio- oder Mikrowellen beschossen werden.«

Auch das hatte Nadja gelesen.

»Geklärt ist das aber immer noch nicht so richtig«, fuhr er fort. »Man vermutet Russland als Verursacher. Aber ich glaube nicht, dass die Russen dahinterstecken.«

»Sondern?«

»Eine viel größere Macht.«

Sie wusste, was er damit meinte, und hakte besser nicht nach. Er hatte den Punkt erreicht, an dem er in eine seiner Theorien abdriftete. Das war ja das Fatale. Es gab fast immer einen wahren Kern, der dann jedoch mit phantastischen Annahmen versehen wurde, um eine plausible Erklärung für die Vorgänge zu liefern.

»Hast du dir schon einmal überlegt, woher deine und Hannas Kopfschmerzen und Übelkeit kommen?«

»Du meinst, auch wir könnten von diesem Syndrom betroffen sein?«

»Wie du weißt, arbeiten wir in der Firma auch an militärischen Projekten, wie der Steuerung autonomer Systeme.«

»Haushaltsroboter, hast du gesagt.«

»Du bist manchmal ganz schön naiv, Nadja. Unsere Software lässt sich selbstverständlich auch militärisch nutzen, was wir natürlich nicht an die große Glocke hängen.«

»Und du glaubst, dass man es deswegen auf dich abgesehen hat?«

»Jedenfalls schließe ich das nicht aus. Und deshalb bleibt das Windspiel da, wo es ist.«

»Okay, Schatz.« Es war Zeit, das Gespräch über das Thema zu beenden. Keinesfalls wollte sie es in das bevorstehende Treffen tragen.

Sie fuhren auf der B 201 und hatten den Ort Schwesing hinter sich gelassen. Nadja konnte nur hoffen, dass ihr Mann beim

Grillen keines seiner Themen anschneiden würde. Kritisch wurde es, wenn ihm jemand ein passendes Stichwort lieferte. Annabell und Klaus hatte sie schon gewarnt, keine Begriffe wie Flugzeuge, Kondensstreifen, Raumfahrt, Aliens oder gar Nessie zu erwähnen. Aber auf die anderen Gäste hatte Nadja keinen Einfluss. Sie fühlte sich an »Tabu« erinnert, ein Ratespiel, bei dem man bestimmte Worte nicht nennen durfte, und musste schmunzeln.

»Warum lächelst du so?«

»Warum ich lächele? Braucht man einen Grund dafür? Ich freue mich ganz einfach auf den Abend.«

Er gab sich mit der Antwort zufrieden.

Als sie durch die Innenstadt von Schleswig fuhren, bemerkte Nadja, dass sie einen Umweg genommen hatte. Aber Lars hatte nichts davon mitbekommen. Ansonsten hätte er bestimmt einen süffisanten Kommentar abgegeben. »Frauen haben einfach keinen Orientierungssinn«, »wenn man schon mal Frauen ans Steuer lässt« oder Ähnliches. Scherzhafte Kommentare mit giftigen Spitzen waren seine Spezialität.

Sie erreichten ihr Ziel fast pünktlich. Annabell empfing die beiden mit einer Umarmung und nahm das Geschenk in Empfang.

»Alles Sachen zum Verbrauch. Nichts, was ihr aufstellen oder aufhängen müsst, wenn wir das nächste Mal kommen«, sagte Nadja schmunzelnd.

»Super! Ich liebe Besucher, die sich an Abmachungen halten.«

Annabell führte die Husumer durch Flur und Wohnzimmer zur Terrasse, wo bereits die anderen Gäste saßen. Klaus Kästner stand am Grill und winkte den Ankömmlingen zu.

»Silke und Theo, Nadja und Lars«, stellte Annabell die etwa gleichaltrigen Paare vor.

Silke und Theo waren leger mit Jeans und T-Shirt bekleidet. Er trug einen Vollbart zu den kurzen, rotblonden Haaren mit Geheimratsecken. Sie hatte hellblondes, schulterlanges Haar, ein rundes Gesicht und eine mollige Figur. Beide machten auf

Nadja einen sympathischen Eindruck. Sie und Lars nahmen ihnen gegenüber Platz. Das frei stehende Haus aus den fünfziger Jahren hatte einen großen Garten mit altem Baumbestand. Klaus Kästner nannte ihn »naturbelassen«.

Er kam an den Tisch, beugte sich zu Nadja hinunter und umarmte sie. »Schön, dass ihr gekommen seid.« Lars begrüßte er mit einem kräftigen Schlag auf die Schulter. »Na, altes Haus, wie geht's?«

»Könnte besser sein. Könnte aber auch schlechter sein.«

»Mit etwas Alkohol sieht die Welt schon viel freundlicher aus. Ich hoffe, dass du nicht fahren musst?«

»Nadja hat sich bereit erklärt.«

»Das ist gut. Was trinkst du?«

»Ein kühles Pils für den Anfang wäre nicht schlecht.«

»Und du, Nadja?«

»Wasser, bitte.«

»Okay, kommt gleich. Und die Glut sieht auch schon ganz gut aus. Ich hoffe, ihr habt ordentlich Hunger mitgebracht.«

»Klar.«

Die Gespräche am Tisch drehten sich zunächst um Urlaubsreisen und berufliche Dinge. Wie sich herausstellte, war Theo Schriftsteller. Er schrieb Reiseromane, die vorwiegend in Südamerika spielten. Angeblich hatte er Erfolg mit seinen Büchern. Bis zum Essen dominierte er die Unterhaltung, ohne jedoch zu sehr zu prahlen. Aber Lars war anzumerken, dass er sich zurückgesetzt fühlte. Er stand während Theos Erzählungen des Öfteren auf und unterstützte Klaus beim Grillen.

Nadja ahnte, dass es nur eine Frage der Zeit und des Alkoholspiegels war, bis er auf eines seiner Lieblingsthemen zu sprechen kam. Das Stichwort lieferte ausgerechnet Klaus, obwohl er gewarnt war.

»Habt ihr gehört, dass vor Südfall zwei Segler ertrunken sind? Einen davon hab ich gekannt. Er arbeitete bei uns in der Bank. Das Boot ist wohl gekentert. Was genau passiert ist, weiß man noch nicht. Aber da sieht man mal, wie schnell es mit einem zu Ende gehen kann.«

»Vor Südfall?«, fragte Lars. »Davon hab ich gar nichts gehört.«

»Ist ja auch erst gestern gewesen. Das steht wahrscheinlich morgen in der Zeitung.«

»In der Gegend sind schon viele Schiffe untergegangen.«

»Die Strömungen und Untiefen können tückisch sein, aber der Kollege hatte viel Erfahrung.«

»Unfälle geschehen immer wieder«, warf Theo ein. »Manchmal lassen sich die Ursachen gar nicht ermitteln.«

»Im Hever-Dreieck treten sie gehäuft auf«, sagte Lars.

Nadja packte ihren Mann am Arm. »Lasst uns über etwas anderes reden. Wie weit seid ihr mit der Renovierung im Dachgeschoss, Annabell?«

»Fast fertig. Wenn ihr wollt, könnt ihr euch das nachher mal ansehen.«

»Gerne.«

»Was ist das Hever-Dreieck?«, unterbrach Theo. »Das interessiert mich.«

Natürlich sprang Lars sofort auf die Frage an. »Es umfasst Teile des Heverstroms und von Norderhever und liegt zwischen Pellworm, Nordstrand und Eiderstedt.«

»Interessant. Und was hat es damit auf sich?«

»Man hat festgestellt, dass es dort ungewöhnlich viele teils ungeklärte Schiffsunfälle gab.«

»So wie im Bermudadreieck?« Theo lachte.

»Ja.«

Nadja stieß Lars an. »Komm, lass!«

»Das ist wirklich spannend«, griff Theo ein. »Was weißt du darüber?«

»Es gab einen Artikel in der Zeitung. Und im Internet findet man viele Infos dazu, Statistiken und so weiter. Auf dem Meeresgrund dort muss es unzählige Wracks aus früheren Zeiten geben. Irgendetwas stimmt jedenfalls in der Gegend nicht. Von plötzlich auftauchenden Strudeln und Methanblasen ist die Rede. Aber ich soll nicht davon erzählen.«

Lars blickte zu Nadja.

Sie verzog das Gesicht. »Das sind doch Phantastereien.«

»Aber sie sind interessant«, hakte Theo erneut nach. »Ich bin immer auf der Suche nach außergewöhnlichen Geschichten. Im letzten Jahr sind Silke und ich nach Schottland gereist. Ich wollte etwas über Nessie, das Seeungeheuer von Loch Ness, schreiben. Wir haben uns die Gegend angesehen, und ich hab Zeitzeugen interviewt. Leider ist daraus bisher noch kein Buch geworden. Das Projekt hab ich wegen anderer Verpflichtungen nur vorübergehend auf Eis gelegt. Irgendwann werde ich es wieder hervorholen und beenden.«

»Es könnte sein, dass Rungholt beim Hever-Dreieck eine Rolle spielt«, fuhr Lars fort.

»Inwiefern?«

»Wie ihr sicher wisst, hat man auf dem Meeresboden westlich und südlich von Südfall Brunnen, Gräber und Reste von Warften gefunden.«

»Das ist mir bekannt. Angeblich hat aber Hans Peter Duerr im Norden der Hallig Gefäße, Münzen und Schmucksteine entdeckt. Er glaubt also, dass Rungholt dort lag. Soviel ich weiß, dauert der Streit darüber mit dem archäologischen Landesamt bis heute an.«

»Ja. Duerr hat weiterhin behauptet, er habe auch ein Wrack gefunden, das aus Kreta stammt, und daraus geschlossen, dass Rungholt bereits in der Antike ein Handelszentrum war und Seefahrer aus Kreta schon vor dreitausend Jahren mit den Rungholtern Handel trieben, viel früher als gedacht. Allerdings hat das Wrack bisher niemand anders zu Gesicht bekommen. Auch die Pläne, auf denen er nach eigenen Angaben alle Fundstücke eingezeichnet hat, sind spurlos verschwunden.«

»Hm, stimmt. Das hab ich auch gelesen. Aber was hat das jetzt mit dem Hever-Dreieck zu tun?«

»Die Geheimnistuerei macht einen doch misstrauisch, oder? Ich glaub, dass viel mehr dahintersteckt. Die Behörden wollen nicht, dass dort weiter geforscht wird und wir die Wahrheit erfahren.«

Nadja versuchte noch einmal einzugreifen. »Lars, Annabell

und Klaus wollen uns jetzt den Dachausbau zeigen. Kommst du mit?«

Sie packte ihn erneut am Arm. Aber er schüttelte sie ab.

»Geht ihr nur. Ich unterhalte mich weiter mit Theo. Er interessiert sich für das, was ich zu sagen habe.«

»Denk an dein Versprechen!«

Lars Hinrichsen antwortete nicht. Er wandte sich wieder an seinen Zuhörer. »Ich kenne nicht die Ursachen für die vielen versunkenen Schiffe im Hever-Dreieck. Aber es ist doch kein Zufall, dass genau dort unten Rungholt liegt. Ich denke, dass irgendwelche Bodenanomalien die Ursache sind. Aber unsereins kann das ja nicht erforschen, und wie gesagt, haben die Behörden kein Interesse an der Wahrheit. Das Hever-Dreieck ist ja auch nur die Spitze des Eisbergs.«

Theo griff nach seiner Bierflasche und trank. »Spitze des Eisbergs? Wie meinst du das?«

»Hast du nicht auch manchmal das Gefühl, dass die Welt aus den Fugen gerät?«

»Allerdings. Ein winziges Virus tötet Millionen Menschen, die Erderwärmung verursacht Überflutungen und Hungersnöte, Populisten und Rechtsradikale greifen die Demokratie an, und Terroristen wollen einen Gottesstaat errichten.«

»Glaub mir, das ist alles kein Zufall. Da sind mächtige Geheimorganisationen am Werk, die die Fäden im Hintergrund ziehen.«

»Hm. Weißt du Näheres darüber?«

»Ja. Aber ich hab versprochen, den Mund zu halten. Vermutlich würdest du mir sowieso nicht abnehmen, was ich alles erfahren habe. Das ist ja das generelle Problem. Was in der Welt geschieht, geschieht im Verborgenen und ist so unglaublich, dass die meisten Menschen es nicht wahrhaben wollen.«

»Ich bin offen für alles. Als Schriftsteller muss ich das sein. Und manchmal ist die Realität weitaus verrückter, als es sich ein Autor ausdenken kann.«

Nadja hatte dem Gespräch mit einem Ohr zugehört, während sie den anderen ins Haus folgte. Ihr war klar, dass ihr Mann sich nicht an sein Versprechen halten würde. Er war in seinem Element und nicht mehr zu stoppen. Sie wollte gar nicht wissen, was er dieses Mal für abstruse Geschichten von sich gab.

Der Dachausbau war wirklich gut gelungen, fand sie. Vieles hatte Klaus selbst gemacht. Er hatte Geschick für so etwas. Allerdings hatten ihn hier und da befreundete Handwerker unterstützt. Der Anlass für die Baumaßnahme war, dass seine Mutter nach dem Tod seines Vaters ins Haus ziehen würde und er sein bisheriges Arbeits- und Hobbyzimmer aufgeben musste. Mit den Schrägen und dem großen Dachfenster war der Raum mehr als ein gleichwertiger Ersatz. Bevor sie wieder die neue Holztreppe hinabstiegen, nahm Annabell Nadja zur Seite.

»Nervt Lars dich immer noch mit seinen Verschwörungen?«

Nadja nickte. »Er hatte mir hoch und heilig versprochen, heute Abend nicht davon anzufangen. Wir haben sogar Zoff mit unseren Nachbarn, weil er irgend so ein lärmendes Ding im Garten aufgehängt hat. Das soll wohl den Einfluss von Echsenmenschen verhindern.«

»Echsenmenschen?«

»Reptiloide. Jetzt frag mich nicht, was das genau ist.« Nadja lachte künstlich. »Ich befürchte, dass er sich immer mehr in solche Wahnvorstellungen hineinsteigert.«

»Das klingt nicht gut. Du solltest etwas unternehmen. Es gibt Beratungsstellen, die man aufsuchen kann.«

»Wirklich?«

»Ja. Die Mitarbeiter beschäftigen sich zwar nicht ausschließlich mit Verschwörungsgläubigen, sondern auch mit Sekten und Rechtsextremismus, aber sie können euch bestimmt weiterhelfen.«

»Danke für den Tipp. Mal sehen, ob ich ihn dazu überreden kann. Es wird nicht leicht werden.«

Als sie sich wieder draußen an den Tisch setzten, verstummte das Gespräch zwischen Lars und Theo.

»Habt ihr euch gut unterhalten?«, fragte Nadja.

»Ja, haben wir. Theo schreibt an einem neuen Buch. Es handelt von der Mafia in den Niederlanden.«

»Hört sich spannend an«, sagte Nadja zu Theo gewandt.

»Kommt im Frühjahr heraus. Ich schicke euch ein signiertes Exemplar.«

»Oh, danke.«

Gegen ein Uhr nachts endete die Grillparty. Auf dem Rückweg sprach Nadja das Verschwörungsthema nicht an. Aber sie musste an Annabells Tipp denken, und sie nahm sich vor, sich nach einer Beratungsstelle zu erkundigen. Lars war ein liebevoller Vater und Ehemann. Doch seine Phantastereien beeinträchtigten das Familienleben immer mehr. Das wollte sie nicht tatenlos hinnehmen.

# 30

An diesem Morgen brauchte Flottmann einen starken Kaffee. Bogomil hatte ihn über Stunden wach gehalten, indem er mit Flottmanns Zehen gespielt hatte. Das Tier war sogar unter die Bettdecke gekrochen und hatte besonderen Geschmack an seinem großen Zeh gefunden. Erneut hatte Flottmann versucht, den Kater aus dem Schlafzimmer auszusperren. Da Bogomil inzwischen die Türen selbstständig öffnen konnte, hatte er einen Stuhl davorgeschoben. Aber das Gejaule und Kratzen an der Tür ließen ihn ebenso wenig schlafen. Bogomils Diät musste schuld sein. In gewisser Weise konnte Flottmann seinen Kater verstehen, verspürte doch auch er eine innere Unruhe, wenn ihn der Hunger plagte.

Er ging in die Miniküche und kam mit zwei Tassen ins Büro zurück. Die mit dem Aufdruck »Plattschnacker« überreichte er Hilgersen.

»Wie ist die Lage?«, fragte er.

»Gut. Ich nehme am Tauziehen teil.«

»Was für ein Tauziehen?«

»Zu den Husumer Hafentagen findet doch immer ein Tauziehen über den Hafen statt. Hast du nicht mitbekommen, dass die Husumer Polizei teilnimmt?«

»Nee.«

»Mann, wo lebst du eigentlich? Das ist *das* Ereignis hier in Husum. Ich bin schon ganz nervös. Hat man dich nicht angesprochen? Mit deinem Gewicht könntest du dich so richtig ins Seil legen.«

»Und wieso ist so ein Fliegengewicht wie du dabei?«

»Es kommt ja nicht nur auf die Kilos an. Die richtige Technik ist mindestens genauso gefragt. Es wird ein Seil über den Außenhafen gespannt. Und auf jeder Seite ziehen zehn Männer beziehungsweise zehn Frauen. Ich werde sogar an vorderster Front stehen. Das ist eine besondere Ehre. Das letzte Mal hat das Team ›Beckenrandschwimmer‹ gewonnen, soweit ich mich erinnere. Nein, ich glaube, es waren die ›Frontgewichte Nindorf‹. Oder war es wieder das Team der Schäfer? Egal. Heute Nachmittag steht übrigens ein Training an. Wenn du also doch mitmachen willst, solltest du daran teilnehmen.«

»Ich werde mir das Spektakel lieber nur ansehen. Du wirst uns schon würdig vertreten, Gustl. Gibt es außer dem Ereignis auch etwas Neues zu den Fällen Abeling und Niemeier?«

»Nein, nichts. Ich hab Böttcher über alles informiert. Die DNA-Analyse des Handschuhs wird noch einige Tage auf sich warten lassen.«

Flottmann schlürfte aus seiner Tasse. »Damit können wir leben. Ziel war ja primär, Winkler unter Druck zu setzen.«

»Ich bin mir nicht sicher, dass er einknicken wird – falls er überhaupt der Täter ist. Eine Anklage würde vermutlich nur auf Totschlag lauten, der aber inzwischen verjährt wäre. Er hätte also nichts mehr zu befürchten. Das wird er wissen.«

»Ein Grund mehr, die Tat endlich zuzugeben. Wenn wir seine DNA auf dem Handschuhfetzen finden, wird er weich werden. Ich bin optimistisch, dass die Kollegen zumindest Bruchstücke einer Sequenz bestimmen können. Und dann werden wir ihn noch einmal richtig in die Mangel nehmen. Hat die Obduktion inzwischen Näheres über Niemeiers Todeszeitpunkt ergeben?«

»Wie du weißt, ist das bei einer Wasserleiche mit besonders hohen Unsicherheiten behaftet. In unserem Fall ist sie laut Bericht sechs bis acht Tage im Meer geschwommen. Immerhin wissen wir, dass Niemeier seit acht Tagen vermisst wurde. Da sich Salzwasser und Schwebstoffe in seiner Lunge befanden, können wir folgern, dass der Angriff auf ihn an einem Ufer oder auf einem Schiff erfolgte.«

»Sein Fahrzeug wurde auf dem Parkplatz Sperrwerk aufgefunden. In der Nähe joggte er jeden Sonntagmorgen. Somit können wir annehmen, dass er irgendwo am Ufer niedergestochen wurde und ins Meer gefallen ist. Die Kollegen haben das Gebiet rundherum abgesucht, aber weder die Waffe noch andere Hinweise auf die Tat gefunden.«

»Wir kennen zwar den Zeitpunkt seines Todes noch nicht ganz genau, wohl aber den, als Abeling in Berneckes Haus niedergeschlagen wurde. Den kennen wir quasi auf die Sekunde, weil Abeling da gerade mit der Notrufzentrale telefonierte. Und wenn wir davon ausgehen, dass der Überfall mit dem Vorfall in der Windkraftanlage zusammenhängt, sollten wir alle Verdächtigen nach ihrem Alibi für diesen Zeitpunkt fragen.«

»Alle Verdächtigen? Mir fällt nur Georg Winkler ein. Der war angeblich auf seiner Arbeitsstelle, was noch zu überprüfen ist.«

»Auch ein Täter aus Jenna Friedrichsens Umfeld kommt in Frage. Jemand, der für ihren Tod Rache üben will.«

»Darum will Böttcher sich kümmern. Es gibt einen Bruder und den Vater. Beide wohnen in Nordfriesland. Aber du machst einen Gedankenfehler, Waldemar. Wenn deine Hypothese stimmt, existiert ein Hintermann beziehungsweise eine Hinterfrau. Diese Hinterperson muss sich selbst nicht an den Tatort begeben. Im Grunde ist also eher eine Person verdächtig, die ein Alibi hat. Wenn ich nämlich sie wäre, würde ich zur Tatzeit in einer gut besuchten Kneipe ein Bier trinken.«

»Das setzt voraus, dass die Person weiß, wann der ausführende Täter zuschlagen wird.«

»Hm, ja.« Hilgersen kratzte sich am Kopf. »Sie könnte, muss es aber nicht unbedingt wissen.«

Flottmann nahm einen weiteren Schluck Kaffee und setzte sich an seinen Arbeitsplatz. »Was haben wir im Fall Niemeier über den ausführenden Täter? Bei Abeling war es ein Mann mit psychischen Problemen. Falls meine Hypothese stimmt, haben wir es bei Niemeiers Mörder ebenfalls mit einem leicht beeinflussbaren Menschen, vermutlich der männlichen Spezies, zu tun.«

»Also müssen wir nach einem Mann mit psychischen Problemen suchen. Das vereinfacht die Sache wirklich ungemein. Dann könnten wir schon einmal hier im Präsidium anfangen. Ich schätze mal, dass ein Drittel der Mitarbeiter in Frage kommt. Uns beide können wir natürlich ausschließen. Na ja, mich jedenfalls. Wenn ich an dich und deinen Kater denke, bin ich mir bei dir nicht so sicher.«

Flottmann hatte eine passende Erwiderung parat, wurde aber durch das Klingeln seines Telefons unterbrochen. Der Empfang meldete einen Besucher.

»Jetzt wird es interessant«, sagte er. »Winkler kommt gleich. Es sieht so aus, als hätten wir ihn erfolgreich aufgescheucht.«

Eine Minute später klopfte es an der Tür, und Georg Winkler trat ein.

»Guten Morgen, Herr Winkler. Nehmen Sie bitte Platz.« Flottmann zeigte auf den Stuhl vor seinem Schreibtisch. »Was führt Sie zu uns?«

»Mein Geständnis. Ich hab das Segelschiff versenkt.«

Flottmann blickte zu Hilgersen hinüber. Der schüttelte ungläubig den Kopf und rollte mit seinem Schreibtischstuhl herbei.

»Können Sie das beweisen?«, fragte Flottmann und wunderte sich im selben Augenblick über seine Frage.

»Muss ich meine Tat beweisen?«

»Äh – nein, natürlich nicht.«

»Ich kann mit der Schuld nicht mehr länger leben. Anfangs ging es mir darum, straffrei zu bleiben. Ich hatte nicht geahnt, dass mich die Tat auf Dauer belasten würde. Doch Jahr für Jahr wuchs in mir das schlechte Gewissen. Trotzdem hab ich bis heute nicht den Mut gefunden, den Anschlag zu gestehen. Dass dabei ein Mensch ums Leben kam, war ein tragischer Unfall. Ich hab das Boot beim Auslaufen beobachtet. Es waren nur die beiden Männer an Deck. Es war dumm von mir, die Möglichkeit nicht in Betracht zu ziehen, dass sich jemand in der Kajüte befinden könnte. Ich war fest davon ausgegangen, dass die Männer sich retten konnten. Schließlich war das Ufer nicht weit entfernt, als die Sprengladung explodierte. Und ich war mir sicher, dass beide gut schwimmen können und Schwimmwesten trugen. Das ist doch Voraussetzung, wenn man segelt.«

»Wie haben Sie sichergestellt, dass der Sprengstoff in Ufernähe explodiert?«

»Mit einer Funkfernsteuerung. Ich hab an der Südwestspitze

Nordstrands auf das Schiff gewartet. In Höhe ›Grüner Weg‹. Als es in Sichtweite kam, hab ich den Auslöser betätigt. Mit einem Fernglas konnte ich sehen, dass beide an Deck waren. Von der dritten Person hab ich nichts gewusst. Das müssen Sie mir glauben.«

»Verstehe.« Wie Flottmann geahnt hatte, wollte Winkler auf Totschlag hinaus, der inzwischen verjährt wäre. Bei einer Verurteilung als Mörder drohte ihm dagegen eine lebenslange Freiheitsstrafe. »Herr Winkler, jetzt erzählen Sie uns bitte den Grund für Ihre Tat. Warum haben Sie den Anschlag auf die beiden verübt?«

Winkler seufzte. »Etwa ein Jahr vorher hat sich die Schwester meiner Lebensgefährtin und späteren Ehefrau das Leben genommen. Rebekka war von den Kerlen auf dem Schiff vergewaltigt worden und erwartete ein Kind von einem der beiden. Während der Schwangerschaft ist sie in eine tiefe Krise gestürzt und hat sich vor einen Zug geworfen. Doch sie hat noch einige Tage gelebt und das Kind geboren. Wir haben uns schreckliche Vorwürfe gemacht, weil wir Rebekka nicht beschützt haben. Bei mir ist nach ihrem Tod ein abgrundtiefer Hass auf die Täter entstanden. Jemand musste sie bestrafen. Auf dem juristischen Weg ging das nicht, denn es gab keine Beweise für die Vergewaltigung, und dafür, dass Rebekka sich das Leben nahm, konnten sie ebenfalls nicht zur Verantwortung gezogen werden. Deshalb der Anschlag. Doch ich wollte ihnen nur eine Lektion erteilen, töten wollte ich sie nicht.«

»Aber Sie haben ihren Tod billigend in Kauf genommen.«

Winkler schwieg.

»Das Kind? Ihre Nichte? Lebt sie noch?«

»Ja. Evelin geht es gut. Sie ist bei Pflegeeltern groß geworden und ist jetzt eine selbstbewusste und erfolgreiche Frau.«

Flottmann hatte noch eine Flut von Fragen, wollte sich aber auf das Wesentliche konzentrieren und einer Vernehmung durch das Flensburger K1 nicht vorgreifen. »Woher hatten Sie die Kenntnisse für den Bau des Sprengsatzes, Herr Winkler?«

»Ich hab früher Flug- und Schiffsmodelle entworfen und

hergestellt. Für das Hobby musste ich mir Fertigkeiten in Elektronik und Feinmechanik aneignen. Natürlich hat mir auch mein Maschinenbaustudium geholfen.«

»Und das Sprengmittel? Woher hatten Sie das?«

»Als Kind hab ich mit meinen Eltern und meinem älteren Bruder auf einem Bauernhof nahe dem Truppenübungsplatz der Julius-Leber-Kaserne gewohnt. Mein Bruder hat dort jede Menge nicht abgefeuerte Übungsmunition gesammelt und auf dem Dachboden unseres Elternhauses aufbewahrt. Außer ihm wusste nur ich davon. Die Kiste mit den Platzpatronen befand sich immer noch dort. Ich hab sie mir geholt und das Schwarzpulver aus den Patronen verwendet. Die Sprengladung ist etwas zu groß ausgefallen, wie ich heute weiß. Das Boot sollte nur langsam sinken, damit sich die Besatzung gefahrlos retten konnte. Ich hatte alles gründlich durchdacht. Aber in der Praxis läuft dann doch vieles anders als geplant. Der schlimmste Fehler war natürlich, nicht zu bedenken, dass eine dritte Person an Bord sein könnte. Heute tut mir alles so leid.«

Winklers Aussagen hörten sich für Flottmann glaubhaft an. Seine Strategie schien klar zu sein. Er wollte den Ergebnissen der DNA-Analyse zuvorkommen. Falls es zu einer Anklage kam, würde sich sein Geständnis positiv auf das Gerichtsurteil auswirken. Es blieben noch viele Fragen zum Anschlag auf das Schiff zu klären. Doch Flottmann war gespannt, was Winkler zu den Attentaten auf Abeling und Niemeier zu sagen hatte.

»Kommen wir nun zu den aktuellen Ereignissen, zu den Mordanschlägen auf Abeling und Niemeier. Abeling wurde von einem Mann angegriffen, der dabei selbst das Leben verlor. Florian Niemeier wurde niedergestochen und ertrank im Meer. Wir haben Erkenntnisse, dass beide Täter zu den Morden angestiftet wurden.«

»Ich habe niemanden angestiftet.«

»Aber Sie wissen etwas darüber?«

»Ich bin gekommen, um ein Geständnis über den Sprengstoffanschlag von 1994 abzulegen. Das hab ich hiermit getan. Falls Sie mich nicht wegen der Sache festnehmen, würde ich jetzt gerne gehen. Natürlich werde ich mir einen Anwalt nehmen. Ich kann Ihnen noch heute mitteilen, wer das sein wird.«

Flottmann war überrascht. Vor einer Minute hätte er noch schwören können, dass Winkler zu weiteren Aussagen bereit gewesen wäre.

»Wir werden Sie der Flensburger Mordkommission überstellen. Dort werden Sie Ihre Aussage wiederholen müssen. Die Kollegen werden von Ihnen auch eine DNA-Probe nehmen. Haben Sie uns wirklich nichts mehr zu sagen? Es wäre besser für Sie, wenn Sie direkt hier und jetzt reinen Tisch machen würden.«

»Ich hab alles gesagt, was ich zu sagen habe.«

»Gut, wie Sie wollen. Dann sind wir erst einmal fertig.«

Flottmann ließ Winkler in einen Warteraum bringen und veranlasste alles Weitere.

»Wir haben soeben einen Cold Case gelöst«, sagte Hilgersen.

»Ja. Sieht so aus.«

»War gar nicht so schwer. Der ausstehende DNA-Nachweis hat ihn offenbar überzeugt, das Geständnis abzulegen.«

»Hm. Ich an seiner Stelle hätte das Ergebnis der Analyse abgewartet. Es ist ganz und gar nicht sicher, dass der Nachweis gelingen wird.«

»Von unseren Zweifeln weiß er nichts. Außerdem wollte er sein Gewissen erleichtern. Auch nach vielen Jahren kommt so etwas vor.«

»Ja, ich weiß. Dann käme er kaum als Hintermann in Frage, der andere zu Morden anstiftet. So eine perfide Tat müsste sein Gewissen noch schwerer belasten.«

Hilgersen strich sich übers Kinn. »Hm, da ist was dran.«

»Aber das ist ein schwaches Argument, um ihn auszuschließen. Was ist eigentlich jetzt mit Winklers Alibi für die Zeit, als Abeling niedergeschlagen wurde?«

»Du gehst davon aus, dass der Hintermann beziehungsweise die Hinterfrau ihn niedergeschlagen und den Laptop mitgenommen hat?«

»Der Laptop könnte Daten enthalten haben, die ihn verraten

hätten. Nachrichten, E-Mails, mit denen Bernecke beeinflusst wurde. Wir können nicht ausschließen, dass der Täter seinen Handlanger beobachtet hat und nach dem Desaster in der Windenergieanlage Spuren beseitigen wollte.«

»Du versteifst dich zu sehr auf deine Anstifter-Hypothese, Waldemar.«

»Mag sein. Also, was ist mit Winklers Alibi?«

»Das hab ich überprüft. Allerdings konnte mir keiner seiner Arbeitskollegen Auskunft geben, ob er an jenem Tag anwesend war. Eine Zeiterfassung gibt es bei den Stadtwerken nicht, und Termine waren in seinem Kalender auch nicht eingetragen. Aber das bedeutet nichts. Du hast ja auch kaum Termine. Niemand würde bemerken, wenn du mal einen Tag zu Hause bei deinem Kater bliebest.«

»Ich hoffe doch stark, dass du mich vermissen würdest.«

»Aber klar doch!«

»Wie steht es mit einer Hausdurchsuchung bei Winkler?«

»Böttcher kümmert sich darum. Ich glaube nicht, dass man bei Winkler Berneckes Laptop finden wird.«

»Wohl kaum. Aber wer weiß? Täter begehen manchmal die dämlichsten Fehler. Davon leben wir schließlich.«

»Das ist auch wiederum wahr.«

# 31

Am nächsten Morgen rief Lothar Böttcher an. Er habe einen Durchsuchungsbeschluss für Winklers Wohnung erwirkt. Die Kriminaltechniker seien bereits unterwegs. Er werde ebenfalls vor Ort sein und die Husumer Polizei auf dem Laufenden halten.

Gegen sechzehn Uhr meldete er sich bei Hilgersen. »Moin, Gustav. Unsere Spurensicherung ist fast durch.«

»Gibt es Neuigkeiten?«

»Das kann man wohl sagen. Am besten komme ich auf einen Kaffee bei euch vorbei.«

»Gute Idee. Waldemar kocht den besten Kaffee des Reviers. Ich werde ihn gleich damit beauftragen.«

Böttcher lachte. »Dann bis gleich.«

»Bis gleich.«

Hilgersen wandte sich an Flottmann. »Hast du mitgehört?«

»Dein erstes Lob an mich seit mindestens einem Jahr. Und dann noch ein fadenscheiniges. Aber ich will nicht meckern. Ich bin ja für jede noch so kleine Anerkennung von dir dankbar. Hat die Durchsuchung etwas ergeben?«

»Offenbar ja. Böttcher wird uns berichten.«

»Dann werde ich mal meinen Job machen.«

Flottmann stand auf und begab sich in die Miniküche, in der gerade einmal eine Person Platz fand. Jeder Handgriff saß. Während das Wasser durch den Filter rann, lehnte er sich an den Kühlschrank und dachte über Georg Winkler nach. Dass dieser den Anschlag auf das Schiff nach so langer Zeit gestanden hatte, fand Flottmann immer noch erstaunlich, zumal ihm klar gewesen sein musste, dass er damit auch in den Fokus der aktuellen Ermittlungen geraten würde. Vielleicht hatte er tatsächlich nichts damit zu tun. Dann konnte es ihm egal sein. Oder er fühlte sich sehr sicher, dass man ihm nichts würde nachweisen können. Flottmann kam mit seinen Überlegungen nicht weit. Das Geräusch der Kaffeemaschine löste einen unbändigen Harndrang aus. So manches Mal hatte er auf der Toilette die besten Ideen, aber an diesem Tag funktionierte das Rezept nicht. Als er ins Büro zurückkehrte, war Böttcher bereits eingetroffen. Der Endvierziger war groß und kräftig, hatte blondes Stoppelhaar und trug einen Dreitagebart.

»Ah, da kommt unser Kaffee. Moin, Waldemar«, empfing er Flottmann. »Ich hoffe, du hast nicht zu viel versprochen, Gustav.«

»Hat er nicht«, antwortete Flottmann. »Normalerweise gebe ich noch einen Schuss Rum dazu, aber den habe ich heute weggelassen. Schließlich brauchen wir für das, was du uns erzählen willst, einen klaren Kopf.«

Hilgersen besorgte drei Tassen. Dann gruppierten sich alle um Flottmanns Schreibtisch, und Böttcher übernahm das Einschenken.

»Wirklich gut, das Gebräu.« Böttcher stellte seine Tasse nach dem ersten Schluck auf dem Schreibtisch ab. »Wir haben Winkler gestern noch eingehend vernommen. Er hat sein Geständnis wiederholt, aber keine Erklärungen zu den Fällen Abeling und Niemeier abgegeben. Sein Anwalt hat ihm von weiteren Aussagen abgeraten.«

»Das haben wir uns schon gedacht«, sagte Flottmann.

»Aber wenn wir ihm neue Beweise präsentieren, könnte sich das schnell ändern. Es sieht nämlich so aus, als hättet ihr mit eurer Theorie recht.«

Flottmann sah zu Hilgersen hinüber.

»Äh«, begann dieser, »ich hab von unserer beziehungsweise deiner Arbeitshypothese erzählt. Ich fand sie so genial, dass ich es einfach tun musste.«

»Verstehe.« Flottmann sandte seinem Kollegen einen bösen Blick. Er hätte sich denken können, dass Hilgersen nicht dichthalten würde.

»Wir haben Winklers Computer beschlagnahmt. Ich hoffe, dass wir darauf Nachrichten finden werden, die eine Verbindung zu den Tätern nachweisen. Vordringlich wäre, die Identität von Niemeiers Mörder festzustellen. Denn der läuft immer noch frei herum – vorausgesetzt, eure Hypothese stimmt und Winkler hat Niemeier nicht selbst umgebracht.«

»Habt ihr den Computer noch nicht untersucht?«

»Nein. Da müssen unsere Fachleute ran, und zwar möglichst schnell.«

»Trotzdem glaubt ihr, dass Winkler hinter den Morden steckt?«

»Allerdings. Und das ist die eigentliche Neuigkeit: Wir haben bei ihm einen Briefumschlag mit Haaren gefunden.«

Hilgersen klappte der Mund auf. »Abelings Haaren?«

»Davon können wir wohl ausgehen. Die Farbe und wohl auch die Länge stimmen zumindest. Aber selbstverständlich müssen wir das noch untersuchen. Der Brief war übrigens an ein Labor adressiert, das DNA-Analysen für Privatpersonen durchführt.«

»Dat is 'n Ding.« Hilgersen schlug mit der flachen Hand auf sein Knie.

»Kann er so blöd sein, die in seiner Wohnung aufzubewahren?« Flottmann schüttelte den Kopf.

»Er wollte offenbar wissen, welcher der beiden Vergewaltiger der biologische Vater seiner Nichte ist. Wahrscheinlich kam ihm die Idee erst, als er Abeling niederschlug. Später hat er sie verworfen und vielleicht gar nicht mehr an den Brief gedacht. Der befand sich in einer Schreibtischschublade und war unfrankiert. Letztendlich beweisen die Haare natürlich nur, dass er Bernecke attackiert hat, nicht aber, dass er für die Attentate verantwortlich ist. Doch auf seine Erklärung bin ich sehr gespannt. Falls er sich dazu äußert.«

»Liegt die Analyse des Handschuhs schon vor?«

»Nein, das wird noch ein paar Tage dauern.«

»Verfolgt ihr auch andere Spuren?«, fragte Hilgersen. »Ich meine, andere Verdächtige?«

»Selbstverständlich. Wir haben uns in Jenna Friedrichsens Umfeld umgehört, des Opfers des Bootsattentats. Vater und Bruder haben freiwillig DNA-Proben abgegeben, ohne dass ich ihnen die genauen Hintergründe erklärt habe.«

»Ihr haltet uns wie immer auf dem Laufenden?«, fragte Hilgersen.

»Na klar.« Böttcher trank die Tasse aus. »Wirklich gut, der Kaffee.« Er grinste. »Was macht übrigens dein Kater?«, wandte er sich an Flottmann. »Gibt es neue Geschichten über ihn? Die finden immer riesiges Interesse bei uns.«

»Nein, nichts Neues. Ihm geht es gut.«

Hilgersen konnte wieder nicht die Klappe halten. »Bogomil kann Türen –«

»Ja, er kann Türen öffnen«, unterbrach Flottmann ihn sofort. »Aber das ist ja nichts Besonderes. Wir sind dann wohl fertig.«

Böttcher nickte. »Ich muss auch weiter. Es wartet eine Menge Arbeit auf uns. Wir bleiben in Kontakt.« Er stand auf, verabschiedete sich und verließ das Büro.

»Was sollte das gerade eben werden? Du hast mir versprochen, dass die Sache mit Bogomil unter uns bleibt.«

»Ich hab doch gar nichts gesagt. Aber du hörst ja, dass Bogomils Streiche großes Interesse finden. Du solltest sie vermarkten. Du könntest zum Beispiel ein Buch darüber schreiben. Das würde auf allen Dienststellen reißenden Absatz finden. Und natürlich darüber hinaus.«

Auf den unanständigen Vorschlag antwortete Flottmann nicht. Niemals würde er Bogomil kommerziell ausbeuten.

# 32

Hilgersens Lebensgefährtin Franziska wohnte in Hamburg und war dort Lehrerin an einem Gymnasium. Zwei Stunden Fahrt lagen zwischen ihnen, sodass sie sich werktags nur selten trafen. Dafür nutzten sie die Wochenenden für gemeinsame Unternehmungen. Meistens fuhr Hilgersen zu ihr nach Hamburg. Abgesehen davon, dass in ihrer Wohnung mehr Platz war, musste sie sonst stets eine Nachbarin bitten, ihre zwei Katzen zu versorgen, wenn sie länger abwesend war.

Doch an diesem Wochenende besuchte sie Hilgersen in Husum. Die Meteorologen hatten Bilderbuchwetter vorausgesagt, und Hilgersen hatte einen Ausflug nach Fuhlehörn auf Nordstrand vorgeschlagen. Sie wollten den Samstagmorgen am Meer verbringen und den Tag in der Engelmühle bei Kaffee und Kuchen beschließen.

Franziska kam bereits am Freitagabend. Sie war wie immer bestens gelaunt.

Hilgersen hatte ein warmes Abendessen vorbereitet. Er war kein Hobbykoch. Aber da er sich seit seiner lange zurückliegenden Scheidung selbst versorgen musste, beherrschte er einige Standardgerichte. Es gab Matjes mit grünen Bohnen, Kartoffeln und Speck. Bei der Zubereitung konnte nichts schiefgehen. Dazu passten Flensburger Bier und ein eisgekühlter Aquavit.

»Sollten wir mal einen gemeinsamen Haushalt haben, musst du das Kochen übernehmen«, sagte sie nach den ersten Bissen.

»Ich fass das mal als Lob und nicht als Voraussetzung fürs Zusammenziehen auf.«

»Es war als Lob gemeint. Mit dem Zusammenziehen wird es schwierig. Ich würde gerne an meiner Schule bleiben. Und du? Könntest du dich mit dem Gedanken anfreunden, in Hamburg zu wohnen und dort bei der Polizei zu arbeiten?«

»Eher nicht. Husum ist einfach viel schöner. Aber ich kann mir sehr gut vorstellen, dass wir zusammenziehen. Und du?«

Sie wiegte den Kopf. »Na ja, ich weiß nicht.«

Hilgersen hatte ein Stück Kartoffel aufgespießt und zum Mund geführt, legte aber die Gabel zurück auf den Teller. »Du hast Zweifel?«

Sie grinste. »Nein. Ich war nur auf deine Reaktion gespannt. Du hast mich nicht enttäuscht. Klar kann ich es mir vorstellen. Vielleicht wird sich ein Weg finden. Eine Wohnung irgendwo in der Mitte vielleicht. Allerdings wären dann die Fahrzeiten für beide erheblich. Wenn jeder von uns ein oder zwei Tage im Homeoffice arbeiten könnte, wäre die Fahrerei nicht ganz so schlimm. Zurzeit hab ich mittwochs zum Beispiel keinen Unterricht.«

Hilgersen nickte. »Zwei Tage in der Woche könnte ich auch hinkriegen. Wenn nicht gerade ein Mordfall anliegt.«

»Habt ihr einen Mordfall?«

»Ja. Einen ziemlich ungewöhnlichen sogar.«

»Was ist passiert?«

»Genaues kann ich dir nicht sagen. Aber alles hängt offenbar irgendwie mit Verschwörungstheorien zusammen.«

»Wirklich? Du machst mich neugierig. Bei uns in der Schule ist das ein heißes Thema. Einer meiner Kollegen führt gerade ein Planspiel dazu mit seinen Schülern durch. Ziel ist es, die Mechanismen der Entstehung und Verbreitung zu verstehen. Er gibt ein Szenario vor, das die Welt bedroht, und mehrere Gruppen sollen unabhängig voneinander Erklärungen dafür erfinden.«

»Und was ist dabei herausgekommen?«

»Das Planspiel ist noch nicht abgeschlossen. Um welche Verschwörungen geht es in eurem Fall?«

»Um ganz verschiedene. Wer an eine glaubt, glaubt offenbar an mehrere. Ich versuche, bei den Ermittlungen möglichst offen und neutral zu sein. Wir sind sowieso nur wieder am Rande mit dem Fall befasst. Die Flensburger haben das Sagen. Wieso reden wir schon wieder von meiner Arbeit?«

»Du wolltest die Verbrecher demnächst von deinem Homeoffice aus fangen. Deshalb sind wir darauf gekommen.«

»Äh – ja. Das meiste in meinem Job ist sowieso nur Schreibtischarbeit.«

»Wenn ich mir einen Krimi im Fernsehen anschaue, ist das immer ganz anders.«

»Stimmt. Allerdings möchte ich auch keinen Film sehen, in dem ein Kriminalbeamter eine Stunde am Schreibtisch sitzt.«

»Das stelle ich mir auch nicht besonders spannend vor.« Franziska legte ihr Besteck auf den Teller. »Das hat wirklich gut geschmeckt.«

»Als Nachtisch gibt es einen Schnaps.«

Hilgersen stand auf, holte die Flasche aus dem Kühlschrank und goss ein. Beide stießen an und tranken ihre Gläser mit einem Zug aus.

Franziska schüttelte sich. »Schmeckt scheußlich.«

»Stimmt. Gehört aber einfach dazu.«

Nachdem sie den Tisch abgeräumt hatten, machten sie es sich bei einem Glas Wein auf der Couch gemütlich.

»Ich hab neulich einen Beitrag über das Bermudadreieck gesehen«, sagte Hilgersen. »Die Vorfälle, die sich dort zugetragen haben, sind schon erstaunlich. Etliche Schiffe und eine ganze Flugzeugstaffel sollen auf mysteriöse Weise verschwunden sein.«

»Und daran glaubst du?«

»Das ist keine Frage des Glaubens. Das sind Tatsachen. Wahrscheinlich gibt es natürliche Erklärungen. Aber nicht alle Vorfälle konnten aufgeklärt werden. Allerdings haben Statistiker angeblich nachgewiesen, dass die Anzahl Unfälle bezogen auf das Verkehrsaufkommen gar nicht höher als anderswo ist. Trotzdem wird die Legende um das Bermudadreieck weiterleben. Manche vermuten als Ursache den Einfluss von Außerirdischen, andere, dass unter dem Dreieck Atlantis liegt, das irgendwelche Kraftfelder aussendet. Das ist natürlich Unsinn. Aber faszinierend ist das Ganze allemal.«

»Du scheinst dich ja ernsthaft mit so etwas zu beschäftigen. Ich sollte dir zum Geburtstag einen Aluhut schenken.« Franziska lachte.

»Du nimmst mich nicht ernst. Unerklärliche Dinge faszinieren mich ganz einfach. Außerdem interessiert mich die Dynamik, mit der sich solche Geschichten verbreiten. Und wie ich schon sagte, spielen Verschwörungsideologien in unserem aktuellen Fall eine Rolle. Übrigens geht es dabei auch um ein versunkenes Schiff, eine Segelyacht.«

»Im Bermudadreieck?«

»Nein, im Hever-Dreieck. Auch dort sind angeblich mehrere Schiffe verschwunden.«

»Was ist das Hever-Dreieck? Davon habe ich noch nie etwas gehört.«

»Es spannt sich von der Südspitze Pellworms nach Nordstrand und runter bis Eiderstedt. Darin verlaufen die Gezeitenströme Hever und Norderhever. Ein findiger Journalist hat vor Kurzem das Gebiet in Anspielung auf die Bermuda-Geschichte Hever-Dreieck genannt. Und das Beste daran ist, dass darunter das sagenhafte Rungholt liegt.«

»Und schon ist ein neuer Verschwörungsmythos geboren.«

»Richtig. Der Journalist hat seinen Artikel sehr geschickt mit allen möglichen teils lange zurückliegenden Vorfällen ausgemalt. Er hat natürlich auch einen Blog darüber erstellt und eigene Erklärungen geliefert.«

»Vielleicht will er nur zeigen, wie leicht man eine Verschwörungstheorie erfinden und verbreiten kann.«

»Hm. Das ist nicht auszuschließen.«

Hilgersen wollte Wein nachschenken, aber Franziska hielt ihre Hand über das Glas. »Ich hab genug. Wenn ich noch mehr trinke, bekomme ich Kopfschmerzen. Und wir haben doch noch etwas vor. Heute und morgen.« Sie lehnte ihren Kopf an seine Schulter.

Nach dem Frühstück fuhren sie wie geplant nach Fuhlehörn. Dort mieteten sie sich einen Strandkorb. Das flache Badewasser und der aufgeschüttete Sandstrand zogen insbesondere Familien mit Kindern an. Entsprechend lebhaft ging es zu. Von Zeit zu Zeit konnte man Ausflugsschiffe beobachten, die nach Amrum, Sylt, Föhr, Helgoland, Hooge oder zu den Seehundsbänken unterwegs waren. Bei Ebbe hätte man mit einer Pferdekutsche durch das Watt bis zur Hallig Südfall fahren können. Hilgersen hatte solch eine Tour noch nie mitgemacht. Das war etwas für Touristen. Immerhin hatte er vor Jahren einmal eine Wattwanderung bis Südfall unternommen. Hin und zurück war er fast fünf Stunden unterwegs gewesen und hatte sich dabei einen fiesen Sonnenbrand eingehandelt.

Er hatte die Tour nach Nordstrand nicht ohne Hintergedanken vorgeschlagen. Auf dem Weg zur Engelmühle wollte er den Ort an der Südwestspitze der Halbinsel aufsuchen, von der aus Winkler nach eigenen Angaben per Funk den Sprengsatz ausgelöst hatte. Hatte er die vorbeifahrende »Karina« tatsächlich von dort aus identifizieren können? Das zu überprüfen war eine Kleinigkeit, und Franziska hatte nichts gegen den kleinen Abstecher einzuwenden.

Eine Viertelstunde später standen sie auf der Deichkrone am »Grünen Weg« und blickten aufs Meer. Die Sonne brannte immer noch vom Himmel, und es war erstaunlich windstill. Hilgersen nahm sein Fernglas zur Hand und visierte ein Segelschiff am Horizont an. Es war mehrere Kilometer entfernt und doch einigermaßen gut zu erkennen. Winklers Aussage schien zu stimmen. Er hatte die Segelyacht abpassen und den Auslöser des Funksenders betätigen können. Ironischerweise hatte er mit der Versenkung der Yacht zum Mythos »Hever-Dreieck« beigetragen.

Hilgersen hatte das Schiff aus dem Sichtfeld verloren. Er schwenkte den Feldstecher, konnte das Objekt aber nicht mehr einfangen.

»Es ist weg«, sagte Franziska.

»Was?«

»Das Schiff ist weg.«

Hilgersen setzte das Fernglas ab. Das Schiff, das auch mit bloßem Auge deutlich auszumachen gewesen war, war urplötzlich von der Bildfläche verschwunden.

»Das gibt es doch gar nicht!«, rief er aus.

»Das Hever-Dreieck!« Franziska fing an zu kichern.

»Quatsch!« Hilgersen schüttelte den Kopf.

»Ich hab es genau beobachtet. Es sah kurz so aus, als würde es zerfließen. Dann war es weg. Es ist untergegangen.«

»Wir müssen uns getäuscht haben. So schnell sinkt kein Schiff.«

»Außer im Hever- oder Bermudadreieck.« Sie kicherte erneut.

Hilgersen schwieg. Noch einmal suchte er den Horizont mit dem Fernglas ab. Nur glatte See, in der sich die Sonne spiegelte. Er hatte keine Erklärung. Auch dass das Segelschiff so plötzlich hinter der Kimm verschwunden war, konnte nicht sein. Zumindest der Mast hätte noch zu sehen sein müssen.

Eben noch war es windstill gewesen. Jetzt wehte ihnen eine frische Brise entgegen. Es war fast so, als hätte der aufkommende Wind den Spuk hinweggeblasen.

»Komm, lass uns gehen. Ich hab Hunger auf ein Stück Kuchen.«

Sie nahm seine Hand. Gemeinsam gingen sie die Steinstufen hinunter, setzten sich ins Auto und fuhren zur Engelmühle. Bei Kaffee und Kuchen kam das Gespräch nochmals auf die ungewöhnliche Erscheinung.

»Weißt du, dass manche im Bermudadreieck einen Zeittunnel vermuten? Die Flugzeuge und Schiffe werden in den Tunnel hineingesaugt und erscheinen dann in der Zukunft oder Vergangenheit.«

»Das klingt sehr glaubwürdig.«

»Hast du dir das Schiff genau angeschaut? Es war von historischer Bauart. Vielleicht aus dem 18. oder 19. Jahrhundert.«

»Stimmt, es sah sehr alt aus. Also kommt es aus der Vergangenheit. Aber warum ist es wieder verschwunden?«

Hilgersen zuckte mit den Achseln. »Der Mannschaft gefiel es im 21. Jahrhundert wohl nicht.«

Die Phantasie ging mit beiden durch, und sie hatten viel Spaß daran, immer neue Hypothesen aufzustellen.

Hilgersen hatte einen Verdacht, was wirklich geschehen war, doch er äußerte ihn nicht. Einerseits wollte er sich nicht mit einer falschen, ernsthaften Deutung blamieren, andererseits gefiel es ihm, dass sie gemeinsam etwas Ungewöhnliches erlebt hatten und darüber spekulierten. Jede nüchterne Erklärung hätte das Erlebnis in gewisser Weise zerstört. Ihm wurde bewusst, dass genau das den Reiz mancher Verschwörungstheorien ausmachte. Das Außergewöhnliche, das Mysteriöse war für die meisten faszinierend, nicht die nüchternen Beschreibungen der Naturwissenschaften. In einer Welt, in der man fast alles erklären konnte, gewann das Unerklärliche eine besondere Bedeutung. Man konnte es mit eigenen Vorstellungen füllen und sich mit anderen darüber austauschen.

## 33

Evelin Singer blickte durch die Verglasung des Wintergartens ins Freie. Die Katze der Nachbarn jagte hinter einer Amsel her, hatte aber keine Chance, den Vogel zu fangen. Trotzdem würde sie es immer wieder versuchen. Evelin hatte zwei Gläser Rotwein getrunken und war müde. Die Sonne stand tief, und die Bäume auf ihrem Grundstück warfen lange Schatten, die sich im Wind bewegten.

Die Erzählung des Lokführers ging ihr wie in einer Endlosschleife durch den Kopf. Sie war nicht nur seine, sondern auch ihre Geschichte und die ihrer depressiven Mutter.

Als ihre Mutter den Entschluss gefasst hatte, sich auf die Schienen zu legen, musste ihre Verzweiflung riesig gewesen sein. Warum hatte sie keine Hilfe gesucht? Hatte sie sich selbst eine Mitschuld am Geschehen gegeben? Hatte sie ihrem Kind Leid ersparen wollen, wenn es ohne Vater aufwuchs? Hatte sie bereut, nicht abgetrieben zu haben, und hatte sie Angst gehabt, sie könnte den kommenden Aufgaben als Mutter nicht gewachsen sein?

Evelin konnte sich keinen der Gründe für den Suizid vorstellen. Vielleicht hatte ihre Mutter letztendlich nicht ertragen können, dass ihr Kind von einem Vergewaltiger gezeugt worden war. Das schien Evelin die plausibelste Erklärung zu sein, denn auch sie selbst konnte den Gedanken nur schwer ertragen, seit sie die Wahrheit erfahren hatte.

Dabei war der Umstand eigentlich bedeutungslos und das Gefühl der Minderwertigkeit völlig irrational. Dennoch war es gegenwärtig, und trotz ihrer psychologischen Ausbildung ließ es sich nicht beseitigen. Eine Eigentherapie funktionierte sowieso selten. Mit der Zeit hatte sie gelernt, ihre Probleme zu überspielen. Außenstehende mochten sie deshalb für selbstbewusst und souverän halten, was für ihre Arbeit als Therapeutin von Vorteil war. Manchmal sah sie sich selbst auch so, ein anderes Mal wiederum fühlte sie sich hilflos und klein. Auch von ihren Ängsten bekam kaum jemand etwas mit.

Da sie jetzt wusste, was die Ursache für die Geräusche in ihrem Kopf war, würde sie zukünftig besser damit umgehen können. Das hoffte sie jedenfalls.

Sie schreckte aus ihren Gedanken auf. Im halb wachen Zustand hatte sie etwas Beunruhigendes wahrgenommen. Einen Schatten vielleicht, der sich vor der Fensterfront bewegt hatte. Ganz sicher war sie sich nicht. Ihre Müdigkeit und trübe Stimmung konnten ihr einen Streich gespielt haben. Doch plötzlich hörte sie das Knarren der Eingangstür. Das war keine Einbildung. Sie hatte die Scharniere schon lange ölen wollen, aber nie Zeit dazu gefunden. Jetzt löste das Geräusch in ihren Ohren einen Alarm aus.

Sie sprang auf. Dabei warf sie den Rattantisch mit der Flasche und dem Weinglas um. Anstatt die Schiebetür im Wintergarten zu öffnen und ins Freie zu fliehen, verharrte sie in Schockstarre. Sogar als sie Schritte im Flur hörte, blieb sie wie angewurzelt an ihrem Platz.

Sekunden später stand Wolfgang Junker im Raum. Sein Gesicht war gezeichnet von Wut und Entschlossenheit. In seiner Hand blitzte eine Klinge auf.

»Ich habe einen Unschuldigen getötet!«, schrie er. Seine Hand mit dem Messer zitterte vor Erregung.

Evelin starrte auf die Waffe und brachte zunächst kein Wort heraus.

»Er war nicht unschuldig. Er hat meine Mutter getötet«, stotterte sie schließlich.

»Und du hast mich als Werkzeug für deine Rache benutzt!«

Wie hatte Junker herausgefunden, dass sie diejenige war, die ihn zum Mord verleitet hatte? Sie war vorsichtig gewesen und hatte in den Chats alles vermieden, was auf ihre Identität hätte hinweisen können.

»Ich nehme alle Schuld auf mich. Aber lass das Messer fallen. Bitte!«, flehte sie.

»Du hast mir den gefälschten Brief vom Geheimdienst untergeschoben, und du hast mich auf eine gefakte Internetseite geleitet!«

»Lass es mich erklären.«

»Du, verdammt noch mal, bist Heimdall, der angeblich im Rollstuhl sitzt und im Chat immer so verständnisvoll auf mich eingegangen ist. Auch deine Geschichte war komplett erstunken und erlogen. Die von deinem angeblichen Hund, den jemand getötet hat.«

Junker ging einen Schritt auf sie zu. Das Messer hielt er fest umklammert. Jeden Moment konnte er zu einem tödlichen Stich ausholen. Dennoch hielt sie es nicht für klug, sich zur Wehr zu setzen. Jede unüberlegte Bewegung würde ihn provozieren. Sie musste sich mit ihm unterhalten, bis seine Wut nachließ. Ihr ganzes psychologisches Geschick war gefragt.

»Ich gebe alles zu. Lass uns vernünftig miteinander reden. Dann können wir alles klären. Mach jetzt keine Dummheiten. Dir wird nichts passieren. Das Gericht wird die besonderen Umstände berücksichtigen. Ich kenne Gutachter, die –«

»Die mich für bekloppt erklären? Ist es das, was du dir für mich ausgedacht hast? Jemand, der nicht ganz richtig im Kopf ist, bekommt mildernde Umstände oder wird in die forensische Klinik eingewiesen, falls er erwischt wird? Toller Plan. Auf die Weise musstest du dir die Finger nicht schmutzig machen. Du hast die Drecksarbeit dem Idioten überlassen, den du mit gezielten Informationen wie eine Marionette dirigieren konntest. So hast du dir für die Tatzeit sogar ein Alibi verschaffen können. Und nach dem Motiv, das hinter der Tat steckt, fragt auch niemand. Ein Irrer braucht kein Motiv, außer vielleicht das einer Verschwörung gegen ihn. Das hast du sehr schlau eingefädelt. Aber nicht schlau genug für mich. Ich bin nämlich kein Idiot. Ich hab dich durchschaut. Leider etwas spät. Setz dich!«

Ihr Versuch, ihn zu besänftigen, war gescheitert. Sie gehorchte. Da sie ihn unbedingt im Auge behalten wollte, drehte sie den Stuhl zu ihm hin. Sie positionierte ihre Beine so, dass sie blitzschnell aufstehen konnte, falls es erforderlich war. Bevor sie sich ihrem Schicksal ergab, würde sie auch die kleinste

Chance nutzen, um zu entkommen. Aber noch hoffte sie, sie könnte ihn zur Aufgabe überreden.

Dazu musste sie ihre Strategie ändern. Nichts fürchtete ihr Gegner offenbar mehr, als in der Psychiatrie zu landen. »Wenn du mich tötest, wird man dich ganz sicher in eine forensische Klinik stecken. Und du gehörst da nicht hin. Du bist viel zu intelligent dafür und würdest dort zugrunde gehen. Noch weiß niemand, dass du jemanden getötet hast. Und ich werde das bestimmt nicht der Polizei erzählen. Falls sie dich wider Erwarten fassen sollten, werde ich die ganze Schuld auf mich nehmen. Ich hab den Chatverlauf gespeichert, und auch der gefälschte Brief befindet sich auf meinem Computer. Du könntest also nachweisen, dass ich die Mörderin bin. Du würdest ganz sicher mit einer Bewährungsstrafe davonkommen.«

»Sagst du die Wahrheit?«

»Ja, ich schwöre es.«

Für einen Moment dachte Evelin, sie hätte ihn unter Kontrolle. Doch als er einen Strick aus seiner Hosentasche zog, brach sie in Panik aus. Die Vorstellung, er könnte sie damit erdrosseln, war noch fürchterlicher als ein tödlicher Stich mit dem Messer. Sie sprang auf und rannte zur Tür, die vom Wintergarten auf die Terrasse führte. Sie hob die Klinke an, um die Tür zu öffnen. Doch sie hatte nicht bedacht, dass sie die Sicherheitskette eingelegt hatte, die sie vor einigen Monaten als Schutz vor Einbrechern hatte anbringen lassen. Die linke Hand war bereits an der Verriegelung, als sie ein heftiger Faustschlag traf. Ihr Kopf prallte gegen das Glas, und ihr wurde schwarz vor Augen. Während sie langsam zu Boden sank, vernahm sie das dumpfe Grollen eines herannahenden Zuges.

Als sie erwachte, saß sie auf dem Stuhl, an Händen und Füßen gefesselt und mit einem Knebel im Mund. Ihr fiel das Atmen schwer, und sie hatte entsetzliche Kopfschmerzen. Sie benötigte einige Sekunden, um sich ihrer Situation klar zu werden. Dann zerrte sie an ihren Fesseln. Doch die waren fest angezogen und gaben trotz aller Kraftanstrengung nicht nach, sondern schnitten ihr tief ins Fleisch.

Aus dem Arbeitszimmer vernahm sie Geräusche. Ihr Peiniger war also noch im Haus. Sie hörte Schritte, schließlich stand er vor ihr und fuchtelte mit dem Messer vor ihrem Gesicht herum.

»Wenn du schreist, steche ich zu«, sagte er, riss das Tuch aus ihrem Mund und ließ es fallen.

»Ich tue, was du willst. Hast du es dir überlegt? Du kannst den Computer mitnehmen und besitzt damit alle Beweise gegen mich.«

»Das klingt gut. Aber es wird nicht funktionieren. Sobald du wieder frei bist, wirst du dich gegen mich wenden. Du bist raffiniert und wirst mich verraten.«

»Nein, das werde ich nicht. Wir sind doch beide irgendwie Opfer. Erinnerst du dich, was Julius, der Lokführer, in unserer Gruppe erzählt hat?«

»Ja.« Junker zog einen Stuhl zu sich heran und setzte sich rittlings darauf. Das Messer legte er auf dem Boden ab und verschränkte die Arme auf der Lehne. Er war so nah, dass sie seinen Atem spüren konnte. »Er hat zwei Menschen überfahren.«

»Ja, und meine Mutter war einer davon.«

»Was? Das ist doch Unsinn. Du versuchst, mir wieder irgendetwas einzureden.«

»Nein, ich sag die Wahrheit. Meine Mutter wurde von Niemeier vergewaltigt. Ich bin das Kind der Vergewaltigung. Meine Mutter hat sich vor den Zug geworfen, weil sie mit dem Geschehen nicht klargekommen ist. Darum wollte ich mich an Niemeier rächen. Aber ich bin zu schwach, um es selbst zu tun. Deshalb brauchte ich deine Hilfe.«

»Hilfe? Du hast mich benutzt! Du hast mit meinen Gefühlen gespielt. Ich war blind vor Wut auf den Mann, der meine Tochter verstrahlt und getötet hat.« Junker vergrub sein Gesicht in den Händen. »Alles war eine einzige Lüge! Ich wollte etwas für Lotte und Birthe tun. Eine Wiedergutmachung. Und nun hab ich einen unschuldigen Menschen getötet.«

»Es tut mir leid. Aber Niemeier war nicht unschuldig. Er war ein Verbrecher, ein mieser Vergewaltiger, der den Tod verdient hat. Du hast ihn seiner gerechten Strafe zugeführt.«

»Das wird mein Richter anders sehen.«

»Es wird keinen Richter für dich geben, wenn wir zusammenhalten.«

Für einen Moment herrschte Schweigen.

»Deine Mutter hat sich wirklich vor einen Zug geworfen?«

»Ja. Am alten Bahnhof. Sie hat zunächst überlebt und mich geboren. Eine Woche später ist sie gestorben. Ich hab mein ganzes Leben lang darunter gelitten.«

Junker erhob sich und lief im Zimmer auf und ab. Die Situation schien ihn zu überfordern.

»Lass uns überlegen«, versuchte sie, das Gespräch fortzusetzen.

Junker ging auf sie zu und schrie: »Halt die Klappe! Halt verdammt noch mal die Klappe, sonst stopf ich sie dir!«

Er blieb vor ihr stehen. Junker zitterte am ganzen Körper. Dann geschah etwas, was sie zunächst nicht verstand. Er hob das Tuch sowie die Waffe auf und wischte den Griff mit dem Tuch ab.

»Da ist noch Niemeiers Blut dran, aber das wird dich wohl nicht stören«, sagte er und reichte ihr das Messer. »Du wirst einige Zeit brauchen, um dich damit zu befreien. Das gibt mir einen Vorsprung.«

Sie war völlig verdutzt von seinem plötzlichen Sinneswandel. Trotz der Fesselung konnte sie das Messer mit der rechten Hand ergreifen. Sofort versuchte sie, die Klinge mit den Fingern so zu dirigieren, dass sie damit den Strick bearbeiten konnte. Er stand immer noch vor ihr und beobachtete, wie sie sich abmühte. Warum ging er nicht fort? Worauf wartete er? Irgendetwas stimmte an der Situation nicht.

# 34

Flottmann hatte Abeling für fünfzehn Uhr einbestellt. Er war auf dessen Erklärungen zu Winklers Vergewaltigungsgeschichte gespannt. Abeling kam pünktlich und nahm auf dem harten Besucherstuhl Platz, der manchem Delinquenten wie ein Folterwerkzeug vorkommen musste. Hilgersen rollte mit seinem bequemen Schreibtischstuhl heran.

Nachdem Flottmann Abelings persönliche Daten ganz formal abgefragt und das Aufnahmegerät gestartet hatte, fiel er sofort mit der Tür ins Haus.

»Sie haben uns immer noch nicht die ganze Wahrheit erzählt, Herr Abeling. Sie wissen sehr wohl, was der Anlass zu dem Sprengstoffanschlag auf die Segelyacht war.«

»Nein, das weiß ich nicht. Das haben auch die Behörden nicht ermitteln können.«

»Weil Sie damals wie heute den Vorfall verschwiegen haben, der sich etwa ein Jahr zuvor ereignet hatte. Die Vergewaltigung von Rebekka Singer auf demselben Boot.«

Abeling schüttelte den Kopf. »Es gab keine Vergewaltigung. Es ist alles einvernehmlich gewesen. Wir hatten ein wenig zu viel getrunken. Sonst wäre das nicht passiert. Aber es gab keine Gewalt. Was diese Rebekka hinterher erzählt hat, weiß ich nicht. Sie hat sich auch nie wieder bei uns gemeldet.«

»Aber der Freund ihrer Schwester, Georg Winkler, hat Sie kontaktiert.«

Abeling verzog das Gesicht. »Ja. Ein übler Typ. Er hat uns bedroht.«

»Auf welche Weise?«

»Verbal. Ich kann mich nicht erinnern, was er genau gesagt hat. Schließlich ist das alles Jahrzehnte her. Er wollte, dass wir uns der Polizei stellen. Aber wir hatten ja nichts Ungesetzliches getan.«

»Und warum haben Sie uns den Vorfall verschwiegen?«

»Weil es keine Vergewaltigung gegeben hat und alles schon so lange her ist. Ich sah und sehe auch jetzt noch keinen Zusammenhang mit dem Anschlag in der Windkraftanlage. Täter und Motiv kennen wir doch.«

»Ganz so einfach ist es nicht. Der Angreifer könnte im Auftrag gehandelt haben.«

»In wessen Auftrag?«

»Winklers.«

»Unsinn.«

»Winkler hat zugegeben, das Boot versenkt zu haben.«

»Er hat es zugegeben? Dieser Mistkerl! Dabei ist ein Mensch ums Leben gekommen.«

Hilgersen hakte an der Stelle ein. »Wenn Sie der Polizei gegenüber die Sache mit Rebekka Singer erwähnt hätten, wäre er damals verhaftet und angeklagt worden.«

»Aber da war ja nichts. Es gab keinen Grund, der Polizei etwas von unserem gemeinsamen Segeltörn zu berichten.«

»Herr Abeling, Sie wurden aufgrund der Vorkommnisse von Winkler bedroht. Egal, ob es so gewesen ist, wie Sie sie schildern, oder nicht. Sie hätten den Ermittlern davon erzählen müssen. Und wenn Sie unschuldig sind, hätte es auch kein Problem sein dürfen.«

»Sie kennen das doch. Bei so etwas bleibt immer etwas hängen.«

Flottmann trommelte mit den Fingern auf der Schreibtischplatte. »Sie wissen, dass sich Rebekka Singer das Leben genommen hat?«

»Ja. Auch daran hat dieser Winkler uns die Schuld gegeben. Aber das ist absurd. Sie muss irgendwelche anderen Probleme gehabt haben.«

»Sie war schwanger und hat kurz vor ihrem Tod eine Tochter geboren.«

Abelings Gesichtsausdruck zeigte deutlich, dass er davon nichts gewusst hatte.

»Vermutlich sind Sie oder Niemeier der Vater.«

Abeling schwieg.

»Wir nehmen an, dass derjenige, der Sie in Berneckes Haus niedergeschlagen hat, wissen wollte, ob Sie der Vater sind.«

»Aber warum? Warum kocht das jetzt alles wieder hoch? Das Ganze ist lange her, und das Kind müsste längst erwachsen sein. Was hat das jetzt noch für eine Bedeutung?«

»Niemeier wurde getötet und Sie um ein Haar ebenfalls. Wir haben keine Zweifel mehr, dass die Anschläge mit den Ereignissen von damals zusammenhängen. Apropos Haar. Ihnen wurde ein Haarbüschel ausgerissen, als Sie am Boden lagen. Wir gehen davon aus, dass der Täter Ihre Vaterschaft anhand einer DNA-Analyse feststellen lassen wollte.«

Abeling rutschte unruhig auf dem Stuhl hin und her. Er musste sich in diesem Moment wie ein Beschuldigter fühlen, der in die Enge getrieben wurde.

»Ich weiß nicht, warum ich hier bin. Liegt irgendetwas gegen mich vor?«

»Sie sind lediglich als Zeuge vorgeladen. Ihr Schweigen über die Vorgänge in der Vergangenheit hat unsere Ermittlungen erschwert. Falls es noch etwas gibt, was wir wissen sollten, haben Sie jetzt Gelegenheit, uns das mitzuteilen.«

»Ich hab alles gesagt.«

»Gut, dann sind wir vorerst fertig. Weiß Ihre Frau von den Ereignissen auf der Segelyacht?«

Abeling starrte Flottmann an. »Meine Frau? Nein. Sie wollen ihr doch nichts davon erzählen?«

»Wenn es eine Gerichtsverhandlung gibt, wird alles aufgerollt. Das lässt sich nicht vermeiden. Sie können jetzt gehen.«

Abeling erhob sich. Ihm war anzumerken, dass ihn das Gespräch mitgenommen hatte. Besonders Flottmanns letzte Bemerkung hatte ihm zugesetzt. Ohne sich zu verabschieden, verließ er den Raum.

»Ende der Befragung um sechzehn Uhr fünfundvierzig.« Flottmann schaltete das Aufnahmegerät aus.

»Du hast ihn ganz schön nervös gemacht.« Hilgersen stand auf und schob den Drehstuhl an seinen Schreibtisch zurück.

»An die Geschichte mit dem einvernehmlichen Sex auf dem

Boot kann ich nicht glauben. Aber die Sache ist verjährt. Sie interessiert uns nur noch im Zusammenhang mit den aktuellen Ereignissen.«

»Und mit dem Bombenanschlag, bei dem Jenna Friedrichsen ums Leben kam. Je nachdem ist die Tat nicht verjährt.«

»Ja. Ich hab noch mal mit Böttcher gesprochen. Winkler hat zwar den Anschlag auf das Boot gestanden, sagt aber nichts über die neuerlichen Anschläge auf Abeling und Niemeier. Er verweigert jegliche Aussage darüber. Das Haarbüschel wird als Beweis vor Gericht nicht ausreichen, um ihn als Anstifter für die Taten zu verurteilen.«

Flottmann nickte. »Das könnte eine Strategie sein. Mir geht da etwas durch den Kopf.«

»Und was wäre das?«

»Es ist noch nicht spruchreif.«

»Du willst mich schon wieder im Unklaren lassen?«

»Nein, will ich nicht. Mir kommt es immer noch sehr merkwürdig vor, dass wir die Haarprobe in Winklers Wohnung gefunden haben. Den Bombenanschlag hat er gestanden. Ihm ist klar, dass wir ihm den mit Hilfe des Handschuhs nachweisen können. Jedenfalls geht er davon aus. Weiter ist er sich wohl sicher, dass allein die gefundene Haarprobe nicht für eine Verurteilung in den anderen Fällen ausreichen wird.«

»Okay. Das ist aber kein Grund, uns so ein Indiz frei Haus zu liefern.«

»Es sei denn, dass es sich um ein Ablenkungsmanöver handelt.«

»Jetzt kann ich dir nicht mehr folgen.«

»Mach dir nichts draus. Stell dir vor, er will seine Nichte aus der Schusslinie bringen.«

Hilgersen stieß einen Pfiff aus. »Ein Motiv hat sie allemal. Die beiden Typen haben ihre Mutter auf dem Gewissen und haben Evelin Singers Leben zerstört. Sie musste bei Pflegeeltern aufwachsen und hat wahrscheinlich einen Knacks weg, um es etwas lax auszudrücken. Du glaubst, Winkler könnte die Schuld auf sich nehmen. Er hat die Haare in seiner Wohnung platziert, damit wir eine falsche Spur verfolgen und nicht gegen seine Nichte ermitteln. Er selbst geht nur ein geringes Risiko ein, denn wir werden bei ihm keine weiteren Beweise für die aktuellen Fälle finden. Und da er die Aussage verweigert, kann er sich auch nicht in Widersprüche verwickeln. Das ist raffiniert.«

»Ich bin stolz auf dich, Gustl, weil du fast so gut kombinieren kannst wie ich.«

»Ich kombiniere weiter: Evelin Singer hat ihrem Onkel alles gebeichtet. Daraufhin hat er den Plan entworfen. Sie hat ihm das Haarbüschel gegeben sowie vermutlich weitere Täterinformationen, die er aus dem Hut zaubern kann, wenn es erforderlich wird. Zum Beispiel, wo Berneckes Laptop geblieben ist und wie sie ihre Handlanger beeinflusst hat. Er rechnet damit, dass wir ihn verdächtigen, ihm die Anschläge auf Abeling und Niemeier aber nicht nachweisen können.«

»Richtig. Vielleicht wäre er notfalls sogar bereit, dem Gericht stichhaltige Beweise für seine angebliche Schuld zu präsentieren und alles auf seine Kappe zu nehmen.«

Hilgersen kratzte sich am Ohr. »Du meinst, er würde notfalls für sie ins Gefängnis gehen?«

»Auch das ist nicht ganz auszuschließen.«

»Dass jemand ein falsches Geständnis ablegt, um jemanden zu schützen, kommt öfter vor. Aber dass jemand dazu Indizien oder Beweise für seine vermeintliche Schuld liefert, ist neu.«

»Und wesentlich überzeugender, wenn die Polizei sie dazu auch noch selbst findet«, ergänzte Flottmann.

»Donnerwetter. Deine Hypothese ist nicht schlecht. Ich würde sie sogar als Theorie bezeichnen. Eine Theorie ist nämlich mehr als eine Hypothese.«

»Du sagst es.«

»Wie überprüfen wir sie?«

»Dieses Mal bin ich einverstanden, dass wir Böttcher über unsere Annahmen informieren. Und wir sollten Winkler damit konfrontieren, auch wenn ich nicht glaube, dass er weich werden wird.«

»Wenn er merkt, dass wir ihn durchschaut haben, könnten

wir Glück haben. Evelin Singer hat nach deiner beziehungsweise unserer Theorie Abeling niedergeschlagen. Sie wollte eigentlich nur den Laptop stehlen, um ein Beweismittel beiseitezuschaffen. Sie muss Bernecke beobachtet haben. Als Abeling anstatt Bernecke aus der Windkraftanlage kam, wusste sie, dass der Anschlag missglückt war und die Polizei Berneckes Haus durchsuchen würde. Sie konnte nicht ahnen, dass Abeling dort auftauchte, um zu telefonieren. Sie setzte ihn durch einen Schlag mit dem Laptop außer Gefecht und riss ihm Haare aus. Sie wollte wissen, ob er oder Niemeier ihr Vater ist. Sie hätte Abeling töten können, brachte es aber vermutlich nicht fertig, es selbst zu tun. Ihr ganzes Konzept beruhte ja darauf, sich nicht die Hände schmutzig zu machen.«

»So kann es gewesen sein. Jetzt sollte das K1 tätig werden, vorausgesetzt, Böttcher folgt unserer Theorie.«

»Willst du ihn informieren?«

»Das überlass ich dir, Gustl. Du kannst sie auch als deine ausgeben. Ich mach jetzt Feierabend. Lena und ich wollen im La Mer essen gehen.«

# 35

Junker sah Evelin zu, wie sie verzweifelt versuchte, ihre Fesseln zu zerschneiden. Er schien sich zu amüsieren und genoss offensichtlich, dass nun er das Heft des Handelns in der Hand hielt. Was wirklich in ihm vorging, konnte sie allerdings immer noch nicht abschätzen. So war sie mehr als überrascht, als er plötzlich an sie herantrat und ihr mit der Faust brutal gegen den Arm schlug. Das Messer entglitt ihr und fiel einige Meter entfernt zu Boden.

»So, das reicht. Deine Fingerabdrücke sind auf dem Griff, und Niemeiers Blut klebt an der Klinge. Ich werde die Waffe in die Schreibtischschublade legen. Mein Blut ist übrigens auch an der Klinge. Aber das ist nicht weiter schlimm. Sie werden vermuten, dass du noch jemanden erstochen hast. So einer Psychopathin wie dir traut man alles zu. Als ich deine E-Mail an diesen Gerber gelesen habe, ist mir ganz spontan eine geniale Idee gekommen. Leon Gerber, ist das der Leon aus unserer Selbsthilfegruppe? Hast du was mit ihm?«

Evelin antwortete nicht.

»Ist auch egal. Man wird die E-Mail finden und daraus die richtigen Schlüsse ziehen. Deine Suizidgedanken gehen daraus klar hervor. Einige Mails und Chatprotokolle, die auf mich verweisen könnten, habe ich übrigens gelöscht. Und mit Löschen meine ich wirklich löschen. Das ist nämlich gar nicht so einfach. Aber davon verstehst du nichts.«

»Was du auch vorhast, du wirst damit nicht durchkommen.« Evelin zerrte an ihren Fesseln. Sie hatte bereits einige Fasern des Stricks durchtrennen können, aber nicht genug, um ihn endgültig zu zerreißen.

»Wenn man das Messer findet, wird man ganz sicher denken, dass du den Mord an Niemeier persönlich durchgeführt hast, und niemand wird nach einem Handlanger suchen. Du hast dich mit dem Falschen eingelassen. Du hast mich geschickt manipuliert, und ich war blind. Mit so viel Niedertracht konnte ich nicht rechnen. Nun ist es Zeit, den Spieß umzudrehen. Ich bestimme jetzt, wie der Hase läuft. Dein Selbstmord wird wie ein Geständnis wirken. Du wirst dich auf die Schienen legen, wie deine Mutter. Das ist etwas theatralisch, passt aber hervorragend zu dir und deiner Geschichte. Dein Handeln wird für alle ausgesprochen plausibel wirken. Die Polizei ist dir auf der Spur, und du siehst nur noch diesen einen Ausweg. Ich werde dir ein paar Schlaftabletten einflößen, die ich in deinem Giftschrank im Bad gefunden hab. Damit wird das für uns beide etwas leichter werden. Dass du die vor deinem Selbstmord einnimmst, wird ebenfalls jeder verstehen. Einbruchsspuren wird man auch nicht finden. Du hättest die Tür abschließen sollen, dann hätte ich sie nicht so leicht mit einem Schraubenzieher öffnen können.«

Er hob das Tuch vom Boden auf und stopfte es ihr wieder in den Mund. »Damit du nicht die Nachbarschaft herbeischreist.«

Junker verschwand aus dem Zimmer, offenbar um die Tabletten zu holen. Vielleicht war das ihre letzte Chance. Ihre Füße waren an die Stuhlbeine gebunden. Trotzdem schaffte sie es, aufzustehen. Doch beim ersten Versuch, Richtung Tür zu hüpfen, stolperte sie und fiel hin. Ein Meter vor ihr lag das zerbrochene Weinglas. Wenn sie eine der Scherben mit beiden gefesselten Händen packte, konnte sie die vielleicht als Waffe benutzen. Verzweifelt versuchte sie, sich mit den Füßen am Boden abzustoßen und weiterzurutschen. Endlich lag der Stiel des Weinglases mit den scharfen Kanten des zerbrochenen Kelchs direkt vor ihr. Das war perfekt! Jetzt musste sie sich durch eine Drehung nur noch so in Position bringen, dass sie den Stiel greifen konnte.

Aus dem Bad drangen Geräusche. Es klang, als verrührte er die Tabletten mit einem Löffel. Gleich würde er zurückkommen. Schon hörte sie seine Schritte. In der nächsten Sekunde schaffte sie es, den Stiel mit der rechten Hand zu umfassen. Obwohl der Fuß abgebrochen war, konnte sie fest zupacken. So gut es ging, verbarg sie die Waffe mit den Handflächen.

Schon stand er neben ihr und verpasste ihr einen Tritt in die

Magengegend. Sie krümmte sich und rang nach Luft. Wie durch ein Wunder gelang es ihr, den Knebel auszuspucken.

»Du wolltest wohl abhauen, was? Mit einem Stuhl am Hintern ist das nicht so einfach. Wie fühlt man sich, wenn man so hilflos ist? Ziemlich mies, nicht wahr? Vielleicht hast du jetzt einen blassen Schimmer, wie ich mich gefühlt habe, als ich meiner Tochter beim Sterben zusehen musste. Und dann kamst du und hast meine Trauer und mein Elend ausgenutzt.«

»Es tut mir unendlich leid.«

»Spar dir deine vorgetäuschte Reue. Du erhältst deine gerechte Strafe.«

»Ich würde es wiedergutmachen, wenn ich könnte.«

»Deine Schandtat ungeschehen machen? Verstehe ich das richtig? Du willst ein paar Zeilen der virtuellen Welt, in der wir angeblich leben, umprogrammieren? Nur zu. Du kannst es ja versuchen. Falls es dir nicht gelingen sollte, bleibt dir der Trost, dass auch das, was dir jetzt widerfahren wird, nur das Ergebnis von ein paar Programmzeilen ist. Also kaum der Rede wert. Oder sollte ich dich falsch verstanden haben?« Junker grinste.

Evelin antwortete nicht.

»Wir nehmen natürlich dein Auto. Die Schlüssel hab ich schon gefunden.«

Evelin hatte geglaubt, ihn mit ihren psychologischen Kenntnissen und den Informationen über ihn richtig einschätzen zu können. Sein Trauma war der Tod seiner Tochter und der seiner Frau. Sie zu rächen, darum war es ihm gegangen. Niemals hätte Evelin gedacht, er könnte seine Wut gegen sie richten. Allerdings hatte sie auch nicht damit gerechnet, dass er die Täuschung und Manipulation erkennen und sogar ihre Identität herausfinden würde.

Er bückte sich und stellte ein Glas mit trübem Inhalt auf dem Boden ab. Noch hatte er ihre Waffe nicht bemerkt. Er packte sie samt Stuhl, um sie wieder in Sitzposition zu bringen. Dabei kam er ihr sehr nahe. Aber der perfekte Zeitpunkt für den Angriff war noch nicht gekommen. Erst Sekunden später, als sie wieder auf dem Stuhl saß und er sich aufrichten wollte, schnellten ihre gefesselten Hände zu seinem Hals. Sie spürte, wie sie das Fleisch durchschnitt. Er stieß einen Schrei aus. Mit der Hand bedeckte er die verletzte Stelle. Blut quoll zwischen seinen Fingern hervor. Er starrte sie eine Zeit lang an, als könne er nicht fassen, was gerade passiert war.

In dem Moment, als er seine Hand wegnahm, wusste sie, dass sie seine Schlagader verfehlt hatte. Aus der Wunde schoss kein pulsierender Strahl, nur ein rotes Rinnsal lief ihm den Hals hinunter. Evelin ließ das Glas auf den Boden fallen, wo es auf den Fliesen klirrend in Einzelteile zersprang. Sie hatte ihre letzte Chance verspielt.

Er wirkte geistesabwesend, als er wie in Zeitlupe aus seiner Hosentasche einen Strick zog und ihn ihr um den Hals legte. Sie war sich sicher, dass er sie sogleich damit erdrosseln würde. Sie zitterte am ganzen Körper und war unfähig, sich zu äußern. Es wäre auch zwecklos gewesen, noch einmal auf ihn einzureden. Er hatte seine Entscheidung getroffen. Doch die fiel anders aus, als sie erwartet hatte.

Junker hob das Glas mit der trüben Flüssigkeit auf und setzte es an ihren Mund. »Wenn du das Zeug nicht freiwillig nimmst, werde ich so lange zuziehen, bis dir die Augen aus den Höhlen fallen.«

Fast erleichtert schloss sie die Lider und trank. Mehrmals verschluckte sie sich, aber sie leerte das ganze Glas. Vielleicht hatte sie Glück und wachte gar nicht mehr auf. Noch konnten die Tabletten nicht wirken. Dennoch fühlte sie sich unendlich müde. Erneut glaubte sie, die Geräusche eines herannahenden Zuges zu vernehmen. So deutlich, als wären sie real.

# 36

Junkers Anspannung nahm langsam ab. Die Wunde am Hals hatte er mit einem Pflaster versorgt. Sein Plan, ihren Suizid zu inszenieren, war spontan entstanden und barg etliche Unsicherheiten. Doch mit etwas Glück würde es ihm gelingen, aus der Sache herauszukommen und irgendwo ein neues Leben anzufangen. Geld für eine Reise nach Australien hatte er nicht. Aber in Frankreich war es auch schön, und wenn er seine wenigen Habseligkeiten verkaufte, reichte das Geld allemal für eine einfache Bahnfahrkarte. Alles Weitere würde sich ergeben.

Die Idee mit Singers Suizid war genial und der einzige Ausweg. Ihr Selbstmord war so gut wie ein Geständnis für den Mord an Niemeier und das blutige Messer mit ihren Fingerabdrücken der beste Beweis für ihre Schuld. Zu ihm führte keine Spur. Und selbst wenn er in Verdacht geraten sollte, fände man bei ihm kein Motiv. Weshalb hätte er Niemeier, den er nicht gekannt hatte und der ihm nichts angetan hatte, umbringen sollen? Evelin Singer dagegen hatte ein starkes Motiv.

Alles passte wie die Faust aufs Auge. Mitleid musste er nicht mit ihr haben. Sie hatte den Tod verdient wie niemand anders. Sie hatte ihn zum Werkzeug ihrer Rache gemacht, ohne die geringste Rücksicht auf ihn zu nehmen. Sie war an allem schuld. Noch vor einigen Tagen war er fest davon überzeugt gewesen, dass Niemeier seine Familie auf dem Gewissen hatte. Jetzt war er sich nicht einmal mehr sicher, ob es die Strahlenversuche auf dem BND-Gelände überhaupt gegeben hatte. Seine gesamte Wut richtete sich nun gegen die Psychologin. Dem Miststück würde niemand eine Träne nachweinen.

Sie war inzwischen eingeschlafen. Er sah auf die Uhr. Noch war etwas Zeit. Wenn er sie zu früh auf die Gleise legte, bestand die Gefahr, dass sie entdeckt wurde, bevor der Zug sie überrollte. Jetzt kam es auf perfektes Timing an. Die Tabletten würden lange wirken. Er musste also nicht befürchten, dass sie aufwachte. Ihr Auto stand in der Garage. Eine Tür führte vom Wohnzimmer direkt dorthin. Er riskierte also nicht, beobachtet zu werden. Sein eigenes Fahrzeug hatte er in einer Seitenstraße geparkt. Das durfte er auf keinen Fall benutzen. Die Techniker der Polizei fanden jede noch so kleine Faser, Haare und Hautschuppen. Das konnte man in jedem Krimi nachlesen.

Evelin Singer war fast vom Stuhl gerutscht und ihr Kopf auf die Schulter gefallen. Junker bückte sich, um ihr die Fesseln abzunehmen. An ihren Armen zeigten sich blutunterlaufene Stellen. Für einen glaubhaften Selbstmord war das ungünstig. Aber daran konnte er nichts mehr ändern. Vermutlich würden die Einschnürungen an ihren Überresten kaum zu erkennen sein.

Als er sie von ihren Fesseln befreit hatte und vor ihr stand, überfiel ihn ein eigenartiges Gefühl. Was er tat, war keine Kleinigkeit. Aber es gab keine andere Lösung. Er musste die Geschichte zu einem guten Ende bringen. Das Bild seiner Tochter tauchte vor seinem inneren Auge auf. So, als wäre sie während seiner Tat bei ihm und würde ihm Mut zusprechen. Ihr Lächeln auf dem Krankenbett war wie ein Abschiedsgeschenk gewesen. Er würde es für immer in Erinnerung behalten.

Junker wischte sich die Tränen ab und hob den schlaffen Körper auf. Dann trug er das Leichtgewicht vom Wintergarten durch das Wohnzimmer in die Garage. Dort legte er Evelin in den Kofferraum ihres Autos.

Noch einmal kehrte er zurück und kontrollierte, ob er alles aufgeräumt hatte. Die Reste der Stricke und das Tuch hatte er in den Taschen seiner Hose und Jacke verstaut. Die Blutstropfen auf dem Boden hatte er beseitigt und die Stühle wieder an ihren Platz gestellt. Nichts durfte auf eine Entführung hinweisen. Sein Blick fiel auf das Wasserglas mit seinen Fingerabdrücken. Sie einfach abzuwischen war keine gute Idee. Man würde sich fragen, wieso ihre fehlten. Er nahm das Glas mit in die Küche, wusch es, trocknete es ab und stellte es in die Spüle. Dass sie es nach der Einnahme der Tabletten gesäubert hatte, mochte die Ermittler irritieren. Aber einen Hinweis auf eine Fremdeinwirkung würden sie daraus wohl nicht ableiten. Mehr konnte er nicht tun. Ein Restrisiko blieb, dass die Ermittler Widersprüchlichkeiten feststellten. Doch er ging davon aus, dass die vorgefundenen Indizien sie gar nicht erst ins Grübeln bringen würden.

Junker ging wieder in die Garage, öffnete mit der Fernbedienung, die auf dem Armaturenbrett lag, das Tor und fuhr davon. Mit einem Seitenblick registrierte er, wie sich das Garagentor automatisch schloss. Er hoffte, dass ihn kein Nachbar gesehen hatte. Sicher konnte er sich nicht sein.

Natürlich wusste er, wo der alte Bahnhof war, der früher Marschbahnhof genannt wurde. Auf die genaue Stelle, an der er sie ablegen würde, kam es nicht an. Aber er musste auf die westliche Seite der Schienen. An der Ostseite führte die befahrene Umgehungsstraße vorbei, und die Gefahr war viel zu groß, dass er trotz der inzwischen einsetzenden Dämmerung von Autofahrern beobachtet wurde.

Aus dem Kofferraum drangen keine Laute. Daraus schloss er, dass sein Opfer fest schlief. Sonst hätte es wahrscheinlich mit Füßen und Händen gegen das Blech getrommelt. Junker überquerte den Bahnübergang kurz vor der Klappbrücke, die über den Hafen führte. Sofort bog er rechts in die kleine Straße ab, die parallel zu den Schienen Richtung Norden verlief. Keine Menschenseele war zu sehen. Nach etwa zweihundert Metern versperrte ein Tor den Weg. Er stieg aus, öffnete es, fuhr hindurch und schloss es wieder. Am Ende des Wegs hielt er an und schaltete den Motor aus. Er blickte auf die Uhr. Ihm blieben noch knapp zehn Minuten, bis der Westerland-Zug kam. Hastig stieg er aus und öffnete vorsichtig die Heckklappe. Im Schein der Kofferraumbeleuchtung betrachtete er sein Opfer. Singer rührte sich nicht. War sie tot? Hatte er ihr zu viel Schlafmittel eingeflößt? Er hatte keine Zeit, das zu überprüfen. Letztendlich war ihm das auch egal. Allerdings wäre ein Suizid in diesem Fall kaum noch glaubhaft. Die Forensik könnte feststellen, ob sie bereits tot war, als sie vom Zug überfahren wurde.

Junker packte die Psychologin unter den Achseln und Beinen und hob sie aus dem Kofferraum. Noch einmal schaute er sich um. Dann stieg er die Böschung hinauf und lief ein Stück auf den Schienen Richtung Norden. Schließlich legte er sie ab. Im Dämmerlicht wirkte sie klein und verletzlich. In ihrem Gesicht war keine Spur ihres wahren Charakters abzulesen. Ihr Plan war teuflisch gewesen. Und sie sollte zum Teufel gehen! Junker sagte sich immer wieder, dass er kein Mitleid mit ihr haben musste. Mit schnellen Schritten und ohne sich umzudrehen, entfernte er sich. In wenigen Minuten würde alles vorbei sein.

Ein wohliges Gefühl durchströmte sie. Alles war so stimmig und frei von Ängsten. Evelin zog die Beine noch etwas an und genoss die Wärme und Geborgenheit. Die Stimme ihrer Mutter klang angenehm und ruhig. Aber nach und nach mischten sich falsche Töne in ihren Gesang und störten das Wohlbefinden. Evelin öffnete die Augen, konnte ihre Umgebung jedoch nicht erkennen. Alles war verschwommen, und ein leichtes Frösteln überzog ihre Haut. Nach einer Weile flackerte ein Licht auf und blendete sie. Sofort schloss sie die Augenlider, und die Müdigkeit zwang sie in den nächsten Traum. Sie stand an Deck eines Geisterschiffs, das über ein endloses Meer schaukelte. Weit und breit war kein Ufer zu erkennen, und Regenwolken versperrten die Sicht auf den Himmel.

Urplötzlich wechselte die Szene. Sie hörte schwere Schritte auf Asphalt und Splitt. Eine dunkle Gestalt beugte sich über sie. Dann war es entsetzlich still. Ihr Rücken schmerzte. Sie zog erneut die Beine an. Aber dieses Mal stellte sich kein gutes Gefühl ein. War sie immer noch in einem Traum gefangen, oder war sie wach? Sie konnte das nicht entscheiden. Weit aus der Ferne drang ein Geräusch zu ihr. Jenes furchterregende Geräusch, das sie ein Leben lang begleitet hatte. Und wieder schwoll es allmählich an. Aber etwas war anders als sonst. Es klang heller, und sie verspürte am ganzen Leib leichte Vibrationen. Kalter Stahl drückte auf ihren Nacken, und ihr Schädel dröhnte, als würde er im nächsten Moment zerplatzen. Für eine Sekunde blitzte die Erinnerung an das Geschehen auf: der Überfall, das Messer, Junkers Drohung und die Schlaftabletten.

Mit einem Schlag erkannte sie ihre Situation. Sie lag auf einem Gleis, und ein Zug nahte! Panisch versuchte sie, sich mit den Händen abzustützen, um aufzustehen. Ihr Oberkörper war tonnenschwer, und die Arme waren wie aus Gummi. Nur kurz konnte sie Schultern und Kopf anheben. Dann versagten ihre Muskeln. Sie sank zu Boden und schlug mit dem Kopf auf die Schienenkante.

## 37

Gerber hatte den ganzen Tag an neuen Songs gearbeitet. Es gab nichts auf der Welt, was er lieber tat. Am Abend war er mit den Ergebnissen zufrieden, was nur selten vorkam. Eines der Lieder hatte ihn selbst überrascht. Er hatte es inklusive Text in einer halben Stunde geschrieben. Es erschien ihm so perfekt, dass er gar nicht erst versuchen wollte, es zu verbessern. Er musste es unbedingt Laura vorspielen. Doch besser war es, ihr eine Aufnahme zu schicken. Dann konnte sie sich den Song in Ruhe anhören. Er kopierte die Datei auf sein Smartphone und schickte sie Laura, ohne große Erklärungen dazu abzugeben.

Erst jetzt sah er, dass sie eine WhatsApp-Nachricht hinterlassen hatte: »Sonntag wieder bei uns, bei Kaffee und Kuchen? Sophia und ich freuen uns auf dich und deine Gitarre.«

Gerber tippte seine Antwort ein. Natürlich sagte er zu. Besonders freute er sich, dass Sophia stets mit Begeisterung dabei war, wenn sie zusammen musizierten. Vielleicht würde sie das Interesse irgendwann verlieren. Aber beim letzten Treffen hatte sie ihn gefragt, ob er ihr Gitarrenunterricht geben würde. Falls sie das ernst gemeint hatte, wollte er es gerne tun.

Gerber rief auch seine E-Mails ab. Wie immer waren nervige Spams dabei. Doch eine war von Evelin Singer. Sie war am Nachmittag abgesendet worden. Er klickte die Nachricht an: »Hi, Leon. Die Flasche Wein steht immer noch aus. Melde dich mal. Wir könnten sie zusammen bei mir trinken. Wie du dir vorstellen kannst, stecke ich gerade in einem schrecklichen Tief. Ich hab schon überlegt, ob ich mich wie meine Mutter auf die Schienen legen soll. Ein wenig Gesellschaft von dir könnte mich davon abhalten. Alleine weiß ich nicht mehr weiter. Liebe Grüße Evelin«.

Gerber stieg das Blut in den Kopf, und sein Herzschlag beschleunigte sich. Wollte sie ihn lediglich provozieren, damit er zu ihr kam, oder war die E-Mail ein Hilferuf? Er konnte das nicht einschätzen. Dafür kannte er sie nicht gut genug. Ihre Telefonnummer stand auf der Visitenkarte, die sie ihm gegeben hatte. Mehrmals versuchte er, sie zu erreichen, landete aber nur auf ihrer Mailbox.

Was sollte er tun? Sollte er die Polizei rufen? Flottmann! Waldemar wusste immer, was zu tun war. Gerber wählte seine Mobilfunknummer, erklärte ihm die Situation, so gut es ging, und gab Evelin Singers Adresse durch. Sofort fiel eine große Last von ihm ab. Kurz entschlossen setzte er sich ins Auto und fuhr Richtung Husum. Er wusste einiges über Evelin, und vielleicht konnte er der Polizei behilflich sein.

Als er an Evelins Wohnhaus eintraf, standen bereits ein Streifenwagen sowie Flottmanns Passat vor der Einfahrt. Gerber stellte seinen alten Daimler hinter den Fahrzeugen ab und stieg aus.

»Ist etwas passiert?«, fragte er einen Uniformierten, der am Einsatzwagen lehnte.

»Wer sind Sie?«

»Leon Gerber. Ich hab Hauptkommissar Flottmann angerufen.«

»Aber Sie können da nicht rein. Warten Sie bitte.«

»Wenn Frau Singer nicht hier ist, weiß ich, wo sie sein könnte. Vielleicht will sie sich umbringen. Ich muss Hauptkommissar Flottmann sofort sprechen.«

In diesem Moment erschien Flottmann in der Tür. Er kam auf Gerber zu. »Leon, gut, dass du da bist. Es ist niemand im Haus, und in der Garage steht kein Auto. Ich hab drinnen eine leere Schachtel Schlaftabletten gefunden.«

»Sie ist am alten Bahnhof.« Gerber sah auf seine Armbanduhr. Der letzte Zug von Westerland kommt in elf Minuten. Wir müssen uns beeilen. Ich glaube, sie will sich genau wie ihre Mutter auf die Gleise legen. Wir haben keine Zeit für lange Erklärungen.«

»Jürgen, auf zum alten Bahnhof! In voller Montur!«, rief Flottmann dem Uniformierten zu. »Steig hinten ein«, wandte er sich an Gerber, während er die Tür an der Beifahrerseite aufriss und Platz nahm. Flottmann informierte sofort die Leitstelle. Alle Züge Richtung Husum mussten gestoppt werden. Zusätzlich orderte er Verstärkung und einen Krankenwagen.

Polizeiobermeister Jürgen Schmidtmann schaltete Blaulicht und Martinshorn ein und fuhr los. Flottmann war bereits einiges von Hilgersen gewohnt, was rasante Fahrten zu einem Einsatzort anging. Doch Schmidtmann toppte den Kollegen mit Leichtigkeit.

»Von der Ladestraße aus hat man einen guten Überblick über das Gleisgelände«, sagte Gerber, als sie die Deichstraße erreicht hatten. »Dazu müssen wir auf die andere Seite der Bahnstrecke, auf die Dockkoogstraße und sofort rechts. Ich hab dort oft Tonaufnahmen gemacht. Aber wo sie genau ist, weiß ich natürlich nicht – und ob sie überhaupt ...«

»Okay.« Schmidtmann legte noch einen Zahn zu. Als er mit hoher Geschwindigkeit die Kurve zum Bahnübergang nahm, geriet das Fahrzeug ins Schleudern. Gekonnt nutzte er die halbe Drehung aus, um in die Ladestraße einzubiegen. Flottmann hielt sich am Türgriff fest und schloss für einen kurzen Moment die Augen. Über gefühlte hundert Schlaglöcher und an ausrangierten Schienen und Bahnschwellen vorbei, die zu meterhohen Türmen aufgestapelt waren, erreichten sie einen Metallzaun.

Schmidtmann bremste kurz ab und schob das Tor mit der Stoßstange des Einsatzwagens auf. Dann schaltete er das Martinshorn aus und beschleunigte wieder. Die Ladestraße führte direkt an der Bahnstrecke vorbei, sodass sie die Schienen während der Fahrt einsehen konnten.

War es wirklich möglich, dass Evelin ihren Suizid plante? Und dann noch auf eine so grausame Art? Mit der Aufklärung ihres Geräuschtraumas hatte Gerber ihr helfen wollen. Aber vielleicht hatte er damit das Gegenteil bewirkt und sie in eine noch tiefere Krise gestürzt. Es lohnte sich nicht, daran jetzt einen Gedanken zu verschwenden.

»Da ist ihr Auto!« Gerber beugte sich nach vorn.

Ganz am Ende der Straße stand ein roter Audi TT. Der Kofferraumdeckel war offen. Schmidtmann gab noch einmal

Gas, vollführte eine Vollbremsung und kam kurz vor dem Audi zu stehen. Sofort sprangen alle drei aus dem Wagen. Schmidtmann und Gerber rannten zunächst neben der Bahntrasse her, kletterten schließlich aber die Böschung hoch und liefen auf dem Gleis weiter, um sich schneller fortbewegen zu können. In einiger Entfernung lag etwas auf den Schienen. Trotz der Dunkelheit glaubte Gerber, einen menschlichen Körper zu erkennen.

»Ich höre den Zug!«, schrie er, und während sie auf ihr Ziel zurannten, tauchten schon die Lichter des ICs auf. Sie vernahmen schrille Bremsgeräusche. Die Nachricht über die Gefahr auf seiner Strecke musste der Lokführer erhalten haben. Gerber und Schmidtmann hatten den zusammengekauerten Körper erreicht. Es war Evelin Singer. Hastig hob Schmidtmann sie auf und trug sie die Böschung hinunter. Kurz legte er sie auf dem Boden ab und fühlte ihren Puls.

»Sie lebt. Aber sie ist bewusstlos.«

Gerber atmete auf. Die Lichter des Zuges waren keine hundert Meter von ihnen entfernt zum Stehen gekommen. Schmidtmann trug Evelin bis zur Ladestraße, wo bereits ein Krankenwagen wartete.

Flottmann unterhielt sich mit den Rettungssanitätern. Anschließend kam er auf Gerber zu. »Sie ist nicht alleine gewesen. Jemand hat sie hergefahren. Ich schätze sie auf einen Meter fünfundsechzig. Für ihre Größe ist der Fahrersitz viel zu weit zurückgeschoben. Sie hat vermutlich Tabletten geschluckt, wird aber wohl durchkommen. Woher kennst du sie?«

»Von einer Selbsthilfegruppe. Aber das ist eine lange Geschichte.«

»Wir reden später. Ich brauch sowieso deine Aussage. Du warst großartig, Leon.« Flottmann klopfte Gerber auf die Schulter. Dann ging er zum Streifenwagen.

»Die Fahndung läuft«, sagte Schmidtmann. »Und du bist sicher, dass sie nicht alleine war?«

»Ja, ganz sicher. Am Schloss der Haustür hab ich feine Kratzspuren entdeckt. Die schienen mir frisch zu sein. Und die Sache mit den Schlaftabletten kommt mir inzwischen auch spanisch vor. Ich schließe eine Entführung nicht aus.«

»Die Straßen sind gesperrt. Jeder, der den Dockkoog verlassen will, wird kontrolliert.«

»Sehr gut. Ich vermute mal, dass der Täter uns gesehen hat und zu Fuß geflüchtet ist. Quer über die Gleise kann er nicht gelaufen sein. Sonst hätten wir ihn entdeckt. Also muss er sich durch die Büsche Richtung Westen geschlagen haben. Leider haben wir keine Personenbeschreibung.«

Flottmann wollte sich gerade abwenden, als Schmidtmann einen Funkspruch erhielt. Er konnte jedes Wort mithören. Ein Verdächtiger sei auf dem Porrenkoogsweg gefasst worden. Wolfgang Junker sei sein Name. Er habe versucht, einer Polizeikontrolle auszuweichen. Flottmann war sich fast sicher, dass ihnen der Richtige ins Netz gegangen war. Wer sich zu so später Stunde in der verlassenen Gegend herumtrieb, führte entweder einen Hund an der Leine oder hatte Dreck am Stecken.

Ein Wagen brachte Flottmann und Gerber zurück zu Evelin Singers Haus, wo ihre Autos standen. Evelin Singer! Als Gerber ihren Namen genannt hatte, hatte Flottmann natürlich sofort einen Zusammenhang mit dem festgenommenen Georg Winkler hergestellt.

»Alles hängt mit allem zusammen«, kam Flottmann in den Sinn. Ein bisschen Wahrheit lag in dem Spruch ja doch.

Wolfgang Junker wurde vorläufig festgenommen, verweigerte jedoch die Aussage.

# 38

Am nächsten Morgen kam Gerber auf die Dienststelle und gab zu Protokoll, wie er Evelin Singer kennengelernt und ihr geholfen hatte, die Ursache ihres Geräuschtraumas zu finden. Auch die Ereignisse des Vortages musste er aus seiner Sicht schildern. Ihm war anzumerken, dass er emotional in den Fall verstrickt war. Sie hatte bei ihm einen starken Eindruck hinterlassen. Flottmann schloss nicht aus, dass sie auch den Musiker umgarnt und für ihre Zwecke beeinflusst hatte. Aber er äußerte seinen Verdacht Gerber gegenüber nicht.

Wolfgang Junker verriet sich durch die Fingerabdrücke an Evelin Singers Fahrzeug. Doch zu ihrer Entführung und dem Mordversuch schwieg er beharrlich. Auch über die Hintergründe äußerte er sich nicht.

Evelin Singer wurde nach zwei Tagen aus dem Krankenhaus entlassen und wie Junker in die »Obhut« der Flensburger Ermittler überführt. Im Gegensatz zu Junker zeigte sie sich gesprächig und legte ein Geständnis ab.

Böttcher kam persönlich vorbei, um die Husumer Kollegen zu informieren. Auch dieses Mal kochte Flottmann den Kaffee. Er schaffte es sogar, Silke Amsel, der Universalkraft, die außer Kaffeekochen so ziemlich alles erledigte, eine halbe Tasse Rum abzuluchsen, den sie für besondere Anlässe in einem abgeschlossenen Schrank aufbewahrte.

»Der wird ja immer besser«, lobte Böttcher das Getränk nach dem ersten Schluck.

»Da ist ein Schuss Rum drin. Leider hab ich keine Schlagsahne, sonst würde meine Kreation als Pharisäer durchgehen.«

Hilgersen hatte Böttcher seinen Drehstuhl überlassen und nahm selbst auf einem der Besucherstühle vor Flottmanns Schreibtisch Platz.

»Evelin Singer hat während des stundenlangen Verhörs den Eindruck erweckt, dass sie sich von einer schweren Last befreien wollte. So stimmig ihre Aussagen waren, so widersprüchlich scheint mir ihr Charakter zu sein. Sensibel und zerbrechlich, aber mit selbstbewusstem Auftreten, gleichzeitig kalt und berechnend. Ich hab so etwas noch nie erlebt. Dazu zeigte sie echte Reue. Jedenfalls kam das bei mir so an.«

»Und manipulativ ist sie«, warf Hilgersen ein.

»Ja, in höchstem Maße. Sie hat Menschen dazu gebracht, für sie zu morden. So etwas gibt es zwar immer wieder. Aber sie hat das auf eine besondere Art vollführt. Die Täter ahnten nicht, dass sie gezielt beeinflusst wurden. Und sie musste selbst gar nicht in Erscheinung treten. Es lief, soweit wir wissen, alles anonym über das Internet und über E-Mails ab. Sie hat ihre Kandidaten in bestimmten Foren und Chatplattformen gesucht. Zum Beispiel auf einer Plattform, auf der sich Verschwörungstheoretiker treffen. Dann hat sie falsche Informationen gestreut, die sie speziell den Problemen einzelner Mitglieder angepasst hat. Einige Chatpartner haben so viel von sich preisgegeben, dass sie auf ihre Identität schließen konnte, was für ihr Vorgehen jedoch nicht einmal erforderlich war.«

Flottmann ergänzte: »Sie wusste, wer Bernecke war. Sie hat ihn beobachtet. Und als der Anschlag auf Abeling schiefging, ist sie in Berneckes Haus eingedrungen und hat den Laptop gestohlen, der für sie hätte verräterisch sein können.«

»Ja. Dort ist sie dann auf Abeling getroffen, der die Polizei rufen wollte. Sie hat ihn mit dem Laptop niedergeschlagen. Sie hätte ihn auch töten können, ist aber davor zurückgeschreckt. Stattdessen hat sie ihm Haare ausgerissen. Sie wollte wissen, ob er oder Niemeier ihr biologischer Vater ist. Jedenfalls hat sie die Gelegenheit genutzt, um von Abeling eine DNA-Probe zu nehmen.«

»Und wieso hat man die Haare in Winklers Wohnung gefunden?«

»Es ist so gewesen, wie ihr vermutet hattet.«

»Es war Waldemars Theorie«, sagte Hilgersen. »Ehre, wem Ehre gebührt. Waldemar kann nicht nur Kaffee kochen.«

Böttcher grinste und nahm einen Schluck. »Aber Kaffee kochen kann er besonders gut. Nach eurem Besuch ist Winkler klar geworden, dass seine Nichte hinter den Anschlägen steckt. Er hat sie angerufen, und sie hat ihm alles gebeichtet.«

»Er hat das Haarbüschel bei sich deponiert und ging davon aus, dass es vor Gericht als Beweis gegen ihn nicht ausreichen würde. Doch man würde ihn verdächtigen, und seine Nichte wäre aus dem Schussfeld. Die beiden müssen ein enges Verhältnis zueinander haben.«

Böttcher nickte. »Die Vorgeschichte kennt ihr ja. Er und ihre Mutter müssen sich sehr nahe gestanden haben.«

»Aber er ist nicht Evelins Vater?«, fragte Flottmann.

»Die DNA-Analyse der Haare, die das LKA durchgeführt hat, hat gezeigt, dass Winfried Abeling ihr biologischer Vater ist.«

»Habt ihr es ihr mitgeteilt?«

»Ja. Aber sie hat kaum darauf reagiert. Was sich in ihrem Inneren abspielt, wissen wir natürlich nicht. Das Gericht wird für den Prozess vermutlich ein psychologisches Gutachten über sie anfertigen lassen. Kann sein, dass sich der Gutachter an ihrer komplexen Persönlichkeit die Zähne ausbeißen wird.«

»Habt ihr eigentlich inzwischen auch Ergebnisse vom Handschuhfetzen, der nach dem Anschlag auf das Schiff gefunden wurde?«

»Der Bericht ist gestern gekommen. Die DNA stimmt mit Winklers Profil überein. Die Tat hat er ja bereits zugegeben. Die Staatsanwaltschaft wird Anklage wegen Mordes und zweifachen Mordversuchs erheben. Bleibt abzuwarten, wie das Gericht entscheidet. Ich bin mir ziemlich sicher, dass ein guter Anwalt Totschlag und versuchten Totschlag herausschlägt und Winkler davonkommt. Vielleicht wird ihm auch sein Geständnis angerechnet. Jedenfalls war es klug von ihm, sich der Polizei zu stellen.«

»Wie geht es jetzt weiter?«, fragte Hilgersen. »Gibt es noch etwas für uns zu tun?«

»Im Moment nicht. Die IT-Forensiker sind jetzt dran. Wir müssen herausfinden, mit wem Evelin Singer in den Chats Kontakt hatte. Vielleicht hilft uns dabei Berneckes Laptop weiter.

Den hat sie nach eigenen Angaben in die Husumer Au geworfen. Die genaue Stelle konnte sie uns nicht sagen. Irgendwo östlich der Theodor-Storm-Schule soll es gewesen sein. Die Husumer Feuerwehr unterstützt uns bei der Suche. Einige Nicknames aus den Chats hat Singer uns genannt. Aber wir brauchen natürlich die Klarnamen. Bis auf Dieter Bernecke und Wolfgang Junker kennt sie die Personen angeblich nicht. Wir sind uns aber nicht sicher, ob sie in dem Punkt die Wahrheit sagt. Sie weigert sich auch, uns die Zugangsdaten für die von ihr genutzten Chatgruppen zu geben. Sie empfände das wohl als Verrat an den Mitgliedern. Der Fall wird uns also noch einige Wochen und Monate beschäftigen.«

Flottmann trank seine Tasse aus. »Wieso fanden die Anschläge auf die beiden Vergewaltiger nach so langer Zeit statt? Habt ihr dafür eine Erklärung?«

»Evelin Singer hat erst während des Studiums von ihrer Tante erfahren, dass ihre Mutter aufgrund der Vergewaltigung Suizid begangen hat. Das muss sie wohl schwer getroffen haben, zumal ihre Mutter mit ihr schwanger war. Es hat dann noch einige Jahre gedauert, bis der Racheplan in ihr gereift ist. Vermutlich hat ihr Psychologiestudium Einfluss auf ihre Vorgehensweise gehabt.«

»Nachvollziehen kann ich das alles«, sagte Hilgersen. »Aber labile Menschen so zu manipulieren, dass sie Morde begehen, ist mehr als perfide.«

»Sie hätte selbst eine Therapie erhalten müssen«, antwortete Flottmann. »Als Jugendliche und auch später. Psychologie zu studieren hat ihr vermutlich wenig geholfen, sondern eher ihr Trauma verstärkt. Der Richter wird solche Aspekte sicher mit berücksichtigen.«

»Ihr Onkel, Georg Winkler, ist auf freiem Fuß«, sagte Hilgersen. »Die Sache mit dem Haarbüschel wird für ihn wohl keine Folgen haben.«

Flottmann nickte. »Wer eine Strafvereitelung zugunsten eines Angehörigen begeht, bleibt straffrei, heißt es im Gesetz. Mit etwas Glück wird er also komplett davonkommen.«

»Ja. Aber wir werden sehen. Das ist nicht mehr unser Ding.« Böttcher stand auf. »Danke für eure Unterstützung. Und für den Kaffee natürlich.« Er verabschiedete sich und ging.

# 39

Die Hafentage waren weit über Nordfriesland hinaus bekannt und fanden jedes Jahr unter dem Motto »Mok fast in Husum« statt. Auf dem größten und wohl beliebtesten Fest der schleswig-holsteinischen Nordseeküste gab es zahlreiche maritime und kulturelle Ereignisse. Mehrere Musikbands spielten Livemusik verschiedener Stilrichtungen, und Buden mit Süßigkeiten, Bratwurst und Fisch sorgten für das leibliche Wohl. Dazu wurde außergewöhnliche Unterhaltung geboten, wie das Entenrennen, bei dem mehrere tausend gelbe Plastikenten im Hafenbecken an den Start gingen, sowie ein Kutterkorso, die Miss-Husum-Wahl und das berüchtigte Tauziehen über das Hafenbecken.

Das Tauziehen hatte eine lange Tradition. Das erste Kräftemessen hatte 1987 stattgefunden. Zunächst war der Wettkampf Männern vorbehalten gewesen, aber seit 2005 nahmen auch Frauen teil. Während in den ersten Jahren nur zwei Mannschaften, bestehend aus Fischern und Bundeswehrsoldaten, mitmachten, war die Anzahl inzwischen auf bis zu sechzehn angewachsen. Auch Teams außerhalb Nordfrieslands konnten sich bewerben. Natürlich fand das Ganze unter Aufsicht neutraler Schiedsrichter statt, und wie bei einer Fußballweltmeisterschaft gab es ein Achtel-, Viertel- und Halbfinale sowie das Finale, um den Sieger zu ermitteln. Die Bundeswehr stellte einen Sattelzug mit Duschkabinen für Teilnehmer bereit, die ins Wasser fielen. Für die passende Stimmung sorgten zwei Radiomoderatoren des NDR, die das Publikum und die Akteure anheizten.

Das Spektakel begann um zehn Uhr dreißig mit dem Wiegen der Mannschaften auf der öffentlichen Fahrzeugwaage. Die Husumer Polizei kam lediglich auf ein Kampfgewicht von tausendeinhundert Kilogramm, während ihr erster Gegner, ausgerechnet die favorisierten Schäfer, satte tausendachthundert Kilogramm zu bieten hatte.

Flottmann und Lena hatten sich unter die zahlreichen Besucher auf der nördlichen Hafenseite gemischt, dort, wo die Kollegen der Schutz- und der Kriminalpolizei antraten. Das Schauspiel wollten sie sich nicht entgehen lassen. Der eigentliche Kampfbereich war mit Stahlgittern abgesperrt. Davor drängten sich die Zuschauer. Die Männer stellten sich auf und nahmen das Seil in die Hände. Tatsächlich stand Hilgersen an vorderster Front. Das sei eine Ehre, hatte er stolz betont.

Mit dem Befehl »Zieh an!« begann das Spektakel. Die Zuschauer feuerten die Männer lautstark an. Dazu ertönten die Kommentare der Moderatoren aus den Boxen, und ein Höllenlärm brach los.

Auf dem Asphalt war eine Markierung in Form einer roten Linie aufgemalt. Ziel war es, mindestens einen gegnerischen Teilnehmer über diese Linie zu ziehen. Fast dreißig Sekunden stemmten sich die Polizisten gegen die Masse der Schäfer. Dann kam Bewegung in die Gruppe. Hilgersen rutschte über die Linie, und weitere Kämpfer folgten ihm, ohne das Seil loszulassen. Unter dem Gejohle der Zuschauer stürzte Hilgersen als Erster in den Hafen. Vielleicht war es doch nicht nur die Ehre, die die Kollegen ihm hatten zuteilwerden lassen. An erster Stelle zu stehen hatte auch seine Nachteile.

Eine Frau mit roten Haaren lief zur Kaimauer und rief aufgeregt nach Hilgersen. Flottmann schloss mit kriminalistischem Gespür, dass es sich um Hilgersens Lebensgefährtin Franziska handelte. Ein Boot der DLRG war schnell zur Stelle. Aber Hilgersen benötigte keine Hilfe. Zum Staunen der Besucher schwamm er auf die andere Hafenseite zu. Mit vollständiger Kleidung war das keine einfache Sache. Dort angekommen, kletterte er die Leiter an der Kaimauer hinauf, unterhielt sich kurz mit der Siegermannschaft und sprang dann kopfüber wieder ins Wasser.

Franziska zeigte sich von Hilgersens Showeinlage gar nicht begeistert. Sie schien Angst um ihn zu haben. Flottmann war neben sie getreten.

»Gustav ist ein guter Schwimmer. Er hat mir einmal erzählt,

dass er als Kind regelmäßig durch die Fahrrinne geschwommen ist.«

»Sie sind …«

»Waldemar Flottmann, sein Kollege. Gustav wollte mich mit im Team haben. Aber mir war die Angelegenheit entschieden zu nass.« Flottmann reichte Franziska die Hand.

»Schön, Sie kennenzulernen. Gustav hat mir viel von Ihnen erzählt.«

»Natürlich nur Gutes, nehme ich an.«

»Selbstverständlich.«

»Darf ich Ihnen Lena Abendroth vorstellen?«

Flottmann trat einen Schritt zur Seite, und die beiden Frauen begrüßten sich. Dann blickten alle wieder aufs Wasser. Hilgersen hatte etwa zwei Drittel des Rückwegs geschafft. Seine Kraulbewegungen waren langsamer geworden, und plötzlich verschwand er im trüben Hafenwasser. Franziska stieß einen unterdrückten Schrei aus. Flottmann schob einige neugierige Zuschauer beiseite, die die Szene mit dem Handy filmten. Dann zog er seine Jacke aus und reichte sie Lena. Er wäre zum Sprung bereit gewesen, aber schon war ein Boot der DLRG zum Ertrinkenden unterwegs.

Bevor es die Stelle erreichte, schoss Hilgersens Kopf aus dem Wasser hervor. Sekunden später reckte er seine rechte Hand in die Höhe. Ein Raunen und Schreie ertönten. Hilgersen hielt den entsetzten Zuschauern etwas entgegen, das wie ein abgetrennter Arm aussah. Sofort tauchte er wieder unter. Eine Zeit lang herrschte angespannte Stille, dann neues Entsetzen, als ein nacktes Bein zum Vorschein kam und schließlich Hilgersen mit dem Rest einer vollständigen – Schaufensterpuppe.

Erneut ging ein Raunen durch die Menge. Vermutlich glaubten einige an einen inszenierten PR-Gag im Rahmen der Husumer Hafentage. Hilgersen konnte sich jedenfalls sicher sein, dass am nächsten Tag ein Foto von ihm in der Tageszeitung erscheinen würde.

Unter Beifall brachte er seine Beute an Land. Nur der abgetrennte Arm war ihm entglitten und schwamm Richtung

Schleuse, dem Meer entgegen. Es war nicht auszuschließen, dass dieser an anderer Stelle erneut für Aufregung sorgen würde.

Franziska belohnte Hilgersen mit einem Kuss, und Polizeikollegen klopften ihm auf die Schulter, jedoch nicht ohne ihn mit ironischen Bemerkungen zu überhäufen. Er habe einen der wichtigsten Fälle der Polizeigeschichte aufgeklärt. Man werde die Leiche in die Rechtsmedizin bringen. Er solle sich bei der Polizeitauchertruppe bewerben und so weiter.

Wie sich herausstellte, hatte er von Anfang an mit einem Bad im Außenhafen gerechnet. Denn nach dem Duschen kam er in sauberer Kleidung zurück.

Nach weiteren Wettkämpfen zeichnete sich der Sieg des Schäferteams ab. Franziska, Lena, Hilgersen und Flottmann warteten die Verleihung des Wanderpokals nicht ab. Zusammen gingen die vier durch die Unterführung Richtung Innenstadt. Im Außenbereich des Husum Pub fanden sie einen freien Tisch. Die Buden und Menschenmengen versperrten den Blick auf den Binnenhafen. Trotz des Trubels genossen sie ihr Bier unter den aufgespannten Sonnenschirmen.

»Geile Show, die du da abgeliefert hast, Gustl«, sagte Flottmann zu Hilgersen.

»Leider haben wir das Tauziehen verloren. Wir hätten doch ein Schwergewicht wie dich dabeihaben müssen. Beim nächsten Mal musst du unbedingt mitmachen.«

»Da wird nichts draus. Mein Diätplan sieht vor, dass ich bis dahin zwanzig Kilo abnehme.«

»Ich liebe jedes Gramm an dir.« Lena strich mit der Hand über seinen Bauch. »Aber aus gesundheitlichen Gründen könnten es schon ein paar Kilogramm weniger sein. Nur bitte nicht mit dem Abnehmen übertreiben. Sonst bekommst du schlechte Laune, und das hat negative Auswirkungen auf deine Gesundheit.«

»Okay. Dem Rat einer Ärztin sollte ich gehorchen.«

Franziska schlug die Speisekarte auf. »Ich hab ziemlichen Hunger. Ich hoffe, es stört Sie nicht, wenn ich etwas esse.« Sie sah Flottmann an.

»Nein, warum sollte es mich stören?«

»Wegen Ihrer Diät.«

»Die beginnt erst morgen. Ich werde mir ›Fischfilet, in Bierteig gebacken, mit Bratkartoffeln‹ bestellen.«

»Als Vorspeise vielleicht eine Krabbensuppe?«, fragte Hilgersen. »Die ist hier wirklich gut.«

Bei dem Wort »Krabben« musste Flottmann sofort an die Leiche an Bord des Kutters denken. Vor seinem inneren Auge sah er, wie eine Nordseegarnele aus dem Ohr des Opfers kroch. Natürlich hatte Hilgersen mit seiner Bemerkung bei ihm genau solche Bilder hervorrufen wollen. Flottmann ignorierte Hilgersens Anspielung und klappte die Speisekarte zu.

»Sollen wir uns nicht duzen?«, fragte er statt einer Antwort in die Runde.

Alle waren einverstanden. Nachdem sie die Bestellungen aufgegeben hatten, kam das Gespräch unweigerlich auf Verschwörungsideologien.

»Neuerdings verbreiten sich bei uns in der Schule die Geschichten um das Hever-Dreieck wie ein Lauffeuer«, sagte Franziska. »Habt ihr auch davon gehört?«

Lena antwortete: »Ich hab etwas darüber in der Zeitung gelesen. Der Text in dem Artikel war wohl nicht so ganz ernst gemeint. An einigen Stellen klang doch etwas Ironie durch.«

»Mag sein. Aber die Sache hat inzwischen dank Facebook, Instagram und Co. eine Eigendynamik entwickelt. Irgendwie lag es ja auch nahe, die versunkene Stadt Rungholt mit dem Verschwinden der Schiffe in Verbindung zu bringen.«

»So wie beim Bermudadreieck Atlantis eine Rolle spielen soll«, sagte Lena. »Und nicht umsonst nennt man hier Rungholt oft ›Atlantis des Nordens‹. Das passt alles perfekt zu einer Verschwörungstheorie. Da kann man mal sehen, wie leicht sich so etwas in die Welt setzen lässt.«

»Wenn wir nicht selbst mit eigenen Augen verfolgt hätten, wie ein Schiff verschwand, hätte ich das ja auch für einen riesigen Schwindel gehalten.«

»Was?« Flottmann hatte die Unterhaltung bisher lediglich

verfolgt. Er hatte genug von Verschwörungsgeschichten, die nicht nur absurd waren, sondern, wie er inzwischen wusste, auch gefährlich sein konnten.

»Ja. Wir haben beobachtet, wie ein altes Schiff innerhalb weniger Sekunden ohne erkennbare Ursache versank, nicht wahr, Gustav?«

Hilgersen räusperte sich. »Ja, das stimmt tatsächlich. Und zwar ausgerechnet im Hever-Dreieck. Ich bin inzwischen sicher, dass es die ›Ronja‹ war.«

»Das historische Segelschiff lag gestern noch im Hafen«, sagte Flottmann. »Es muss also auf wundersame Weise wieder aufgetaucht sein. Habt ihr euch etwa verabredet, um einen Skeptiker wie mich zu veräppeln?«

»Keinesfalls. Das Schiff ist wirklich vor unseren Augen verschwunden. Aber ich kann unsere Beobachtung aufklären und dich beruhigen. Was wir gesehen haben, war eine Fata Morgana.«

»Eine Fata Morgana?« Franziska sah Hilgersen verdutzt an.

»Ja, eine Luftspiegelung. So etwas gibt es nicht nur in der Wüste, sondern auch auf dem Meer. Als der Wind auffrischte, verschwand das Schiff. Im Internet gibt es diverse Bilder von solchen Phänomenen.« Hilgersen zückte sein Handy. »Besonders eindrucksvoll fand ich ein Foto, das am Strand von Sankt Peter-Ording aufgenommen wurde. Darauf erscheint Helgoland ganz nah, obwohl es fünfzig Kilometer entfernt liegt. Die Insel taucht etwa zweimal im Jahr am Horizont auf. Das ist keine Hexerei, sondern eine Naturerscheinung.« Hilgersen zeigte das Bild herum.

»Hm, also kein Zeittunnel in die Vergangenheit?« Franziska wirkte enttäuscht.

»Nein, eher nicht.«

»Irgendwie schade.«

Nun hatte Hilgersen den Zauber ihres gemeinsamen Erlebnisses doch zerstört. Zugunsten der Wahrheit. Immerhin war eine Fata Morgana auch etwas Außergewöhnliches, das man nicht alle Tage beobachten konnte.

Ihre Unterhaltung wurde von der Bedienung unterbrochen, die die Speisen servierte. Nach dem Essen verlagerten sich die Gespräche auf die Husumer Hafentage und die kommenden Events. Aber Flottmann ahnte, dass das Thema Verschwörungstheorie für ihn noch nicht abgehakt war. Während der weiteren Ermittlungen würden die Flensburger Kollegen das eine oder andere Mal auf ihn und Hilgersen zukommen. Auch vor Gericht würden sie aussagen müssen.

# 40

Ob es mit der Selbsthilfegruppe weiterging, wusste Gerber nicht. Vielleicht würde sie unter anderer Leitung fortgeführt werden. Aber er wollte nicht mehr daran teilnehmen. Zu sehr waren die schrecklichen Ereignisse mit den Treffen verbunden, auch wenn er die Zusammenhänge nicht im Detail kannte. Flottmann hatte sich weitgehend bedeckt gehalten. Es verstand sich von selbst, dass er ihm nicht alles erzählen durfte.

Wieder einmal suchte Gerber in der Musik Halt und Therapie. Schon oft hatten ihm Krisen Inspiration für sein Schaffen geliefert. In jedem Fall bot die Arbeit an neuen Songs Ablenkung. So verbrachte er Tage und Nächte damit, an seinen Kompositionen und Texten zu feilen, und anders als in der Vergangenheit schickte er Laura ab und zu einen Entwurf oder spielte ihr etwas vor. Unfertige Lieder zu präsentieren kostete ihn Überwindung. Aber sie erwartete zu Recht, dass er sie mehr als bisher an seinem Leben teilhaben ließ. Manchmal diskutierten sie über bestimmte Textstellen, und nach und nach wurde seine geplante CD in gewisser Weise zu einem gemeinsamen Projekt.

Über die Ereignisse der letzten Zeit sprachen sie nur oberflächlich. Vermutlich erwartete sie von ihm, dass er sich ihr gegenüber öffnete. Aber Gerber hatte nie gelernt, über seine Gefühle zu reden. Und die waren mehr denn je durcheinandergeraten. Er hegte Sympathie für eine Mörderin. Nein, es war mehr als Sympathie. Was es genau war, wusste er nicht. Verliebt war er nicht in sie, aber er empfand eine Verbundenheit, die vielleicht darin wurzelte, dass beide eine Last aus ihrer Kindheit mit sich herumtrugen. Bei ihm waren es der Tod seiner Schwester und die Probleme, die seine Hochsensibilität mit sich gebracht hatte. Bei Evelin waren es die entsetzlichen Umstände, die ihre Mutter in den Suizid getrieben hatten.

Gerber war überrascht, als er eines Tages einen Brief von ihr erhielt. Er saß auf der Couch im Wohnzimmer. Seine Hände zitterten, als er den Umschlag aufriss.

*Lieber Leon,*
*aus der Untersuchungshaft darf ich nicht mit Dir telefonieren. Deshalb schreibe ich Dir diesen Brief. Natürlich wurde er hier kontrolliert, bevor er zur Post ging. Daher kann ich Dir nicht alles schreiben, was ich Dir zu sagen hätte. Ich will mich für meine Taten nicht rechtfertigen. Andere werden über mich richten, und das ist gut so. Dass ich Menschen benutzt habe, ist unverzeihlich. Du sollst aber wissen, dass ich nie die Absicht hatte, Dich in meinen Feldzug gegen die Ungerechtigkeit, die meiner Mutter und mir widerfahren ist, hineinzuziehen. Du hast mir geholfen, die Ursache für mein Trauma zu erkennen, das ich seit meiner Kindheit mit mir herumschleppe. Dafür bin ich Dir immer noch dankbar. Ich habe zudem erfahren, dass Du an meiner Rettung maßgeblich beteiligt warst. Auch wenn jetzt schwere Zeiten auf mich zukommen, so will ich doch weiterleben und mich meiner Verantwortung stellen. Eines solltest Du noch wissen: Ich habe für Dich eine Zuneigung entwickelt, die tiefer geht, als ich sie je für einen Menschen verspürt habe. Es ist nicht wichtig, ob Du auch etwas für mich empfindest. Aber ich weiß jetzt, dass ich zu anderen Emotionen als Hass und Rachebegehren fähig bin, die mich die Jahre über geleitet haben. Und die Erkenntnis gibt mir Kraft. Ich wünsche Dir, dass Du für Dich den richtigen Weg findest, um Deine Probleme zu lösen.*
*Alles Gute*
*Evelin*

Gerber faltete den Brief zusammen und steckte ihn in den Umschlag zurück. Er würde Zeit benötigen, um seine Gefühle zu ordnen, und er wusste, dass er auf Lauras Hilfe zählen konnte. Sie und die Musik waren der Schlüssel dazu.

Lars Hinrichsen beobachtete durch das Wohnzimmerfenster, wie Abeling seinen Servicekoffer ins Auto packte. Das war ein sicheres Zeichen dafür, dass er direkt zu einer Windkraftanlage und nicht zuerst in die Firma fahren würde. Hinrichsen eilte in die Küche, wo seine Frau das Frühstück zubereitete.

»Muss Hanna nicht zur Schule?«, fragte er.

»Hanna bleibt heute zu Hause. Ihr geht es nicht so gut. Sie hat Kopfschmerzen und Übelkeit. Sie schläft noch.«

»Ich kann leider auch nicht mit frühstücken. Ich bin spät dran.«

»Aber wieso?«

»Ich hatte vergessen, dass ich einen wichtigen Besprechungstermin habe.«

Er gab ihr einen flüchtigen Kuss, schnappte sich die Schlüssel von der Garderobenbank im Flur und verließ das Haus. Abeling war bereits abgefahren. Hinrichsen musste sich beeilen. Er stieg in seinen Mondeo und fuhr seinem Nachbarn hinterher. Zwei Straßen weiter hatte er ihn eingeholt. Als Abeling die Bundesstraße 5 nahm, ahnte Hinrichsen, dass der Techniker zum Windpark Struckum unterwegs war. Er hielt einen größeren Abstand zu Abelings Golf, um nicht aufzufallen. Schließlich kannte der Nachbar seinen Wagen und könnte misstrauisch werden.

Während der Fahrt öffnete Hinrichsen das Handschuhfach, nahm die Pistole heraus, entsicherte sie und legte sie auf den Beifahrersitz. Er musste seine Familie schützen. Etwas Wichtigeres gab es nicht. Nächtelang hatte er nachgedacht und war zu einem Entschluss gelangt. Er konnte nicht darauf warten, dass die Öffentlichkeit endlich wach wurde und die Verantwortlichen etwas unternahmen.

Sofort nachdem Abeling in das Haus eingezogen war, hatte er gewusst, dass mit ihm etwas nicht stimmte. Aber erst in den letzten Monaten hatte er klarer gesehen. Nach und nach hatte sich der Schleier gelüftet. Und als er in der Zeitung vom missglückten Attentat auf Abeling gelesen hatte, hatte Hinrichsen gewusst, dass es noch andere gab, die den gleichen Verdacht gegen den Techniker hegten wie er. Doch nur wenige Zeitgenossen besaßen den Durchblick, und davon waren nur wenige bereit, zu handeln.

Deshalb musste er es selbst tun.

Reptiloide konnten sich perfekt tarnen. Aber in bestimmten Situationen waren sie an ihren Augen zu erkennen, hatte er gelesen. Die Pupillen verengten sich dann zu einem senkrechten Schlitz, ähnlich wie bei Schlangen und anderen Reptilien. Einige Male glaubte er, das bei Abeling gesehen zu haben. Aber wichtiger war das Tattoo, das Echsenmenschen an verschiedenen, meist von Kleidung bedeckten Stellen trugen. Es sah aus wie die gespaltene Zunge einer Schlange. In der Regel war das Zeichen in einer komplexen Tätowierung versteckt und nicht sofort zu erkennen.

Abeling hatte ein Tattoo auf dem linken Oberarm. Das hatte Hinrichsen einmal beobachtet, als sein Nachbar mit nacktem Oberkörper im Garten gearbeitet hatte. Aus der Ferne hatte Hinrichsen die Abbildung nicht genau erkennen können. Damals hatte er auch noch nicht gewusst, welche Bedeutung solche Tattoos besaßen. Das wusste er erst seit einigen Tagen. Die Echsenmenschen bildeten ein Netzwerk, das die ganze Erde umspannte. Nicht nur prominente Personen wie George Bush und Mark Zuckerberg waren daran beteiligt. Die Außerirdischen versteckten sich auch in den Körpern unscheinbarer Zeitgenossen. In nicht allzu ferner Zukunft würden sie die Weltherrschaft übernehmen. Daran gab es keinen Zweifel. Bis dahin schreckten sie nicht davor zurück, all diejenigen zu beseitigen, die Verdacht schöpften und sich ihnen in den Weg stellten. Sie wandten unauffällige Methoden an, um ihre Gegner und deren Familien zu vernichten. So mancher war schon durch eine unheilbare Krankheit oder durch einen mysteriösen Unfall ums Leben gekommen.

Auch das Havanna-Syndrom ging auf ihr Konto. Da war Hinrichsen sich sicher. Wahrscheinlich hegten die Geheimdienste den gleichen Verdacht. Aber natürlich äußerten sie den nicht, um keine Panik in der Bevölkerung zu verbreiten. Nicht zum ersten Mal plagten seine Tochter Hanna Kopfschmerzen und Übelkeit. Typische Symptome der Havanna-Krankheit. Vermutlich galten die Strahlenattacken jedoch ihm. Aber sie gefährdeten die ganze Familie. Damit war jetzt endgültig Schluss!

In der Ortschaft Struckum bog Abeling rechts ab. Jetzt musste Hinrichsen noch mehr aufpassen. In der flachen Einöde fiel jedes Fahrzeug auf. Abeling hielt vor einem Windrad, dessen Flügel stillstanden. Nun kam es auf das richtige Timing an. Hinrichsen drosselte die Geschwindigkeit. Erst als Abeling ausgestiegen war und die Heckklappe geöffnet hatte, beschleunigte Hinrichsen wieder, bog in den Feldweg ein, der zur Anlage führte, und stoppte neben dem roten Golf. Abeling war hinter der Anlage verschwunden. Hinrichsen griff nach der Pistole, stieg aus und eilte ihm hinterher. Der Nachbar war bereits im Turm. Hinrichsen hechtete die Treppenstufen hinauf, fasste die Klinke gerade noch, bevor die Tür zufallen konnte, und trat ein.

Abeling sah ihn völlig verdutzt an. Er stellte den Koffer ab. »Was … Was machen Sie hier? Was soll die Pistole?«

Hinrichsen stieß die Tür mit der Hacke zu. »Ich hab dich durchschaut. Zieh dein T-Shirt aus!«

»Was?«

»Dein T-Shirt. Zieh es aus! Ich will deine Tätowierung sehen.«

»Wieso? Was ist damit?«

»Los, verdammt noch mal!«

Abeling gehorchte. Er zog das Shirt über den Kopf und ließ es auf den Boden fallen.

Hinrichsen trat nahe an ihn heran, die Waffe immer noch auf ihn gerichtet. Die Tätowierung am Oberarm war verblasst, aber er konnte einen Pferdekopf erkennen. Deutlich abgehoben von den Umrissen war der Nasenrücken, der aus einer dicken Linie und einer Verzweigung zu den Augen bestand. Kein Zweifel, die Linienführung entsprach exakt der gespaltenen Zunge einer Schlange, versteckt in einem Pferdekopf! Heimdall hatte recht gehabt! Hinrichsen setzte den Lauf der Pistole auf Abelings

Brust. Der Schuss traf ihn mitten ins Herz. Lars Hinrichsen glaubte deutlich zu erkennen, wie sich Abelings Pupillen zu senkrechten Strichen verengten, während er sein Leben aushauchte und zu Boden sank.

Gerd Kramer
**DAS FLÜSTERN IM WATT**
Broschur, 272 Seiten
ISBN 978-3-7408-0190-8

*»Sehr genial, sehr gelungen, auf jeden Fall eine Leseempfehlung.«*
Steffis bunte Lesewelt – Radio Foerde

Gerd Kramer
**ENDSTATION SEESCHLEUSE**
Broschur, 272 Seiten
ISBN 978-3-7408-0917-1

In Husum verschwinden zwei junge Frauen, eine der beiden wird kurz darauf tot aufgefunden. Die Kommissare Flottmann und Hilgersen stoßen bei ihren Ermittlungen auf eine dubiose Gruppe, die sich mit Nahtoderfahrungen beschäftigt. Sind sie auf der richtigen Spur? Als der hochsensible Musiker Leon Gerber ins Visier des Täters gerät, spitzt sich die Lage zu. Doch der Entführer hat nicht mit Gerbers außerordentlichen Fähigkeiten gerechnet.

www.emons-verlag.de

Gerd Kramer
**DER HIMMEL ÜBER NORDFRIESLAND**
Broschur, 288 Seiten
ISBN 978-3-7408-1327-7

Die Husumer Polizei verfolgt die Spur eines Täters, der seine Opfer entführt und im Watt eingräbt, damit sie mit steigender Flut einen qualvollen Tod erleiden. Gleichzeitig häufen sich in Nordfriesland mysteriöse Ereignisse: Ein Kornkreis wird gesichtet, und geisterhaftes Glockenläuten hallt über das Meer. Als auch noch Stimmen aus dem Jenseits zu ertönen scheinen, ist Leon Gerbers hochsensibles Gehör gefragt. Doch die Zeit läuft ihm davon.

www.emons-verlag.de